全民微阅读系列

U0869882

# 俗世奇谭

袁良才　著

百花洲文艺出版社
BAIHUAZHOU LITERATURE AND ART PRESS

**图书在版编目（CIP）数据**

俗世奇谭 / 袁良才著 . — 南昌 : 百花洲文艺出版社，2019.8

ISBN 978-7-5500-3313-9

Ⅰ . ①俗… Ⅱ . ①袁… Ⅲ . ①小小说—小说集—中国—当代 Ⅳ . ① I247.82

中国版本图书馆 CIP 数据核字（2019）第 151212 号

**俗世奇谭**

SU SHI QI TAN

袁良才 著

总 策 划　伍　英
策划编辑　飞　鸟
责任编辑　刘　云　黄文尹
封面设计　辰麦通太设计部
出版发行　百花洲文艺出版社
社　　址　南昌市红谷滩新区世贸路 898 号博能中心 A 座 20 楼
邮政编码　330038
经　　销　全国新华书店
印　　刷　永清县晔盛亚胶印有限公司
开　　本　710mm × 1000mm　1/16
印　　张　14
版　　次　2020 年 9 月第 1 版　2020 年 9 月第 1 次印刷
字　　数　227 千字
书　　号　ISBN 978-7-5500-3313-9
定　　价　58.00 元

赣版权登字 05-2019-173


邮购联系 0791-86895108
网址 http://www.bhzwy.com
图书若有印装错误，影响阅读，可向承印厂联系调换。

# 文化自信从读写开始

杨晓敏

近年来，随着互联网技术的不断推广升级，现代信息技术已充斥各行各业。微博、微信、微小说、微电影，各类“微”产品，以网络阅读、手机阅读、电子器阅读、光盘阅读的形式，进入大众视野，但这种碎片化、快餐式的电子阅读，仅仅可以作为传统阅读的一种有效补充与辅助，却不能完全代替传统阅读。

我国经济建设的腾飞，带动并刺激着文化事业的极大进步，而文化软实力的增长，又为经济跨越式发展，提供着强势的智力资本的支持。正是这种强有力的智力资本支持，慢慢建立起我们的民族文化自信。

学习的基本途径就是阅读。一个人的阅读力量，决定个人学习的力量、思考的力量、实践的力量；所有人的阅读力量，决定一个民族文化的力量、精神的力量、创新的力量。伟大的中华民族复兴之梦，要靠全国人民共同来缔造实现。提高全民素质，提升全民文化自信，繁荣民族文化，从阅读开始。

为了提高全民素质，建设书香社会，政府正采取一系列有效举措，营造阅读环境，倡导全民阅读。譬如开展读书日、读书月活动，一些省市地区通过整合全民阅读资源，打造了一批有广泛影响力的全民阅读“书香”品牌，还有些地区成立“农民书屋”，送书下乡，让书香墨香飘进寻常百姓家。

作为近三十年才成长起来的一种新文体，小小说的质朴与单纯，简洁与明朗，加上理性思维与艺术趣味的有机融合，及其本色和感知得到、触摸得着的亲和力，散发出让青少年产生浓郁兴趣的魅力。小小说是一种新文体的再造，那些优秀的小小说作品，是智慧的浓缩和凝聚，是一种机巧的提炼和展开，小小说是训练作家的最好学校。小小说贴近生活，紧扣时代脉搏。大千世界，瞬息万变，小小说能以艺术的形式，不断迅速地反映生活热点，传导社会信息，是开启社会生活的一扇窗口。小小说可以培养青少年的想象力，让他们展开飞翔的翅膀。近些年来，大量小小说编入高考作文，入选各类优秀阅读丛书，正为越来越多的年轻读者所喜爱，显示出它强大而茁壮的生命力。

北京辰麦通太图书有限公司提供的“全民微阅读系列”图书，至今已编辑出版 200 多册。它以全力助推全民阅读为宗旨，以务实求精的编选作风，为读者精心遴选了大批风格各异的小小说佳作，引领读者步入美好的阅读丛林。

北京辰麦通太图书有限公司有着具有超前市场运作意识的优秀团队，在图书制作过程中，不但追求内容的丰富多彩，在装帧设计方面，也力求超凡脱俗。在众多中国梦新时代文学丛书系列中，它像一朵充满朝气与活力的奇葩，正逐步形成自己恒久的品牌和名牌效应，为提升全民文化自信、实现中华民族伟大复兴，增砖加瓦。

**杨晓敏，河南省获嘉县人，生于 1956 年 11 月。河南省作家协会副主席、河南省小小说学会会长。曾在西藏高原服役 14 年。曾任《小小说选刊》《百花园》主编 20 余年，编刊千余期，著述七部、编纂图书近 400 卷。**

# 目录

## 第二辑　最后一只苍鹰……46



## 第三辑　会飞的黑糖糍粑……88

# 第一辑　无家可归的玉米

无论你走到哪里，乡愁总是随身携带的行囊。老家屋顶上的一缕炊烟，田塍上的一声牛哞，灯影里母亲的声声唠叨，隔着岁月的风帷雨幕，仿佛轻羽拂过心尖，温情而颤栗……

# 风雪夜

在风雪交加的夜晚，究竟发生了什么？

老北风怪兽般吼叫着，漫天飞雪赛似春运返乡的客流，挤挤挨挨、密密匝匝、浩浩荡荡、争先恐后，迫不及待地扑向大地的怀抱。

城市仿佛一夜之间空了。连霓虹灯也显得无精打彩，如同瞌睡人昏蒙的眼睛。

这条平日喧嚣无比的特色美食街在这雪夜里尤显冷寂，老北风反复撞击着一扇扇门窗，店铺里却没有一丝一毫反应，老北风气坏了，把更加密集的雪花摔了过去。

终于，一间店铺里亮起了并不耀眼的灯光。风雪交加中，一个如同觅食困兽般逡巡的汉子，见到灯光的一刹那，激动得有些难以自持，他感觉心中腾地一下重又燃起希望之火。

他瑟缩着身体，迟疑地向那个灯光所在的铺面走去，脚下发出“吱嘎吱嘎”的积雪被踩痛的呻吟声。汉子呼吸粗重，抬手敲响了眼前狭窄铺面儿紧闭的卷闸门，但他没有出声。

出乎意料地是，门后有了一阵窸窸窣窣地响动，接着这扇门“哗啦”一声敞开了。出现在门后的，是一个高大魁梧的年轻人，却满脸带笑，这么晚了，还没吃饭？

瘦小憔悴且略显蓬头垢面的中年汉子明显吃了一小惊，他那双沾满雪屑的双脚就有些犹犹疑疑。

先进屋，暖和暖和吧。中年汉子被年轻人连拉带扯地拽了进来。年轻人返身回到简陋的吧台前，弯腰把斜靠在吧台内的一根一米多长的钢筋平放到地上，然后拿出遥控器，开启了空调机。随着“嗡嗡嗡”地声响，小店铺里渐渐热乎起来。

中年汉子有些恍惚地杵在店门那里，看上去有点手足无措。

年轻人努了努嘴说，大哥，随便坐嘛。我本来睡下了，这么大的风雪，起来看看情况，就遇上你了。也算有缘不是？

汉子尴尬地干笑着，随便找一个靠门的位子，坐下来，顺势按了按腰间。

年轻人犀利的目光扫过来，说，大哥，一定饿坏了吧？别急着掏钱呀。我先给你整一碗烩面，垫垫肚子。然后再弄几个菜，我们哥俩喝点！

年轻人自顾在厨下忙活开了。中年汉子有些儿傻眼了，他坐直了身子，又按了按腰间。

不一会儿，年轻人就端上来一碗热气腾腾的羊肉烩面，大哥，请吃吧。看看味道行不？

汉子已顾不得斯文，脑袋几乎拱进面碗里，狼吞虎咽般吃起来，很快风卷残云，又“咕噜咕噜”把剩汤全喝进肚里。

年轻人一直坐在边上看着汉子的吃相，脸上挂着意味深长地笑意，还说，慢慢吃，别噎着！

中年汉子吃完，一抹嘴，精气神似乎足了些。这位小哥老板，你就不怕我吃了，付不起钱？

年轻人笑着站起身，收拾碗筷，大哥，你也太小瞧我啦！不就一碗面条吗？付不起又咋样？谁没有个困难的时候？只当交个朋友嘛。

汉子不自觉地又按了按腰间，声音有点发硬，我不是没有钱，钱在狗日的老板手里，他就是拖着躲着，不给哩！

年轻人给他沏了一杯茶，送过来，安慰道，世上没有过不去的坎儿，解决不了的难事。我先去整两个菜，待会边喝边聊。

外面老北风还在咆哮着。

两个男人就着一个三鲜火锅、两个小炒，喝着，聊着……

我跳过楼，惊动了警察，给弄下来，蹲了七天号子。眼瞅着春节到了，拿不到工钱咋回家过年？爹娘、老婆孩子咋过日子？我就瞅空带走了黑心老板的儿子。可……我这人没出息，一见孩子哭，心就软了，还买好吃的和小玩具哄他。见哄不歇孩子，反倒越哭越凶，哭岔了气，哭哑了喉咙，我就又把孩子送了回去。一分钱没讨着，我还倒贴了一百多块钱哩。

大哥，可以看出，你是一个心地善良的人。你的遭遇我很同情，但必须走依法维权的道路，不能胡来呀！

汉子一口喝尽一杯酒，酒杯猛地撴在桌上，红了眼圈，这不，后天就是除夕了，我还没要到一分钱，我的魂都急飞了！一家老小都眼睁睁盼着我回去过个好年哩，可我……连回家的路费都没有……

年轻人叹了口气，也猛地喝干了一杯酒，酒杯撴在桌上，红着眼睛说，大哥，你凭良心说，那个老板欠你多少工钱？

汉子哆哆嗦嗦地从上衣口袋里摸出一张皱巴巴的欠条，三万五千六百元整。

年轻人起身离去，不一会就坐回原处，说，我先垫给你，大哥，你先回家团圆。春节后，你直接到这个单位找我，我帮你打赢这场官司！

汉子惊惶地瞅了瞅年轻人递过来的一张名片，啊！你是公安局的？你不是这小吃店的老板么？

年轻人按了按中年汉子的肩膀，小吃店老板是我一位农民工朋友，回老家过年去了，我主动过来帮他看看店。他就是因为不懂法，绑架老板追讨工资，结果被判了刑。出狱后，我帮他租了这个铺面，收入不错呢！

中年汉子这才注意到，墙壁上挂着一套警服还有警帽。汉子变了脸色，匆忙道过谢，就要夺门而走。

年轻人已经堵在了门前，不容拒绝地递给他一厚沓人民币，自己数数！三万六千六百元。多出来的算我送给你的路费。

汉子半推半就地收了钱，“扑通”一声跪下了。年轻人连忙把他拉起来，快去车站赶车，回家过年吧。年后，我等你！

汉子泪流满面地点了点头，走了出去，风雪不知什么时候竟然停了。汉子走出不远，从腰间摸出一把匕首，扔到了雪地里。

中年汉子哪里知道，年轻人自己其实就是小吃店的老板。不过他讲的故事倒是真的，只是名片是帮他创业的一位警察给的，所谓警服也只是一套保安服，他曾在工厂干过保安。为了多攒点钱，好回去翻盖新房和娶媳妇，他已有三年没有回家过年了。

送走客人，年轻人“呼啦”一声关上卷闸门，额头上顿时冒出大颗大颗的虚汗，泪水也不争气地流了下来。他开始后怕，他好想家。他准备天明就给那位好心的警察打电话，求他帮忙，年后一定帮汉子把血汗钱要回来。哦，也是自己的血汗钱！

次日一早，警察朋友接到年轻人的电话后，急切地问，你问了他的姓名、住址，看了他的身份证，让他打了欠条没有？

年轻人有点后悔自己做事太毛躁，但看到雪后初霁，到处银装素裹，一如童话世界，竟在电话中很有把握地说，嗨，忘了。但我相信，南迁的候鸟，待到春暖花开时，一定会飞回北国！

警察朋友在电话那头呵呵笑起来，你小子，原来还是半个诗人呐。用诗意的眼光看待生活，那生活一定是诗！

# 翠竹青青

一对修鞋夫妻，男的老丑，女的娇俏，老街失眠了……

紫石镇老街街角有个修鞋摊。

几根不锈钢管潦草地撑起一块团箕大小的帆布棚子，一部老旧的修鞋机，两个小马扎，坐着三十郎当岁的一男，和二十刚出头的一女。男的修鞋，女的打下手帮衬。

有时男的去厕所了，或生病在家，女的就一个人顶起。这修鞋摊成了老街一道独特的风景。

男的好丑，又矮又瘦，核桃似皱皱巴巴的脸上毫无章法地挤着眼睛鼻子嘴巴。脸似乎永远不洗或总也洗不干净，眼角顽固地堆积着黄白不清的眼屎。亏男人偏有一个很搞笑的名字：青青。

女的却是个天仙般的美人，男人看了定会眼馋心跳，直在心里感叹：鲜花插在牛粪上，巧妇常伴拙夫眠，美死了那个丑八怪！

修鞋摊的生意出奇得好，总有修不完的鞋。顾客绝大多数是男人，老的，少的，不老不少的，都有。或站或蹲在鞋摊边，两只眼睛热辣辣直勾勾地盯着修鞋女人看，取了鞋才一步三回头地恋恋不舍地走开，边走边摇头，叹息。

不少男人隔三差五就拎着一双鞋来修，据说有的鞋是被主人故意弄坏的。男顾客付钱时都格外大方，修鞋女人红着脸，柔声说，大哥，不用这么多。执意退回多余的钱。叫青青的丑男人就给女人脸色看，女人待人走远会白丑男人一眼，俺们得挣辛苦钱，干净，安逸。

有好事者考证，修鞋女人叫翠竹，是十里八村的一枝花，家里却穷得吃了上顿愁下顿，哥哥是个驼背，还有点拐脚，三十好几了娶不上媳妇。爹娘急疯了，就打起了女儿翠竹的主意，想拿女儿“换亲”。翠竹死活不从，还和一个在村后林场干苦力的北方小伙子好上了。

一天晚上，小伙子顺着翠竹家屋边的毛竹爬上屋顶，掀瓦坠绳，从房梁上哧溜下来，钻进翠竹的卧房。异样的响动惊醒了父兄，操起扁担打杵撞开翠竹的房门，小伙子比猴子还灵巧，夺门而出，援绳飞攀屋顶，赤身落荒而逃。还高呼：翠竹——等着我来娶你！

翠竹被爹和哥哥打个半死，硬是没讨一句饶，最后到底经不住娘跪地哀求，并以死相胁，才流着泪答应换亲，嫁给了邻乡的丑男人青青。青青是个修鞋匠。

新婚第二天，翠竹就带着泪痕跟青青来到老街，男人修鞋，她打下手，收钱。心灵手巧的翠竹很快也学会了修鞋，钉鞋掌。修鞋摊因为有了一个俊俏温顺的年轻女人，生意顿像火上浇油似地旺起来。

老街的男人往修鞋摊跑得太多太勤了，有的还似被施了定身魔法般赖在那里半天不挪窝，就有老街女人被激怒了，发疯般扑过去掀丑男人青青的修鞋摊，还劈头盖脸地打翠竹，抓她好看的脸，揪她乌云似的秀发，骂她狐狸精！青青吓得面如土色，躲在一边大气都不敢出。翠竹不闪不躲，不言不喊，任由打翻醋坛的老街女人羞辱自己，作践自己。

幸亏乡长老夏打这经过，喝退施暴者，为翠竹解了围。翠竹感觉老街只有一个真正的男人，就是老夏，心里就对夏乡长有了好感和敬意。老夏也是修鞋摊的熟客了。

事后不久，老夏来到修鞋摊，不是修鞋，是给翠竹找了一个轻松体面的美差。老夏说，翠竹，我把你安排进乡政府招待所当服务员，风不吹雨不淋，包吃包住，工资咋也比补鞋强。今后也没人敢欺负你啦！

翠竹犹豫着，青青对老夏捧上一脸讨好的笑，连忙撺掇说，去呀！去呀！真是天上掉馅饼，遇贵人相助。

翠竹去乡招待所上班没几天，又悄没声息地回到修鞋摊，还是坐在那个小马扎上，低头修她的鞋，或给丑男人打下手。青青埋怨她，你呀你呀！真是个贱命。翠竹低声道，贱命不要紧，靠劳动吃饭。俺不想做贱女人！

修鞋摊的生意渐渐走下坡路了，老街男人似乎对修鞋女人失去了以往的热情，一种流言在老街男女的挤眉弄眼间瘟疫般传播着，“狐狸精”成了翠竹的代名词。

翠竹当然也感觉到了身边悄然地诡异地变化。但她很平静，很坦然，每天准时出现在修鞋摊上，专心致志地干自己的活计。

这样不知过了多久。

一天，老街上驶来一辆豪华的小轿车，车里钻出一个大腹便便、西装革履的男人，热切地径自走到修鞋摊前。

先生，要修鞋吗？翠竹微笑着打招呼。这天青青不在，又生病了。

翠竹！你不认识我了么？那男人不满地叫道。

翠竹定睛再看，呀地一声又惊又喜，瞬即满脸飞红。

胖男人不由分说地拽起手足无措的翠竹，在老街人惊疑的目光里，将翠竹强行拉进小轿车，一溜烟地消失在人们又嫉又恨的视线外。

更令老街男女惊异的是，第二天一早，翠竹又准时出现在了老街街角的修鞋摊前。还有她的丑男人青青。

老街人忍不住好奇，男男女女提着鞋争相凑到修鞋摊前。翠竹只顾低头忙活，但神情很坚毅。

青青赔着笑脸对众人说，昨天那个胖子，是俺家翠竹的初恋情人哩！如今在外面大发了，娶妻生子，回过头想让俺家翠竹给他当小三，真恶心！害得翠竹回来大哭一场。

青青一脸幸福，头一回昂着核桃脑袋说话，翠竹讲了，她跟定俺一辈子了，让俺争气，挺起腰杆做个老街真正的男人！还让俺养好身体，尽早做爸爸哩！

老街人听着，竟羞红了脸，不知不觉地鼓起掌、叫起好来。

后来，老街开起了“翠竹青青修鞋店”，如今早变成“翠竹青青鞋城”了，是老街最吸引人的所在。

# 大人的世界

童童想长大，又怕长大……

周末，年轻的爸爸妈妈带童童去玩新开张的儿童乐园。童童别提多高兴啦！一只手牵着妈妈，一只手拉着爸爸，小猴子似的蹦蹦跳跳地走在城市的人行道上。他们不停地被汹涌的人流拍打着，裹挟着。爸妈不时地提醒童童，宝贝，当心跌倒。

爸妈好像会念咒语，“咕咚”一声。前面有个白发苍苍的老奶奶突然栽倒在地。周围的行人起了一阵小小的惊呼和骚乱，但很快就像水面消逝了涟漪，人们还是心安理得地各走各的路，各办各的事去了。

倒是有一个戴眼镜的小伙子想过去扶起老奶奶，但有几个“好心人”阻止了他救援的脚步，小心被讹哦！这年头，好人做不得呀。

只听老奶奶躺在人行道边痛苦地呻吟不止。爸爸和妈妈一个叹了口气，一个摇了摇头，慌不迭地欲拽满脸焦急的童童快点走开。童童脚下像生了根似的，不走。童童还仰着脸不解地问爸爸妈妈，那个奶奶跌倒了，这么多叔叔阿姨哥哥姐姐，怎么没人去扶起她呢？

爸爸打断童童的话，这是大人的事，小孩子少插嘴！童童噘着嘴，显得很有些生气了，都不去扶，奶奶可能会死的。童童央求道，爸妈，你们去扶。

妈妈讨好地想抱起童童走，边弯腰边说，不扶肯定有不扶的道理嘛！宝贝长大就懂了。

童童挣脱开妈妈，“扑通”倒在了地上。爸爸妈妈吃惊不小，不顾一切地跑上前抢着扶起他，还用目光对童童作了“全身检查”，问他摔痛哪儿了？

童童扮了一个鬼脸说，我是故意吓唬你们的。爸妈这么着急地扶我，为什么就不能去扶那个奶奶呢？

爸爸苦笑着说，这不是一回事呀！你是我的宝贝儿子，谁知道她是谁呀？万一是个没良心的，或者碰瓷的……

童童严肃地反驳道，她也是奶奶呀！你们平时不是告诫我，要知礼节，讲礼貌，看到老人要喊爷爷奶奶吗？

妈妈又想抱童童走，童童断然地跑开了，边跑边叫，奶奶跌倒，怎么可以不扶呢？你们大人不扶，我去扶！

童童一溜烟跑回那位还在呻吟不止的老奶奶身边，大声喊道，奶奶——我是童童，我来救你！

尽管老奶奶很瘦弱，可任凭童童使出吃奶的力气也拽她不起。好在爸爸妈妈到底帮了童童的忙。

童童又用命令的口吻对爸妈说，赶紧送奶奶去医院！爸爸妈妈如雷击顶，一时不知所措了。

老奶奶似乎并无大碍，连声对童童一家致谢，说自己没事，你们放心走吧。

走出不远，童童奇怪地问爸爸妈妈，奶奶还感谢我们呢！你们大人为什么那么不乖呀？

爸爸妈妈似乎松了一大口气，爸爸还自语道，也许，事情本没有那么糟糕？

但是仅过了一天，爸爸妈妈又高度紧张和无限后怕起来。他们从电视节目中得知，昨天在街上遇到的那个老奶奶是电视台请的一个专业演员，童童一家无意上了《寻觅好人》节目，是隐蔽拍摄的。

爸爸庆幸地说，我说呢！幸好是做节目，不然我们就栽了！

妈妈也一脸惶恐，亲着哄着童童说，宝贝听着！你是个聪明的孩子，以后可不许做蠢事啦。

童童伤心地哭了！童童越发搞不懂大人的世界了。

自此，童童渐渐变得闷闷不乐了。

一天，家中无人，童童不知怎么从四楼阳台上掉了下去。万幸的是，一个打此经过的农民工奋不顾身地伸出双臂接住了孩子。童童安然无恙，农民工双臂严重骨折，住进了医院。

第二天，爸爸妈妈带着童童去探望感谢救命恩人。童童突然问，爸妈，那位叔叔也是做蠢事吗?

爸妈闻言羞愧难当，同时泪流满面，不，不，宝贝！是爸妈蠢，爸妈蠢呀!

童童终于又会笑了。

童童不会告诉爸妈，自己是看见有人过来，故意爬上阳台掉下去的。

# 稻花的梦想

怀揣作家梦的小保姆，一心想进主人豪阔的书房……

每个人都有梦想。稻花的梦想是什么呢？她的终极梦想是当一名作家。

听说很多著名作家小学都没毕业呢，还不是写出了很多名篇吗？有的还获了世界级文学奖呢！还有，张海迪，文化程度也不高，还是高位截瘫的残疾姑娘呢，不也成了著名作家嘛！

不过他（她）们都是以超乎常人的意志，经过坚持不懈地努力，最终才到达成功的彼岸的。稻花心里暗暗以他们为榜样，她相信“精诚所至，金石为开”的道理。

她眼前的梦想是，哪一天能够走进主人豪阔的书房，如饥似渴地去读那些琳琅满目的国内外名著。稻花有自知之明呢，她清楚自己文化底子不够，得好好“充电”哩！

其实，稻花先前也有一个梦想，就是考上大学，离开贫穷的家乡，到城市去当“白领丽人”哩，然后把爹娘和小弟接到城里，共同享受新生活。可她的美梦被命运无情地撕碎了，高考时她只达到了三本分数线。爹娘叹着气说，闺女，三本也没啥念头，大学毕业也是个失业。家里的情况你不是不晓得，还是委屈你，趁早去城里打工吧。

就这样，不满十八岁的稻花千里迢迢来到了深圳，在职介所里很幸运地找到了一份家政的工作。其实就是当个小保姆，不过月薪很诱人的，三千多块，快赶上家里半年的收入了。

初入东家的那天，稻花拘拘谨谨、畏畏缩缩，手脚都不知往哪放才合适呢。

不过男女主人都不错，对稻花蛮和气的。特别是男主人，年届五旬，相貌堂堂，鼻梁上架一副金边眼镜，一派儒雅之风。

这家的郊外别墅真阔绰啊，比稻花家乡的乡政府大楼气派多啦。这可苦了稻花，光搞卫生就要花去半天时间，还要出门买菜，洗衣服做饭。一天下来，稻花真是骨头都累散架了，上下眼皮一碰就想睡觉。她备战高考的时候也没这么疲惫啊。

可稻花不想当一辈子保姆，她也得追求自己的梦想和事业，就狠掐自己的大腿，硬撑着看自己从老家带过来的文学书籍。第二天早起，对镜一照，自己成了黑眼圈的大熊猫。可她哪有大熊猫金贵呢，又开启了一天忙累的生活。

一天里，稻花最愉快的时光也是有的，一个当然是夜晚灯下苦读或练笔，另一个就是打扫卫生时进入男主人的书房了。

书房里的陈设极豪华，这些并不能引起稻花太多的兴奋和兴趣，她太羡慕喜爱高档书橱里的那些林林总总的经典书籍了，而且一律是精华版典藏版。什么《红楼梦》《聊斋志异》《平凡的世界》《白鹿原》呀，什么《战争与和平》《红与黑》《巴黎圣母院》《世界经典短篇小说选》呀，应有尽有。稻花两眼放光，唏嘘不止，可书橱上的一行字“未经允许，不得翻阅”却让她望而却步，滚烫的身心仿佛一下子掉进了冰窖里。

开第一个月工资了，稻花请了半天假，乘车直奔城里的书店，一连跑了好几家，最终一本书也没买，一问书价，就吓得她直吐舌头。返回前她去了银行，将工资全部汇给了父母。稻花知道，爹娘疾病缠身，做不动啥体力活，光看病一年就花去了半年的家庭收入，弟弟又是个弱智，家里眼睁睁盼着她打钱回去哩！

稻花的梦想不会改变，她晚上更加刻苦地反复读那几本文学书，更加勤奋地写作。当然，这些都属于“地下活动”，她不想让主人知道了笑话。

本来稻花只晓得男主人是个很有钱的地产商，直到有一天稻花意外得知男主人还是当地一家知名刊物的名誉主编时，不禁心有所动了。用过晚餐，稻花见男主人心情大好，就哆哆嗦嗦地捧出一篇小说稿请主人指正。

男主人感觉很意外，他礼貌性地接过稿子瞄了几眼，就还给她说，有点基础，关键是多读，多写，多思考。功到自然成。稻花受到鼓舞，心底就涌过一阵暖流，嘴里竟迸出一句冒失的话来，我可以看您书房里的书吗？男主人似乎一愣神，女主人拉下脸来说，没看见书橱上贴的字条吗？稻花脸一红，立刻噤若寒蝉了。

过了些时日，女主人出国旅行去了，偌大的别墅里只剩下男主人和稻花。

一夕，稻花正在灯下写小说呢，男主人敲门走了进来，喷着满嘴的酒气。男主人扶了扶金边眼镜说，我跟杂志主编打过招呼了，可以破例发表一篇你的小说。因为我是杂志的赞助商。

真的？太好啦！我不是做梦吧？稻花高兴得跳了起来。男主人顺势搂住她，说，只要我愿意，还可以送你去文学院进修，帮你获文学奖，短平快地实现你的作家梦！

稻花沉醉在男主人描绘的理想世界里，翌晨醒来，稻花发现自己一丝不挂，她猛省到昨晚发生了什么，她扑倒在床，无声地大哭起来。哭过后，她照常起床，做早饭，拖地，出门买菜……

一直没见到男主人，她想男主人定是一早就去公司上班去了。忙活得差不多了，稻花鬼使神差地走进了男主人的书房，她心里突然有了一种底气，几乎是冲上去取下《鲁迅全集》，颤抖着手打开——只有一个装帧精美的书套，里面什么也没有！

她不明所以地一连翻了十多本书籍，本本如此……

几天后的该市晚报刊发一条消息：护城河昨有一外地打工少女落水身亡。据目击者称，此女可能患有精神疾病。

# 无家可归的玉米

一株动迁到城市的玉米，它的命运将会怎样？

我是一棵玉米。现在却不得不离开故土，迁徙到城郊结合部的怡民新村。我被主人寄养在小区精致的水泥花坛里，经过主人不厌其烦地精心侍弄，和兄弟姐妹们倒也长得精精神神，郁郁葱葱。

我正做着挂满果实以回报主人的美梦呢，小区里突然闯进一群怒气冲冲的干部模样的人，他们不顾我主人和小区居民的苦苦哀求和阻拦，把我拦腰折断，腰斩处顿时默默流淌出甜腥的液体，但我的眼泪对这群疯狂的人们毫无用处，结果我们同族全被连根拔起，被扔上农运车，送往郊外的垃圾焚烧场。

我的主人举着一截我残缺的身体，跟那群人中一个为首的大胖子交涉。主人又哭又吼，种子是俺特意从乡下老家带来的，为啥要毁掉俺们的庄稼？

有个眼镜对小区居民介绍说，这是县长。

县长声色俱厉地高声道，对！本人还是创建全国文明城市指挥部的常务副指挥长。创城事大，人人有责。我们举全县之力，拆除乱搭乱建，取缔占道经营，整顿交通秩序，惩治不文明行为，为市民营造美丽和谐家园，助推经济发展，可谓用心良苦！谁破坏创城，就是破坏城市形象，破坏投资环境，就是罪人！你们肆无忌惮毁坏花坛里的花木，种些土得掉渣的庄稼，真是大煞风景！国家创城验收组即将莅临检查验收，坏了全县的大局，你们谁负得起这个天大的责任？念你们是初犯，每户罚款五百，以儆效尤！如有再犯，一律行政拘留！

胖子指示园林部门迅即恢复该小区绿化。

小区居民也不是省油的灯。在我主人的带领下，第二天齐聚县政府门口，群情激愤，闹闹哄哄，场面混乱不堪。

胖子县长气歪了脸，急调公安到现场维持秩序。双方剑拔弩张，一触即发。

这时驶过来一辆轿车，有人高叫，这是县委书记的车！他是创城指挥长！让他给俺们一个说法！

我主人挤上前去，手里依然高举着我的一段残骸。县委书记下了车，在我主人唾沫四溅情绪失控地诉说声中，了解了这场纷争的大致情形，他神情凝重，大步走上台阶的最高层，用果断有力的手势示意大家安静。

胖子县长忙递过去电喇叭，县委书记浑厚的声音响起：创城也应该实事求是，因地制宜！好事要办实，实事要办好！怡民小区的居民是因项目建设而动迁安置的郊区农民，你们舍小家顾国家已然难能可贵！我郑重宣布，怡民小区特事特办，花坛里可以种植玉米、向日葵等庄稼，还可以栽一些茶树，但要精心设计，合理布局，保证整齐美观！

人群里发出阵阵欢呼声和鼓掌声。主人抱着我痛哭流涕……

不久，国家创城验收组来到怡民小区，对小区里独具特色和乡村风情的绿化效果赞叹不已。陪同的县委、县政府主要领导如释重负，不禁眉开眼笑。

突然，他们的笑容凝固了。小区上空竟然响起了公鸡嘹亮的啼鸣声。

验收组的领导沉下脸来，用严厉的目光质询县主要领导，县主要领导的脸霎时变得比公鸡鸡冠还红。

正不知如何回答，我的主人怀里依然抱着我的残骸，插话道，那是俺瘫痪在床的爹，舍不得离开乡村，离开土地，老是在听录音下来的公鸡打鸣呢！

这时有几个居民的手机响了，铃声设置不是牛哞，就是鹅鸭的叫声……

来人都微微颤动了一下……

# 阁楼上的琴声

天籁般的曼妙的琴声，是谁人在弹奏？

那是一次刻骨铭心的旅程。

正值江南的雨季，一如我湿漉漉沉甸甸的内心。我带着极简单的行囊和孤独的身影，只身来到千里之外的皖南，去赴与诗仙李白的心灵之约。传说中李白大醉采石矶然后蹈江捞月的生命结曲，与我的内心隐痛再契合不过。

三月的江南烟雨中，春寒依然料峭，桃花十里，遍地落红，像大地渗溢的朵朵胭脂泪。游客不多，亦不算少，雨水似乎并未洇淡人们的游兴。独有我，仿佛一只失群落单的孤雁，一瘸一拐，沉重的脚步若空谷回音，响在兴奋与热闹的外面。

我像一具躯壳，漫无边际地梦游在大唐诗仙营造的意境里，没有了以往吟读唐诗的激动、美好与憧憬，心底反而溢满撕裂般的疼痛。

十里桃花是新栽的吧？万家酒店看似古色古香，但稍一细究就是个拙劣的仿古的赝品。踏歌岸阁太过簇新和矫揉造作……我心情愈加如铅灰色的天空和阴沉着脸的雨幕了。一切都是假的，什么都叫人绝望，还有什么流连依恋的呢？

我决定最后去看一眼汪伦墓，会一会这个千年以前无事生非惹出恁多风雅故事的家伙，然后……桃花潭的水真清真碧，委实是一个不错的谢幕舞台。

自己在影视舞台上呈现了那么多光鲜的角色，令无数粉丝为之疯狂，不想一次未用替身的特技表演竟轻而易举地摧毁了一个青春偶像，命运是多么不可捉摸啊！还迟疑什么？在影迷心中留一个完美无缺的形象记忆吧，尽管句号画得是如此匆忙和不圆满。

汪伦墓看上去就很可疑，也难怪，人们应该理解景区开发经营者的苦心。我惨然一笑，这时风雨声更急骤了，我知道这是冥冥中在催促我不要再磨蹭，——你还是当初那个干练果敢的白马王子吗？我似乎听见汪伦和李白在急切真诚地邀我前去共饮。好！我马上到。

突然，天地间飘来一阵曼妙的天籁般的琴声。我浑身触电般颤抖起来，湿漉漉的江南烟雨里，这突如其来的是多么美妙的琴声啊！我顿时呆立在那里，肉体和心灵仿佛一下子都停止了呼吸，不！是不再吞吐氧气和二氧化碳，呼吸的全是这如同仙乐耳暂明的古筝声。

——音乐是从汪伦墓左边的一个古旧的木质二层阁楼的雕花木窗里淌出来的。我听出这是张若虚的《春江花月夜》，随着一个个音符流淌而出，在我心灵的显示屏上展现出一幅幅美轮美奂、撼人心魄的生命的美景……

弹奏出这生命华章的一定是个充满浪漫人生和生命激情的人！我冰封的心河开始缓缓地解冻，古筝犹如拂过我心之原野的温煦的春风。鬼使神差般，我走进这栋老屋，心奇异地跳动着，呼吸急促着，沿着曲里拐弯的木楼梯，橐橐有声地费力地爬上阁搂。

一个年轻而美丽的姑娘回眸一笑，有点像受到惊吓的小兔子一样站了起来，不小心在筝弦上碰出一串惊飞的小鸟，鸟鸣声也是那么悦耳动听。我的瞳孔很快适应了阁楼上略显暗淡的光线，天哪！姑娘灿烂的笑脸上，目光却呆滞无神，——她竟是一个盲女！

我浑身一颤，眼眶一热，顿时陷入无边的江南烟雨中，我倏然觉到烟雨残红更显出生命的另一种美丽！同样慌乱情急之下，我突然冒冒失失迫不及待地对那姑娘说道，你的乐声里充满了美景和美好。我带你离开阁楼，去看更广阔的天地好吗？

姑娘微笑着点头，我早期待这一天。它终于来了。别担心，我什么都看得见！

我俩一齐望向阁楼外——雨住日出了，沐浴一新的桃花潭宛似一个古典而又时尚的美人，动人心魄。

# 公园里

一个神秘的漂亮女人，为什么天天到公园放飞鸟儿，又为何突然消失？

退休后，老袁无所事事，闷在家里发慌，动不动莫名其妙冲老伴发脾气。

老伴说，老头子，你这人贼没生活情趣，不打牌，不钓鱼，不运动，自己给自己治气！南山公园里遛鸟的老人蛮多，改天我给你买只画眉，每天我去公园跳广场舞，你就逗鸟玩！

老袁依了老伴。

此后老袁天天去公园遛鸟，见识了许多叫得出名叫不出名的鸟儿，结识了不少和自己一样安享晚年的老人。老袁一下子重新找到了生活的乐趣和精神寄托，天天乐呵呵的，身体也越来越棒。老伴也别提有多开心啦。

但老袁某天在公园里发现了一个不开心的人，还是一个年纪轻轻的姑娘。

这姑娘气质不俗，衣着华贵，貌美如花，她凭什么这样不开心呢？

她每天都到公园来一趟，来了什么话也不说，就那样一个人落寞地在遛鸟的人群里徘徊不定，有时呆呆地长时间地盯着笼子里各种美丽的鸟儿发怔，发痴。

老袁发现这女子举止神情怪异，就悄悄注意上她，老袁发现这姑娘盯着鸟笼看时，还会叹气，还会流下泪来。

老袁悄悄告诉老伴，这女子八成脑子有问题，得盯紧她，别做出傻事儿。

后面发生的事更证实了老袁的判断。

这女子从坤包里掏出一大把钱，要买一个老头的鸟儿。老头起初不舍，见那女子手里厚厚的一沓钱，且十分坚持的样子，老头于是改变了主意，而且两眼放光，喜笑颜开，连笼带鸟交给了那姑娘。

女子面无表情地马上打开鸟笼，放飞了那只鸟儿。

老头惊呼，我的鸟！我的鸟！姑娘，你咋把鸟放了呢？钱烧得啊！

从这天起，这个漂亮时尚的年轻女子每天都花钱央求着从别人手里买下一只鸟，然后将鸟儿放飞。

公园里遛鸟一族窃窃议论，有说她脑子有病的，有说她是爱鸟协会的。只有老袁含笑不语。

女子终于走到了老袁的面前，铁青着脸要买老袁的画眉。

老伴见女子手里的钱，撺掇老袁，就卖给她吧，老头子。回头再去花鸟市场买一只。

老袁把老伴呵斥到一边去，老袁哪舍得卖自己刚遛熟的鸟，见姑娘眼圈红红的，一副企求地样子，老袁心软了。他直接打开鸟笼，只见笼中的画眉箭射而出，发出一串欢快地叫声。

老袁当然没要那女子递过来的钱。

女子朝老袁深深鞠了一躬。

此后，老袁再没见过那个怪异的年轻女人。

老袁也再不玩鸟。

他只是天天陪着老伴去跳广场舞，给她拿衣服，买矿泉水，当啦啦队，忙得不亦乐乎。

老袁说，他就像一只自由快乐的鸟儿，陪老伴玩累了，就飞回自己的窝。

# 回乡记

故乡啊！想说爱你不容易……

鸡年春节前夕，龙有根驾车回到了阔别已久的家乡疙瘩寨。龙有根的心情又激动又复杂，别有一番滋味在心头。

放眼望去，老家呵，山也还是那座山，梁也还是那道梁，十多年过去了，除多了一条水泥路，几栋小洋楼，竟看不出有多大变化，田野里光秃秃白茫茫的，村庄里静悄悄地难得听到几声鸡鸣狗吠。此时漫天正飘舞着密集的雪花，差不多模糊了龙有根开车的视线，他觉得眼里有几分湿湿潮潮地热。

他是十几年前离开这里到温州打工去的，一路打拼，现在已是一家装修公司的老总了，在城里有房有车，早把老婆孩子接进城了，父母已经过世，算起来在疙瘩寨他只有一个婶娘了。

唉！龙有根不自觉地叹了口气，脚尖搭在刹车上，低档慢行在越积越厚的雪路上。这次回乡，他也不是回来过年的，而是办一件只有乡村才能办到的事情，办完事就走，老婆孩子在城里眼睁睁地盼着他早点回去呢。

龙有根这样想着，一不留神，奔驰车的一个前轮“扑哧”滑进了村口路边的一条雪沟里。龙有根心想，这是家乡对他多年未归近乎忘本的小小惩罚吧？他猛踩油门，车子一阵狂吼和颤抖，却挣不脱雪沟的纠缠。

引擎声从村口的平房楼屋里拽出了几条人影，却几乎是老人、妇女和孩童。龙有根叫道，这鬼天气！大叔大婶过来帮我推推车！

一个妇女拢过来看了看，手一挥，招呼其他人说，城里人有的是钱！帮这老板推推吧，可不兴白干！市场经济嘛，有偿服务。

龙有根听声辨容，认出是桂花，就拍了桂花一下，惊喜地说，桂花妹子，别大水冲了龙王庙，我是村东头的有根啊！

不料桂花一戽龙有根的手，酸溜溜地大呼小叫起来，哎哟喂！是龙总啊！敢情是老北风把你吹回来啦？你还回来干什么？一家人不都迁到温州享福去了嘛！

龙有根苦笑道，别这么说。这里还是我的家乡，我的根扎在这呢！

人们七嘴八舌地一阵嚷嚷，算了吧！疙瘩寨哪有城里安逸热闹？又好挣钱，又好享受。

就是！要不，村里人咋都跑光啦？外出打工的打工，过年都很少回来。不打工的也都争着在镇上县上买房，八仙过海各显神通去了。过去村子里都热闹啊，现今成半个空村啦……

龙有根哀求着说，亲不亲，家乡人。大叔大婶们，行行好，出把力，帮我把车推上来，我给工钱还不行么？

乡亲们嬉笑着说,听说有根大发了,还在乎几个小钱？吃顿饭都得万把块呢！还要包二奶小三，钱就跟草纸一样！

车子终于被推出雪沟，龙有根钻出驾驶室，心里很不是滋味地给推车的大人小孩每人一张百元人民币，道过谢，然后开着车小心翼翼地去了村东婶娘家。

龙有根清楚地听见桂花在他车子开动时冷笑，轻狂什么？不就两臭钱？行船走马三分险哦！

婶娘突然见到龙有根，一时高兴得手脚都不知往哪放，忙招呼他进屋，拍打掉他头上身上的雪花，又是让座又是沏茶。龙有根这才抛开刚才的不快，顿感心里热乎乎地暖和。

婶娘说，饿了吧？我去做你爱吃的。

龙有根扶住热情的婶娘说，不急。哎，几个堂兄弟咋都不见？就你一个人？

婶娘倏然黯下脸色，灯影里更显苍老，她撩起围裙擦了擦眼角叹道，和你一样，都拖家带口出门打工了，几年都不回家。快过年了，我天天去村口望，等，就是不见人影……龙有根沉默了。

直到饭菜上桌，龙有根才又跟婶娘聊起话来。婶，这稻米蔬菜都是您种的？

不种咋办？八十岁的婆婆砍蓬蒿，一天不死一天要烧哦！也只种个口粮田，你没看见村外的田地都抛荒了么？想想怪心疼的，可地里种不出钱啊！

龙有根像突然想起了什么，急急起身走了出去，不一会挟着一股冷风拎进来几个大礼包，动情地对婶娘说，可苦了婶子了！这点营养品，不值什么钱，是侄儿的一点孝心。

婶娘再三推辞不掉才作罢，又撩起围裙擦了擦眼角。婶娘忽然兴奋地说，根儿，这次回来是过年的吧？我婶侄俩一起过，也有个人说说话！

龙有根一阵吞吞吐吐，不得不道出实情，不行啊婶！我这次回老家，是想买几头土猪肉，赶在春节前给几个大客户送过去。这年头，商场如战场，生意不好做呢！

只听婶娘叹了口气，嗨！现在田都懒得种了，菜都不想兴了，还有人养猪？吃肉都是上街买，养殖场饲料喂的猪！

龙有根显然吃了一惊，不会吧？我在疙瘩寨的时候，家家户户喂猪哩！都说不养猪的不是正经庄户人。过了冬至，就争着杀年猪，杀了猪不管大小，还把乡邻们请来家里吃杀猪饭，还挨家挨户送点肉尝新，再不济也要送点猪血晃和花油哩。

婶娘说，不信，根儿，你明天挨户去打听吧。

第二天，龙有根起了个早，吱嘎吱嘎地踩着冻雪到村子里转悠，见人家开了门就进去问养猪没？回答如出一辙，养猪弄不好倒贴本哩，谁还养？

龙有根眨巴着眼，还是不大相信，接连趴了几家的猪圈，都是空荡荡的，有的猪圈都东倒西歪不成样子了。

龙有根垂头丧气地走在村街上，心想自己真是白跑一趟了。他想明天就走，老家早不是他日思夜梦的老家了。

龙有根又见到一家门“吱呀”一声开了，桂花的胖身影在门里闪了一下，龙有根就不由自主地走了进去。

桂花翘着屁股在灶下烧开水，被烟熏得一个劲咳嗽。龙有根套近乎说，一大早，烧这么多开水干啥？

桂花不咸不淡地答，是龙总啊！才离乡几天，就不晓得腊月烧开水干啥啦？贵人多忘事。今天杀年猪哩！

你家养了猪？龙有根喜出望外，奔到猪栏边，果然看到一头两百多斤的黑肥猪。

他返回身客气地商量，桂花妹子，土猪肉香啊！能不能卖一半给我？好多年没吃过家乡的土猪肉了。

桂花鼻子里哼一声，剜了他一眼，不卖！城里啥好东西没有？有钱天上星星都买得到。

龙有根尴尬地笑道，这猪怕要杀不少肉哩，你吃得了？

吃不掉，不晓得腌腊肉啊？留着大人孩子慢慢吃。城里人长嘴我们没长嘴？有钱人能吃我们就不能吃？

几句话呛得龙有根面红耳赤，赶紧落荒而逃。

婶娘看见龙有根怏怏地回来，说，婶子没瞎讲吧？

龙有根点头，婶讲得对，问遍全村，真是一头猪没有。

恰在这时，村西头响起了一阵猪的嚎叫声，好在婶娘有点耳背，好像并未听见。

龙有根止不住自己的一种强烈地渴望，请吃杀猪饭怕是希望不大，婶娘辈份高，人缘好，桂花总会端来一块猪血晃吧？

直到天黑，也不见桂花的人影上门。龙有根故意把话把子扯到桂花身上，婶娘叹着气说，桂花也是个苦命人哪！带着几个孩子守在家里，男人出去打工三年没着家啦，听讲在城里被一个富婆看上了。桂花这就恨起了城里人，有钱人，脑子有时就有点不做主。唉！

第二天上午，龙有根决计回程了。发动了轿车，才发现一只车胎瘪了。他疑惑地下车检查后发现，车胎是被钉子故意扎破的。

婶娘幽幽地说，车咋说坏就坏了？难不成是天意，老家舍不得你走哩。

婶娘边抹眼睛边递给龙有根一个塑料袋，根儿，这里面装的是老娘土，走哪都别忘了家乡，没根那是浮萍草哇。

龙有根压住火气，对婶娘点点头，拿出备胎和千斤顶，在雪地里换起了轮胎。

村主任马小六走过来，主动帮他的忙。车胎换好了，龙有根向马小六道谢，马小六说，龙总，有根兄弟，您现在是成功人士，致富不忘乡亲，可要情系桑梓哦！我们建村部办公楼还差一笔钱，您看……

这事，很急，很重要吗？龙有根笑笑，发动了引擎，很快化成了雪野里的一个黑点，直至看不见了。

回到温州的家，龙有根把老娘土郑重地供在窗台上。没几天，土里竟冒出好几株野草来，是他最熟悉的家乡的龙须草。

龙有根的眼莫名地又热又酸，他劈头盖脸地对老婆孩子说，过了元宵节我们就都回老家！我决定把装修公司卖了，回疙瘩寨建一个大型的生态农庄，种庄稼，养猪，养鸡，搞农副产品精深加工，让乡亲们以土地入股，当农业工人，好家庭团圆，共同致富！

老婆说，你没说胡话吧？还用手摸了摸龙有根的额头。

我很清醒！龙有根回答得掷地有声。

# 教妈妈写字

妈妈真“笨”，悦悦能教会妈妈写自己的名字吗？

悦悦盼星星盼月亮，每天都要跑到村口的老桂花树下望好几次，人冻得像树上抖个不停的枯树叶，清鼻涕挂得老长。

等不来妈妈，悦悦回去就哭着找爸爸要妈妈。爸爸搂紧悦悦，用嘴唇舔干她小溪般的眼泪水。爸爸说，妈妈就该回来了，说好了回来陪悦悦过年！

直到腊月二十八，天擦黑的时候，妈妈才背着拎着大包小裹进了家门。

爸爸一时高兴得竟呆在那里不知所措。

妈妈撂下行李喊，悦悦——俺的宝贝。悦悦同时又惊又喜地连声喊，妈妈，妈妈……母女俩百米冲刺般像张开翅膀的鸟儿扑向对方。

爸爸一声不响、一瘸一拐地到厨房给妈妈做饭去了。

妈妈搂着悦悦亲了嘴巴亲脸蛋，直到悦悦喊“疼”，妈妈才住了嘴。

妈妈这才像想起什么，问悦悦，妮儿，学习成绩咋样？爸妈小时候家里都穷，兄弟姊妹又多，没上过一天学哩！这年头没文化，可有吃不尽的苦头。

悦悦一溜烟地从房间里拿来好看的花书包，迫不及待地从书包里掏出成绩单，有点炫耀地对妈妈耳语，门门课优秀，全班第一哩！

妈妈脸上笑开了花，又要亲悦悦，俺妮儿能哩！争气哩！悦悦说，疼，疼！咯咯笑着跑开了。

妈妈眼睛眉毛都笑弯了，妈妈打开行李向悦悦招手说，妮儿，快过来，看妈给你买了啥。

妈妈一样一样往外掏东西，悦悦发出一声一声地惊喜，哇！铅笔盒。哇！新衣裳。哇！好吃的……

吃过饭，妈妈凑到桌子边做寒假作业的女儿身旁，讨好地说，妮儿！有空吗，教妈妈写字好不？

悦悦拍着巴掌欢呼，好！好！我也当老师喽！

爸爸却笑得差点岔了气，老都老了，还学写啥子字？

妈妈一脸庄重，认真地说，俺有多老？才三十出头，以后的日子还长着哩！俺在上海做家政，每天到菜市场买东西，都要求人家给写菜单子，每次东家发工资，都要俺在收条上摁手膈哩！

爸爸不笑了，咕哝道，都怪俺，工地上摔坏了腿。

爸爸也讨好的样子对悦悦说，妮，就教你妈妈写字吧。

悦悦歪着脑袋问爸爸妈妈，从什么字教起呢？

爸爸说，当然先教你妈学会写自个的名字呀。

悦悦点了点头，从书包里拿出一本新练习本，用铅笔一笔一画地写下妈妈的姓名：王美枝。然后把本子和笔推给妈妈，让妈妈照着写。

只见妈妈努着嘴，笔总也捏不稳，使出吃奶的力气照葫芦画瓢，大冬天额头上竟沁出细汗粒来。

妈妈真让悦悦失望，从年前教到正月初五，妈妈字歪歪扭扭比蚯蚓爬得还难看，高低写不对自己的名字，不是把“王美枝”写成“王夫权”，就是写成“王关技”、“土美板”……

悦悦都不耐烦了，悦悦噘着小嘴说，妈妈真笨！

悦悦失去耐性，不想教妈妈写名字啦！

爸爸又给悦悦压了一回岁，爸爸满脸媚态，央求悦悦，妮，不行的话，先教会妈妈写你的名字。

悦悦捂着嘴巴笑，我名字笔画多，是老师给起的名字，妈更不会写了。

爸爸讪笑着，妮，就试试呗。再学不会，你妈也就死心啦。

悦悦怎么也没想到——简直不敢相信，第二天晚上，妈妈歪七扭八就学会了写她的名字“佟馨悦”……

那天晚上，悦悦偎在妈妈的怀里，小呼噜打得好响好甜。自己终于教会妈妈写字了，她几次从梦里笑出声来。

悦悦不知什么时候被爸爸叫醒了，爸爸端给悦悦一碗香喷喷的饺子，爸爸说，妮，妈给做的你最爱吃的白菜猪肉馅饺子，俺刚热了热，快点吃。

悦悦揉着惺忪的睡眼，问，妈妈呢？

爸爸沉默着从怀里摸出一张纸条，递给悦悦。

悦悦疑疑惑惑地打开纸条，见上面歪歪扭扭地写着两个字“悦悦”，后面画了一个长头发的女人，胸前一个包，背后一个裹……

悦悦“哇”地一声哭了起来！

# 牡丹紫荆相映红

一束紫荆花紧紧依偎着一束牡丹花，红得热烈，艳得深沉……

恰是紫荆花开正盛的时节。阿香和那名解放军驻港部队军官的故事却并不如阿香想象、期待的那样浪漫，阿香有点沮丧，有些忧伤，但更多的却是感动。

此刻，阿香胸前捧着一束紫红热烈、深情似火的紫荆花急切地走进驻军医院的大门。

阿香是在一次去参加“保普选，反占中”的大游行活动的路上，以一种惊心动魄的方式结识那名中国军人的。

她驾车赶到维多利亚公园附近，将车开进一个地下停车场，刚打开车门，一个人影冲过来扼住她的咽喉，在她难以喘息、只觉无限恐怖之际，脖子上的那条钻石项链被粗暴地拽断夺走。阿香拼命呼救，一名中国军官在停车场出口抓住了那个劫匪，钻石项链失而复得。

谢谢您！阿香在这名高大英武的年轻军官面前，粉面上无端地开出朵朵紫荆花，请问兵哥哥，您叫什么名字？

军官微微一笑，回答，我姓严，叫严黄。

好名字！又响亮，又亲切！我们都是中国人！阿香从包里取出一张香喷喷的名片递给那名军官，我叫阿香，是开珠宝店的。欢迎您随时光临本店，购物一定给您最优惠价！我们家是民国时期才移居香港的，老家河南洛阳。

军官乐了，没想到我俩还是老乡，我正是洛阳人。洛阳牡丹甲天下啊！

军人告辞时提醒道，外面人多杂乱，千万注意安全！

阿香有点失神地凝望着军人匆匆离去的背影，想道，要把参加占中的弟弟阿标坚决劝回来，最好也让他加入反占中的游行队伍。

从这天起，阿香就有点失魂落魄了，在自己的珠宝店里老是坐立不安，不停地打量着从店门口走过的每一个人，看见有着军装的人，她就会立刻激动紧张起来，身不由己地跑到店门口去看，但带给她的总是失望和叹息。

弟弟阿标近来几次缠着阿香要吃羊肉泡馍，这是从祖父祖母手里传下来的家庭名吃，可阿香对弟弟没有好脸色，好口气，还教训他说，闹饿了就想吃羊肉泡馍啦？别忘了，面粉是大陆生产的，羊肉也是大陆供应的！连我们喝的母亲河的东江水也是从大陆流过来的！

无奈姐弟情深，阿香到底还是给阿标做了羊肉泡漠。让阿香高兴的是，弟弟似乎幡然醒悟，安安心心地坐回大学教室去了。

阿香终于体验到什么是“望穿秋水”、“女子怀春”。她现在白天晚上、吃饭睡觉，眼里、心里总也赶不走那个年轻军官的身影和面容。阿香瘦了，憔悴了，她不能再“守株待兔”了，她决定去军营找他，大胆地向他表白。

不巧的是，阿香扑了个空，她被告知，叫严黄的军官执行任务去了。

黯然伤神让阿香对那名军官的思念更加迫切而不可遏止。回来后，她取出珍藏的精美古雅的薛涛笺，纤手握着狼毫颤抖着写下：亲爱的严黄，我爱你！

也许是上天眷顾怜惜阿香吧，墨迹未干，她竟异常惊喜地发现，店门口走过的一个高大英武的军人正是严黄！阿香近乎失态地冲出去，不容抗拒地将那封弥漫着古典主义气息的情书塞到了军官手里，然后逃回店里。

再然后是度日如年般地漫长地等待和翘盼。

一天，那名让阿香日思夜梦的年轻军官突然出现在她的珠宝店里，阿香简直激动幸福得想哭！

军官说，阿香你好！我想买一条钻石项链和订婚戒指！

阿香幸福得差点晕过去，是自己的大胆表白立竿见影了吗？

军官微笑着补充道，是我女朋友从老家洛阳赶来和我订婚呢！价格公道就行。

阿香还没怎么反应过来，更刺激她的一幕出现了！

都不许动！把金银珠宝给我们多拿点，别舍命不舍财！两个突然闯进来的蒙面人挥舞着手枪咆哮道。店堂里顿时惊叫一片，乱作一团。

在阿香大脑一片空白之际，只见那名军官已徒手和两名劫匪搏斗起来，一声枪响，军官胳膊受伤，但军官忍着剧痛硬是制服了劫匪，将劫匪交给了火速赶来的香港警察。

当阿香先疾步后缓步、忐忑地走进驻军医院受伤军官所在的病房时，她的眼前灿然一亮，床头放着一束深红色的牡丹花，开得是那样雍容端庄，馥郁芬芳。——床前还绽放着一朵清新美丽的女人花！

病床上，面色略显苍白的军官热情地向阿香介绍道，这是我的女朋友美娟。美娟，这是我的香港朋友阿香！

阿香这才放松下来，噙着泪花说，祝兵哥哥早日康复！到时别忘了请我喝你们的喜酒！

美娟走过来亲热地拉着阿香的手，阿香看见她的脖子上戴着一条金灿灿的钻石项链。

一定请你！

床头柜上，一束紫荆花紧紧依偎着一束牡丹花，红得热烈，艳得深沉……

# 天上掉下个林老板

玄妙的招“商”，“伤”的是谁？

县上压给疙瘩寨乡3000万元内资的招商引资任务，贾乡长整天愁眉苦脸，心烦意乱，坐立不安，嘴里嗞嗞啦啦的，像牙疼。

疙瘩寨一无资源优势，二无人脉资源，三倒是有交通劣势，穷乡僻壤，兔子不拉屎的地方，要招商引资真比到天上摘星星还难哟！

可县长在全县招商引资动员大会上说了，这既是经济任务，更是政治任务，引不到厂子、票子，就别想要位子、帽子！

尽管疙瘩寨是个贫困乡，财政上勉强只够发发工资，但兔子被逼急了还咬人呢！马乡长就安排从银行贷了5万元款，亲自担任招商小分队队长，先后奔赴长三角、珠三角地区招商，玩了上海外滩、东方明珠、西湖、普陀山、武夷山、鼓浪屿，几次被海鲜吃坏了肚子，可项目没谈成一个，贾乡长只好带着小分队灰溜溜地撤回来了。

眼看大半年过去了，年终考核越来越近了，贾乡长更加着急上火了，真的牙疼了，嘴里不停地嗞嗞啦啦，腮帮子肿得老高。

这天，乡政府大院里突然驶进来一辆黑色小轿车，说是来考察项目考虑投资的！正在打点滴的贾乡长闻此喜讯，立马拔下针头，像被打了鸡血一样兴奋，说，正是瞌睡送枕头，腰痛遇到按摩师，天无绝人之路啊！

贾乡长以隆重的规格在政府接待室与客商进行亲切友好地洽谈，甄秘书负责会场服务和记录。

客商只有一人，说自己姓林，在温州拥有过亿资产，如今想转型发展，到农村来投资合适的项目，助推新农村建设。

欢迎！欢迎！热烈欢迎！贾乡长带头鼓起掌来，心里说：真是天上掉下个林老板啊！看那林老板，四十上下年纪，留着板寸头，上穿花格子衬衫，下着牛仔裤，风度翩翩，谈吐不凡。特别引人注目的是，脖颈上戴着一条金灿灿的金项链，那项链足有小拇指粗。

贾乡长详细介绍了乡情和优惠政策后，满脸堆笑地问林老板，不知林总计划投资什么项目？

林老板不假思索地说，当然是投工业项目，无工不富嘛！我想办个电子厂，税收贡献高，又能吸纳大量农村剩余劳力就业。

好！县上最鼓励的就是引起工业项目。请！林总，先去鸿宾楼吃饭。下午我们陪你现场考察！

贾乡长带上甄秘书和人称“乡花”的乡妇联主席焦玫瑰，十二分热情地在鸿宾楼豪华包厢宴请林老板，觥筹交错，谈笑风生，为活跃气氛，彼此还不时地说些黄段子，好不热闹。菜有黄鳝、老鳖、石鸡，酒喝的是高档酒。

结果贾乡长喝高了，甄秘书赶紧扶着贾乡长去卫生间呕吐，此时林老板已经和焦玫瑰喝上了“交杯酒”了。

在贾乡长一吐为快的当儿，甄秘书小心翼翼地悄声说，乡长，我注意看了林老板的车，温州牌照不假，可只是辆半新不旧的桑塔拉！

快闭上你的乌鸦嘴！白天当老板，晚上睡地板，我们要学习的就是这种艰苦奋斗、富而不骄的浙商精神！贾乡长呵斥道。

考察结束，林老板对这里的投资环境非常满意，只是说自己累了，贾乡长连忙安排带林老板去逍遥阁宾馆休息，晚上贾乡长过去又举行了盛大的酒会。

第二天，双方又在政府接待室进行更深入地洽谈。林老板正色道，疙瘩寨最大的优势就是生态环境！办工业不同程度都会造成环境污染。我经过审慎考虑，还是在此投资生态农业项目为宜。

也好，也好！贾乡长并未显出多少失望，慨然道，我们既要金山银山，更要绿水青山嘛！

林老板很赞许地点点头，乡长您有这样的政绩观，实乃地方之幸！百姓之福！难得！佩服！

贾乡长少不了要谦虚一番。

林老板忽而又严肃地指出，一个地方的发展，得规划先行，切忌想当然，脚踩西瓜皮滑到哪里算哪里。我有个铁哥们，是国内著名的乡镇产业规划专家，做一个规划至少在50万以上！你们只要拿个5万元委托我来办，绝对能把事情搞定！

贾乡长面露难色，客气地说，规划嘛，是很重要。可我们乡财力困难，稍迟点再说。吃过饭，我们陪同您再去考察生态农业项目，以便尽快签约，尽早落地。林总您看如何？

好，好。林老板欣然应允。

贾乡长早让甄秘书在鸿宾楼又订了一桌，热情地陪同林老板前去就餐。林老板似乎不经意地问了一句，怎不见焦主席？

贾乡长立即让甄秘书去叫，甄秘书却一个人回来了，抱歉地说，对不起！焦玫瑰告个假，她病了。

贾乡长很生气地说，早不病，晚不病，偏偏在这个时候病了！是怕陪酒吧？轻伤不下火线，我亲自去请！

贾乡长去了焦玫瑰办公室，却见焦玫瑰好好的，贾乡长正要批评她“当逃兵”，不想焦玫瑰却哭起了鼻子，说林老板对她动手动脚的。贾乡长抚慰道，你要像阿庆嫂那样，学会智斗嘛！既要完成任务，又要善于保护自己！

这顿酒局，自然把林老板伺候得极开心愉快。

接着又是考察，贾乡长带着甄秘书和焦玫瑰一路陪同，一路介绍。到了销魂湾，一片好水吸引了众人，大家下车观赏，歇息。

林老板不禁赞叹道，销魂湾，名副其实啊！甄秘书接上话说，依我看，林总干脆投资乡村旅游项目，搞一个销魂湾旅游度假村！生意保管红火！焦玫瑰附和道，可以开发一个天然淡水浴场嘛！青山、绿水、蓝天、白云，多诗意，多浪漫啊！

林老板也似乎被焦玫瑰的描绘和抒情打动了，当即拍板，农业是弱质产业，还是旅游项目短平快！就投资建设销魂湾旅游度假村！

贾乡长高兴得连声叫好！甄秘书似乎更兴奋，说，林总终于选定项目，下定决心，值得庆贺啊！

贾乡长当即交待甄秘书，连夜拟定《销魂湾旅游度假村项目投资框架协议》，明天上午八点十八分在逍遥阁宾馆签订。

次日上午，贾乡长与林老板正式签订招商引资框架协议，协议资金4000万元人民币。

签完协议，林老板催促道，你们的规划要抓紧做哦！

贾乡长微笑着说，我会抓紧，抓紧。

年终考核转眼就到了。全县各乡镇招商引资均为空白，只有疙瘩寨乡签订了4000万元的投资意向书，被评为招商引资先进乡镇。

# 狗娃的作文

爸爸终于回家过年来了，穿着红红的外衣……

去年春节的前几天，妈妈忽然告诉我，狗娃，你爸爸终于可以回家，陪俺们一起过年了。我好高兴。我都快记不起爸爸长什么样了，他是在我刚读小学一年级的时候走的，爸爸已有三年没有回家了。我好想爸爸。妈妈也好想爸爸，快到过年的时候，她天天跑到村口那棵老桂花树下去望，去等，她等来的是一次次地失望，我好几回发现她半夜里咬着枕巾在哭。

爸爸马上要回家过年了，我真激动，更为妈妈高兴。不知为什么，我淘气时妈妈不再骂我打我了，妈妈对我特别好，给我买了新衣裳，又给我买了许多好吃的零食。邻居的爷爷奶奶叔叔婶婶，也待我特别爱怜，走过来摸摸我的脑袋，走过去拍拍我的肩膀，不少人还给我钱，五块，十块，五十，一百的，都有。每逢过年的时候，人们就会变得比平时更加热情，人与人之间好亲切。过年真好。我巴不得天天过年。那样的话，爸爸就不会离开我们，我们一家人就可以天天团圆了。

我们疙瘩寨很穷。不知为什么，那么多肥沃的良田，种得出好庄稼，却种不出好日子。后来村里人就都懒得种田了，土地荒在那里，一个个跑到城里去打工，村里就剩下老弱病残。记得老实巴交的爸爸起初不愿出去打工，爸爸说，都不种庄稼了，都帮城里人盖楼房当佣人去了，钢筋水泥能当饭吃？到时候城里人乡下人吃啥喝啥？爸爸到底经不住妈妈的纠缠，看着左邻右舍一个个打工挣钱了，爸爸长叹一声，带着一塑料袋责任田里的泥土，一步三回头地到很远的城市打工去了。爸爸这一走，好像忘了我和妈妈，过年都不愿回来，你不晓得我们有多想念你吗？我有点恨城市了，是城市抢走了我爸爸。

第一个春节的时候，爸爸打回来电话，说他原本想回来，但需要一个人留下来看工地，老板愿出平时三倍的工钱。爸爸就动心了，退了车票。爸爸对妈妈说，狗娃念书要钱，家里盖新房要钱，什么都要钱哩，不拼命不行啊！我听到妈妈哽咽着说，老公，注意身体，俺天天想你。没等爸爸回答，妈妈就匆匆把电话挂了。

第二年春节又要到了，妈妈说，狗娃，今年你爸一准回来。妈妈在家铆足劲蒸年糕，做甜酒，妈妈说这些都是爸爸爱吃的。妈妈还买回来不少鞭炮，冲天雷，还有焰火，妈妈说，平时家里太冷清了，爸爸回来过年，要好好热闹热闹。眼看没几天就春节了，外出打工的村里人都陆续回来了，爸爸还没回来。我急了，妈妈也急了，妈妈打去电话，爸爸在电话那头气愤又无奈地说，包工头拖着工钱不给哩，讨到了工钱俺立马回家。妈妈红着脸说，老公，你快点回家，俺夜夜想你。我听见爸爸说，老婆，俺也好想你！俺在外面打了两年光棍了，为的就是多挣钱，为的就是这个家哩！妈妈就哭了。结果爸爸过年又没有回来。听妈说，爸为讨工钱准备跳楼。后来工资政府帮着讨回来了，但爸爸在过年的时候却呆在拘留所里。

这次春节，我又担心爸爸回来不了，但爸爸真的回来了。那天下午，天空阴沉沉的，飘起了雪花，全村男女老少都聚拢在村口那棵老桂花树下，没有人说话，天地间只有一片静默。不知等了多久，一辆面包车缓缓开来了。妈妈拉着我冲过去，说，狗娃，快去接爸爸。我把爸爸从车上抱下来，爸爸披着红红的外衣，很轻，很轻，所有人都跟着我和妈妈向家里走去。鞭炮热烈地响起来，惊起了桂花树上的几只寒鸦。妈妈终于忍不住放声大哭起来，老公！俺们回家过年！所有人都哭了，我也是。天地间白茫茫一片。

后来听大人说，爸爸嫌建筑工地打工挣钱少，跑到一个小煤矿挖煤，结果发生了井坑垮塌。人们把遇难者挖出来，从爸爸贴身衣袋里发现了一张全家福照片。

# 父亲的呼噜

汪小欧最怕父亲打呼噜……

汪小欧对大学同学说，他不怕神，不怕鬼，不怕打雷，不怕奥数，就怕父亲打呼噜。

汪小欧本名汪小窝，是父亲汪老窝取的。上高中时，汪小窝嫌这名字太土、太难听，就跑到派出所，费了九牛二虎之力，才依谐音改成汪小欧。

汪小欧家里穷，山旮旯里不长树只长没用的石头，至今还住着泥坯瓦屋，又暗又潮湿，人多了屁股都转不利索。只两间卧房，爸妈住一间，汪小欧住一间。

汪小欧平时住校，只周末回来拿钱带菜，住一晚就走。更深夜静，父亲那呼噜打的，真是波澜壮阔，声震屋瓦，隔着堂心和两重墙壁，依然搅得汪小欧睡不着觉，像是一把钝锯在来来回回锯他的脑壳。

汪小欧不明白，母亲咋就浑然无事？他从没听母亲为父亲的呼噜唠叨、埋怨过。也许这就是达尔文所谓的“适者生存”吧，母亲积年累月已然产生了抗体？汪小欧每每苦笑笑，心里说，反正我是受不了。

于是，第二天就赶回学校去了。若不是取生活费——家里紧，只能挤牙膏似的一截一截地挤给他——他宁愿一个月都不回来。知道汪小欧有多怵他父亲的呼噜了吧。

汪小欧以优异成绩，考取了省城的一所重点大学。父亲帮忙扛着乱七八糟的行李，送他到大学报到。父亲种田种地是个好把式，铺床叠被、挂蚊帐什么的就不敢恭维了，甚至显得有几分笨拙。终于弄完了这一切，父亲似乎很满意，点点头，自言自语道：行了。

汪小欧在一旁玩着父亲咬牙买给他的第一部手机，看父亲竟累出一头大汗，还听见父亲感慨地咕哝：这家务活不比庄稼活轻松，你妈不易哩。

天色渐暗，父亲说，小窝，俺带你出去吃顿好的。

汪小欧说，大，家里不是没钱吗？我上学报名又花了一大笔钱。

父亲按了按口袋，笑道，穷家富路嘛，这个你不用瞎操心，只管好生念书。

汪小欧和父亲并不言语，一前一后走着，到了学校附近的一个小饭馆。

父亲大声吆喝，老板，点菜！结果父亲给汪小欧要了一盘大蒜炒牛肉，一盘卤鸡爪，他自己却只要了一碗阳春面。

父亲让汪小欧快动筷子，慢慢吃，多吃点饭，别让菜剩下，不便宜哩，浪费了，可惜！

这菜是汪小欧最嘴馋的，可父亲干嘛一下不伸筷子呢？父亲笑笑，“呼噜呼噜”地只顾埋头吃面，还含混不清地说，俺最、最爱吃面，经饿，又养胃哩。俺胃不、不大好。

父子俩吃罢，汪小欧见满大街早已灯光灿烂，就催促，大，去住宾馆吧。

父亲问，住一夜，多少钱？

汪小欧说，中档的，几百块钱。

父亲惊得孩子似地吐了吐舌头，这么贵？赶上好几担谷子啦！把头摇得像拨浪鼓。

汪小欧说，不行就住低档的吧，几十块钱的也有。

父亲还是摇头，太费钱了，能割好几斤猪肉哩！

汪小欧问，大，那你住哪？

父亲竟现出几分腼颜，支吾道，小窝，就住你宿舍，俺俩倒腿呗。

汪小欧有些不情愿，学校有规定，不准外人留宿……

父亲顿时生起气来，硬梆梆地说，俺是外人？俺是你老子！学生家长！

汪小欧没敢再坚持。这一晚，可把他害惨了，父亲的呼噜震耳欲聋，经久不息，汪小欧也不知自己是什么时候才迷迷糊糊睡着的。

汪小欧这一辈子，再不想和父亲同室而眠了。这哪是休息？简直是折磨！

这时的汪小欧当然不会想到，大二下学期的一天，他竟接到噩耗，父亲离他而去了，是胃癌晚期。

汪小欧奔丧回家，协助母亲料理完父亲的丧事。

汪小欧问，妈，怎瞒着我，一点不透风？

母亲红肿着眼睛说，你大不让哩。说去治病，伢就上不成学了。

汪小欧沉浸在丧父的悲痛中，但更怜惜母亲，他问，妈，你怕不怕俺大打呼噜？

母亲说，不怕是假的，当然怕。和你大结婚头几年，俺都是抢在你大前头睡着，要不就没法睡觉啦！俺从没告诉你大，他到死都不晓得自己的呼噜声烦得死人！

母亲又哀哀地哭起来。

汪小欧突然有了莫名地伤感，从此再也听不见父亲的呼噜声了。

父亲出殡的第三天，按农村习俗，要做“回煞”。

母亲煞有介事地对汪小欧说，俺从大门口到房间，一路撒了炉灰，你大今晚会回来，他要回头看看亲人哩！不信？明早你看，炉灰上会留下脚印。

说得汪小欧一愣一愣的。当然汪小欧一个大学生，是不会相信这些无稽的迷信说法的。

是夜，汪小欧紧闩房门，到底有些胆怯，彻夜亮着灯，不敢入睡。

不知什么时辰，汪小欧竟听见了父亲此起彼伏很响地呼噜声！是从母亲卧房里传过来的！

汪小欧突然一丝儿也不惧怕了，他翻身下床，迫不及待地循着父亲的呼噜声，去了母亲的房间。

母亲房里也亮着灯，汪小欧见母亲睡得很安详，很甜蜜——母亲的怀里抱着一个小录音机！

汪小欧的眼泪一下子哗哗地流下来了。

第二天早起，汪小欧惊喜地跑来告诉母亲，妈，昨夜大真的回来过，炉灰上留下了一串奇怪的脚印。

汪小欧听见堂屋里传来“喵呜、喵呜”的叫声。

母亲不知是伤心还是欣慰，又放声哭起来，边哭边说，窝啊，你大肯定回来过，还托梦给俺哩，说伢大了，该告诉伢了，你不是俺俩亲生的，是你大从庄稼地里捡来的。窝啊，你甚时想找亲生父母，就去找吧，妈陪你去找……

汪小欧“扑通”跪到地上，抱着妈的腿哽咽道，别说了，妈！大就是我的亲大，妈永远是我的亲妈！

汪小欧仿佛听见，天地间轰然响起父亲雷鸣般地呼噜声，汪小欧觉得它就是天籁之音。

汪小欧如今是法院民庭的庭长，经他手的赡养纠纷案没有一起是判决的，都是庭外调解成功的。

法制报记者来专访，问他有什么秘诀?

汪小欧说，跟当事人讲——我父亲打呼噜的故事。

# 背　嫁

建生背着自己的恋人出嫁，嫁的人却不是自己……

“月亮出来亮汪汪亮汪汪，

想起我的阿哥在深山……”

谁家的录音机里一个阿妹正在深情地呼唤着她的阿哥，嗓音甜极柔极，让人心疼、心碎。

月亮从疙瘩寨的东山前升起来了，一弯冷冷的新月，看上去好瘦啊，仿佛三九的寒风稍一用劲就能将她刮落。月亮好白啊，像阿妹迷人的肌肤，亮汪汪的水银一般，从河畔密密的柳树林的枯枝残叶间爬过来，跌碎在同样瘦瘦冷冷的河边。

柳林一只什么鸟，被一阵欢快的咚咚打鼓似的脚步声惊动了，扑楞了几下翅膀，锐锐地叫了，然后飞到亮汪汪的更深的月色里了。

“建生哥，你来啦？”河边柳林斑斑驳驳的暗影里，竟仙子般转出一个漂亮的阿妹。

“美玲，接到你电话，俺立马就过来了。嘿嘿，妹子，有什么事？”阿哥欢欣地靠拢到阿妹面前，却立马变得娇羞起来，看上去忸怩得倒像个姑娘。

“哥，俺回来你高兴不？”美玲笑了笑。

“嘿嘿，你说呢。”建生憨笑着，挠起了脑袋。

“哥，俺如果走了，你伤心不？”美玲还是微微地笑着，但声调却变了些。

建生似乎壮着胆子，又往美玲跟前移了移。“妹子，你打工去了，俺天天想、想你。实在想狠了，俺就躲到这柳树林里，对、对着你打工的城市，一遍遍，在心里喊你的名字……”阿哥声音变得哽咽了。静寂中，夜鸟又叫了几声，小河淌水更响了。

一阵手机铃声打碎了有些沉闷地静寂，铃声居然是熟悉的民歌《小河淌水》。

“不要催俺，俺正在谈呢。”平时好温存的美玲，“啪”地一声，合上了手机。

亮汪汪的月色，静静地漫过建生的脑袋和肩膀，又从美玲的凹凸迷人的身上漫过去。空气里飘着醉人的香味，建生忍不住吸了吸鼻子，他知道那是他的阿妹身上散发出的。即使她隐身到百花丛中，他也能循着这熟悉而独特的香味，找到他的美玲。

“月亮出来照半坡照半坡，

望见月亮想起我的哥……”

谁家录音机还在放着这首歌。歌声如同满地凄美的月光。

“建、建生哥，你还记得不？俺俩相好有几年了？”这回是美玲往建生身边靠了靠。一阵冷风吹来，月光将他们的影子揉合到一起。

“五整年呢，妹子。”建生似乎沉浸到往事里，好陶醉、好幸福的样子。

“俺也记得哩，从俺十八岁那年起，你十九岁。”美玲梦呓般呢喃着，又往建生跟前靠了靠，不知不觉拉紧了他的手。

又一阵寒风吹来，美玲止不住打了一个寒颤，建生顺势将她搂在胸前，用自己的身体为她取暖。两个人的影子终于完全叠合到一起。

“哥，这两年俺在外打工，家里全亏你照应哩。”

“妹提这个作甚呀？俺没钱，也没甚文化，可有的是力气哩。”

“哥，听俺娘说，要不是你帮她治病，俺娘可能就没了。”

“傻妹子，她不是俺干娘吗？俺小时身体不好，怕难养，过继给你娘做干儿子呢。你娘可不就是俺娘！”

“哥，听俺小妹说，要不是你帮衬，她早就没学上了，哪里还上得起高中？”

“傻妹子，你小妹不也是俺的妹吗？”

“哥，俺山沟沟里穷怕了，俺也穷怕了。”

“妹，暂时穷一点怕什么？俺们有勤劳的双手，俺们的脑瓜也不比外面人笨，穷是可以慢慢改变的呀！”

“可、可俺穷怕了，俺等、等不及了……”这当儿没有风，美玲的身体却哆嗦得更厉害了。

“妹，你怎么啦？！”建生急了。

“哥……”美玲哭了。

手机又急促地响起来。这回美玲接了，声音温存了些。“别催俺好吗？俺正和他谈哩。”美玲擦了擦自己的眼睛，止住了哭泣。

“他是谁啊？”憨厚的建生仿佛突然有了某种警觉。

“俺、俺的一个朋友。”美玲笑了笑，春花带露的笑靥好凄美、好迷人。

建生没作声。小河里的水淌得更响了。

“俺和他认识快半年了，是俺公司的老板。”美玲一个人喃喃地在说，她是笑着的，仿佛终于鼓足了勇气，下定了决心。

建生还是没作声。

美玲继续往下说，似乎不再遮掩什么了，她人也从柳树林的暗影里站到了小河边亮汪汪的月色里。

“他比俺大二十几岁，差不多跟俺爸一样大。他爱人前年出车祸死了，他很优秀，也非常喜欢俺。”

又起风了，美玲看见建生哥的身影在地上抖来抖去。

美玲似乎不忍心再往下说，这时手机又响了，她没有接，但还是坚持往下说。

“过几天，他就要开宝马车过来迎娶俺啦，不是当情人，做二奶，是明媒正娶哩。俺和他结婚证也扯了。建生哥，俺对不起你，俺背叛了你，俺是个坏妹子，可俺也是个想追求幸福生活的妹子啊……”这时美玲猛地扑到建生的胸前，咬着阿哥的衣服“呜呜”地哭起来，身体剧烈地颤动着！

“哥，你揍俺一顿吧！其实俺心里也好难受、好难受！”

泥塑木雕呆了似的建生终于缓过神来，他慢慢推开了美玲，幽幽地叹了一口气，四目相对，月光下，小河边，是两个泪流满面的年轻人！

“妹子，俺娘盼俺结婚，快盼瞎了眼睛啊！你今天叫俺来，俺正想和你提这事呢，现在，什么都不用说了……”建生的身体在颤，声音在颤，小河淌水声似乎也在颤。

“哥，俺对不起你，今晚俺把俺的身子给你……”

“你！”建生猛地扬起了巴掌，却又在空中停住了，然后缓缓地放下来。“妹子，你把哥当成什么人啦？”

美玲又从衣袋里掏出了什么东西，想拉建生哥的手，把那东西往他手里塞，可建生躲开了。

“这是五万块钱的卡，哥，你拿着吧。这些年，你为俺们家吃了那么多的苦！”美玲还是往他手里塞。

“妹子，不要作践俺！俺穷是穷，可俺心里的苦，只值这五万块钱吗？”一向憨厚的建生声音大起来，恨恨地推开美玲的手和她手里的什么卡，掉头走了！

“哥，你别走……”

建生没停步。

“哥，妹有话对你说……”

建生没回头。

“哥……”美玲扑在冷冷的柳树上，放声大哭起来。

建生默默无语地转身走回来了，默默地站在美玲身后。

“哥，妹妹还有一件事求你……”美玲边哭边说，“你知道，俺们疙瘩寨世世代代有个习俗，妹妹出嫁时要自己的哥哥背出门，这样才会让娘家兴旺，新娘子幸福一生，可俺没有哥哥……”美玲哭得好伤心。

静寂了许久。“俺来背你！怎么说，俺还是你的干哥哥哩！”是建生！这时，美玲泪眼朦胧里，看见她的阿哥两眼在月光里晶莹透亮，像是小河淌水……

录音机里还在唱：

“月亮出来亮汪汪亮汪汪，

想起我的阿哥哎在深山……”

# 第二辑　最后一只苍鹰

市井生活无疑是文学创作的一座富矿，鸡鸣狗吠，家长里短，张三李四，恩恩怨怨，历经岁月的沉埋与淘漉，采掘出来的，是人生的真谛和人情、人性的精粹……

# 一条奔跑在岸上的鱼

鱼怎么会在岸上跑？别不信，还真有这事……

幸福里小区，8 栋 C 单元三楼。环卫公司职工老张中午累得浑身散架般回到家，摸出钥匙准备开 301 的门，突然止了动作，原来是他闻到了一股浓烈的鱼腥味。老张边回头边寻思，莫不是自己想吃鱼想昏了头，生出幻觉来？

老张工资不高，老婆在超市里上班，工资更低，儿子在读大学，房贷还差着一大屁股债呢！家庭负担压力山大，尽管他特别爱吃鱼，但只能把涎水往肚里吞，鱼是越来越贵了，他和老婆无论谁去菜场买菜，都挑最便宜的时令素菜买，反季节蔬菜价格不菲，俩口子也不敢轻易问津。但他们从不气馁，更加勤奋地工作，他们相信日子会好起来的。

老张寻思的这一会，已经回转身来，他惊喜地发现了由三楼向四楼盘折而上的楼梯拐角上挂着一条鱼，一条十多斤的大鲤鱼！老张欢欢喜喜地过去要摘下那条鱼，楼梯拐角正对着他家，一定是谁送给他的，见门锁着，家里没人，无奈之下就把鱼系在楼梯拐口了。

老张按自己的思路想下去，自己是乡下人，乡下有不少亲戚，又是在水乡，亲戚中就有好几个人养鱼捕鱼呢，准是他们中的某一个人送的。老张认为自己的想法再合乎情理不过了，这样想着，他的哈喇子都快流出来了。老张打开门，转身摘下鱼拿进房内，直接送进了厨房。他想把鱼杀好，洗好，放在冰箱里，分几次烧，细水长流嘛。

他和老婆都爱吃红烧鱼，现在是夏天，冬鲫夏鲤嘛。当然，今天晚上俩口子就要美美地吃一顿，解解馋。老张甚至预想好了，打半斤便宜又性烈的散装白酒，奢侈一回。

突然，老张碰到了自己腰间的手机套子，老张马上高兴不起来了。老张想，如果是乡下亲戚进城来送给我的，为什么没打我手机告诉我呢？几个养鱼或捕鱼的亲戚都是知道我手机号的呀！这样一想，老张犹豫了，失望了，沮丧了。他坐下来闷头抽了一根烟，他还有点不死心，他在盼着腰间的手机响。烟头灼痛他手指了，手机还是一直哑着。老张像是和谁赌气呼地站起来，又把洗净杀好但还没肢解的那条大鲤鱼从冰箱里取出来，用原来的那根塑料绳穿腮过嘴重新拴好，做贼似地快步溜出去，四顾无人，赶紧系回楼梯拐角，缩回屋里，砰地关上门。

不大一会，老张听见楼道里响起轻盈而有节奏的高跟鞋的脚步声，脚步声快速升上来，在302门口停住了。

老张听脚步声已猜到是谁，但还是忍不住从猫儿眼里偷觑了一下，果然是她。302的女主人，听说在机关工作，老公是一个什么很牛的局的局长，人家都叫他李局长。夜晚或周末，经常有人按他家的门铃儿。老张从猫儿眼里偷看过几回，这些人都带着大包小包的东西，鬼头鬼脑，来去匆匆。

看什么看，瞧人家也是男人，也是丈夫，多能耐！老婆只有这种时候才跟老张治点气，大多数时候还是算得上贤妻良母的。老张就在心里嘀咕，倒霉，咋买房跟一个当官的买成紧邻？人比人死，货比货扔，眼不见才能心不烦。他对隔壁这对老夫少妻没什么好感。

局长夫人掏出钥匙开门，老张没再从猫儿眼往外看了，老那样做不地道，他是从声音辨别出来的，但声音响到一半也停了。高跟鞋笃笃走回到楼梯拐角处，谁送的一条破鱼！局长夫人自言自语道，毫不迟疑地摘下来拿回屋里去了。

老张恨恨地想，果然是巴结领导的！同时他又松了口气，幸亏自己及时送回去，不然自己岂不成了贼了吗？人穷志不短，做人要清白啊！老张又坐回椅子里，如释重负地摸出一根烟，正准备点火，突然一激灵，门被人笃笃笃地敲响了，没按他家的门铃。老张心一下子揪紧了，他预感到什么不祥，竟有点战战兢兢地慢慢打开了门。

局长夫人拎着那条鱼站在门口，满脸不悦。这鱼，是你杀的？

对不起！是我杀的。我开始以为是我哪个乡下亲戚送来的呢。

老张点头哈腰地忙着解释，一脸的真诚和愧疚。

鱼肚子里，没有什么？局长夫人锐利的目光直视着他的脸。

老张纳闷地说，鱼、鱼肚子里能有什么？鱼肠鱼泡鱼杂碎呗。

以后，别人的东西不要乱拿！

局长夫人又狐疑地扫他一眼，拎着鱼回屋去了。很快，老张听到隔壁厨房里传来哧啦哧啦地煎鱼声，还闻到了诱人的菜油香，后来还有鱼香。

老张咽了几下口水，开始打着液化气灶，撅着屁股炒冷饭吃。

这时，家里的电话机响了，是老婆打来的，老婆很不高兴地吼他，你那破手机怎么关机了？刚才老家的二顺子到超市买东西，对我说，给我们送来一条大鲤鱼，打你手机打不通，就把鱼挂在楼梯拐角上了。

老张这下如雷击顶，摇摇晃晃，差点倒下去。他急忙摸出手机，不知啥时没电，自动关机了。

# 都是房卡惹的祸

失误往往导致无法挽回的错误……

一个小说家，一次酒后给我绘声绘色地讲了一个故事，故事的主人公之一是他的小姨子。

他说，自己的小姨子很漂亮，要人命的是还特别性感。但小姨子也有一个致命的弱点，传统，正派，现如今这些本该称为优点和美德的东西早被踹进世俗功利的垃圾堆了。

是的，小姨子是一个保守到刻板的女人。她是一个基层的公务员。有句话不是说“性格决定命运”嘛，可以想象，我这个小姨子的仕途很惨，眼看快要人老珠黄了，还是一个什么都不是的小小科员。不过她的家庭倒是很幸福的，堪称琴瑟和谐，夫贤子孝，不像我，早分崩离析了。

如果小姨子的生活道路永远这样匀速直线地走下去，我当然就不会浪费宝贵的时间和尊贵的唾沫在这和你瞎喷了。达尔文的进化论不是说，物竞天择，适者生存嘛。终于有一天，我那个保守到刻板的美丽俏佳人姨妹也突然“进化”了。进化了的小姨子就想到了“进贡”，当然是给能主宰她前途命运的冒号进贡啊。

小姨子是个说干就干、讲究效率的人。她进了城，揣着一张很有含金量的银行卡，在华灯初放时找到那位冒号的别墅门口，忐忑不安地摁响了门铃。

恰好只有冒号一个人在偌大的客厅里，冒号看见她两眼熠熠生辉，热情得令我小姨子差点以为自己是冒号了。但她终归是一个理智冷静的人，她除了绽放给冒号一个美丽绝伦、足以销魂的微笑外，没有任何不得体的言语举止，她慌慌张张地从坤包里摸出那张银行卡，羞红着脸掉头鼠窜。

回到事先订好的宾馆房间门口，她从坤包里拿出另一张卡准备开门时，她如同面临世界的末日！

你别一脸坏笑，你一定猜到了，一向沉着淡定的小姨子竟慌中出错，误将房卡当银行卡送出去了！小姨子极其沮丧地叫来楼层服务员打开房门，呆呆地坐在床沿，在心里一千遍一万遍地骂自己混蛋、草包、白痴。

这可是个致命的失误呵，事情办不成倒在其次，关键是小姨子这么多年清纯孤高的形象毁于一旦了啊！我小姨子哭得那个伤心，哭着哭着，我小姨子突然不哭了。前面讲过，她不是已经“进化”了嘛！小姨子痛定思痛，决心将错就错，进化彻底。

不知等了多长时间，房门口终于有动静了，有人推门进来。我小姨子心脏扑扑狂跳，又羞又窘地闭紧眼睛。

石破天惊！她耳畔竟然响起一个千娇百媚地声音，你好美女！我给你送房卡来啦！我小姨子不觉魂飞天外，她敏感地意识到来人一定是那位冒号的夫人。

冒号夫人语音轻柔，你去拜访我家老头子的时候，其实我一直在内室。

我小姨子自知理亏，惊恐万状地哀求道，对不起夫人，我是错把房卡当银行卡送领导的。天地作证，我说的句句是真话。我小姨子悲从中来，耸动着肩头呜呜地哭起来。

冒号夫人真是善解人意，她抚摸着我小姨子的柔肩安慰道，妹子，我相信你！我这不是给你送回房卡了嘛。为了证明这的确是一场误会，同时不便拂了你的心意，银行卡我就带走了。但是别再有其他非分之想！

我小姨子真叫可怜兮兮地狼狈，连忙从坤包里找出银行卡赎罪般地双手奉上……

小说家最后打着酒嗝说，故事讲完了，我不会拿自己小姨子开涮的，信不信由您。但我需要提醒大家的是，小小失误往往会导致无可挽回的错误。生活有时比小说更精彩，更无奈！

# 阿九正传

阿九是酒仙，也是台镇上的酿酒大王！

阿九者谁？说出来吓你一跳，他是台镇上的酿酒大王。

阿九是个弃婴，当年被狠心可能也很无奈的父母偷偷扔在了台镇。是九九重阳节这晚被捡到的，一称，不多不少，九斤，便给他起名：阿九。

阿九是吃百家饭、喝百家酒长大的，这话无半点夸张。好心的台镇人轮流养育着小阿九，产妇的奶水总是尽着他先喝，喝够。可小阿九还是啼哭不止，粉嘟嘟的脸蛋上旋出一对大酒窝。不知是谁病急乱投医，从家里的酒坛里舀了一汤匙台酒喂进他嘴里，小家伙贪婪地吮吸着，立马不哭了，咯咯咯地笑起来，两个酒窝显得更深更大了，活脱脱赛似两个肉酒盅。

这屁孩，敢情天生就是个小酒仙呢！台镇上顿时传开了这个新奇话题。

从此，阿九吃百家饭的同时，也享受到了一种特殊待遇，喝百家酒。

到了阿九该上学的年龄，镇人又集资送阿九去读书。阿九似乎得了一种说不清道不明的怪病，课堂上蔫不拉叽的，总爱打瞌睡，有时还把呼噜打得山响。

老师无奈，戏言，莫非小酒仙犯酒瘾啦？给他灌了几口酒，阿九瞬间生龙活虎起来，此后老师天天给他备一小壶酒在教室里，瞌睡时就灌一口。阿九的学习成绩突飞猛进，稳居全班魁首，十年后一举考中了某名牌大学酿酒专业。

毕业后，阿九谢绝了国内多家知名酒业的高薪聘请，婉拒了多个政府接待处伸出的橄榄枝，重新回到了台镇。

事有凑巧，这时镇上的酿酒大佬赤水伯摆擂台公开为视若掌上明珠的爱女酒香以酒觅婿，入选条件是，酒量最大，酒品最好，酒德最佳，知酒懂酒。

这场擂台赛并无悬念，阿九从众多应征者中以绝对优势胜出。他除一气喝下两斤台酒而神闲色定外，还说了一段酒经：喝酒者，有酒鬼、酒徒之分，有酒神、酒仙之别。从来美酒似美人，不饮则慢之，贪饮则轻之，滥饮则亵之，分寸拿捏，殊为不易。不妨借我名字里的这个九字作个比喻吧，九为吉祥之数，九九归真最好，勿贪十全十美，满招损，谦受益，凡事都要留有余地……

就这样，阿九不仅抱得美人归，还接管了赤水伯的酒厂，征得丈人同意，正式打出“阿九正传酒业”的招牌。阿九是科班出身，加之岳父秘传，酒产品醇厚绵爽，余韵悠长，声名愈振，畅销海内外。

消费者渐有察觉，阿九正传牌地产酒比原先的口感更佳，但最善饮者也喝不过半斤即微醺半醉，不敢再饮。有相熟者甚惑，问询于阿九总经理，阿九含笑道，商家重利亦不可轻义。阿九正传牌地产酒乃贵重之物，戒奢戒贪，见好就收，岂不更好？

不久，阿九又反其道而行之，设计了阿九正传酒的简易包装，价格卖得更便宜了。

有人当面说阿九犯傻，阿九坦然道，何必把台酒供在象牙塔中，让它深入寻常百姓家，岂不是美事！

就有一些官员或商家闻风而动，找阿九商议：要简装，就简装到位！干脆用雪碧瓶或矿泉水瓶装酒呗。

阿九鹰隼般的眼睛把来人的视线撞折直至跌落下去，哈哈一笑道，反腐倡廉是正道，岂为销量动歪肠。瞒天过海天有眼，自欺欺人祸根藏。

有人还不死心，在台镇最豪华的大酒店设宴招待阿九，意在为他洗脑，阿九硬是不给对方面子，还从这天起把酒戒了。

有人发难，您不是说不饮则慢之么？

阿九答，曾经拥有足矣，勿为酒美人累也。

不知为什么，阿九正传酒在各地卖得更火了，阿九“酒仙”的名头也传得更响亮了。

# 老樊的烦恼

老局长退下来，觉得整个世界都变了！

老樊决定到乡下老友周健家去住上几天，散散心，消消火。

周健是个能人，经营着一家渔家乐，吃住都方便，再说老樊和他是光着屁股玩大的发小，还沾亲带故，没啥好拘束的。

老樊刚从局长宝座上退下来，他立马感受到“人一走，茶就凉”简直是千古以来至理名言，他眼下正被这六个字折磨得心烦意乱，恨得牙根痒痒，气得心尖滴血，烦得血压呼啦啦上蹿，得每天吃两遍降压药了。

老伴数落老樊想不开，看不破，纯属自寻烦恼！老樊可不这么看。老樊认定是“世风日下，人心不古”，是退休退职改变了他的整个世界。老樊在职的时候是何等风光啊！可而今当前眼目下，枯藤老树昏鸦，断肠人在天涯啊！

那天老樊在家里实在憋得慌，就出去转转，鬼使神差地竟走到他原来供职的单位。见到单位那巍峨不凡的大楼，老樊心里顿时像打翻了五味瓶，那个难受劲啊，没法形容出来。老樊随后想，既来之，则进之，去局办公室看看报纸吧。

老樊首先看见的是传达室老汪。老汪是老樊的扶贫对象，当时的樊局长就把老汪弄到单位当了保安，一下子就脱了贫，老汪一直对他心存感激，视之为恩人。

今天怎么啦？老樊感觉老汪脸上的笑容没有过去灿烂了，跟自己打招呼没有过去恭敬了，给自己递烟点火时手也不再颤抖了。老樊心里很生气，没想到你老汪也是个势利小人！当然老樊是有涵养的，他装着什么事也没有，对老汪干笑两声，道声谢谢，轻车熟路地上到二楼。

办公室主任小魏恰好在，见了老局长，立马让座，敬茶，陪老樊有一句没一句地寒暄。老樊正襟危坐，不时点头，微笑，间或应答，但这些都是老樊努力“顾全大局”出来的，实际上老樊心里相当不爽，他早心不在焉，忿忿不平了。

办公室不可能不准备高档茶叶，小魏咋只给泡一般的？六月天，孩儿脸，变得也忒快了吧！老樊越想越气，终于忍不住了，皮笑肉不笑地起身告辞。

小魏挽留再三，说，老局长，吃了饭再走嘛，单位食堂还是您一手办起来的呢！

老樊一听“老”字心里火一蹿，这不明摆着嫌我是退休之人吗，这小子，当初算我瞎了眼，白疼你了！要不有你的今天？

老樊出门时与郑局长差点撞个满怀，老樊礼节性地叫一声，大郑啊！我路过单位，过来翻翻报纸，老习惯，一时难改。

郑局长热情地说，您没事就到局里多转转，我还有不少事要求教您呢！今天不巧，我这就带魏主任他们下乡调研，改天再陪您聊。

老樊只觉脸上一阵火烧火燎，这不明摆着下“逐客令”吗？这个白眼狼，你接任局长也有我向组织上推荐之功嘛。罢罢罢，老樊昏头昏脑地从单位大楼逃也似地出来，决计永远不再踏这里一步了。

老伴被老樊闹腾得吃不好饭，睡不好觉，人也瘦了一圈。她担心老樊这样下去……她简直不敢想下去。

听说老头子想去乡下老家散散心，老伴自然求之不得，担心他身体，要陪他去。老樊眼一瞪，没好气地说，我够烦了，你也来烦我？我一个人去就行！

但老樊只在发小周健家住了一夜就打算回去了，他感觉发小老俩口貌似热情如旧，但实质上也变了。老樊是从一个小细节——一盘菜里琢磨出来的。

老樊最爱吃“香辣酸菜鱼”，菜是老白菜腌菜或雪里蕻腌菜均可，鱼非乌鱼片不可，这叫黄金搭档，绝配，细嫩爽滑，口感最好！以前每次去老周家，周健都给老樊做这道他的最爱。这回做是做了，食材却以次充好，换上了胖头鱼片。老樊顿觉胃口全无，食之无味，象征性地吃了几口菜，喝了二两酒，饭都没吃，就说饱了。

当然，老樊没让周健俩口子觉出异样，毕竟自己是无职无权的赋闲之人了，再也不能给人家帮什么忙，还有苛求人家的理由和底气吗？

第二天，老樊起得很早，眼圈是黑的，眼袋更明显了。老樊打算吃过早饭就走，这里他也找不到过去的感觉了。

老周俩口子还没起床，大门关着。老樊本想开了门出去，到村里随便转转，乡下早晨的空气真好！但他怕遇见熟悉的乡亲，遂断了这念头。只坐在客厅沙发上发呆。

突然，窜出一条小宠物狗，通身雪白像个滚动的小雪球，冲到老樊跟前汪汪直叫。老樊有点怕狗，连忙轰赶、躲闪着它。

老樊感到奇怪！这是周健家养的宠物狗，听老周说，是什么英国名犬，老周俩口子叫它“小不点”。按说这狗跟自己也不是不熟啊，原来每次来它都摇头摆尾，打拱作揖，要么翻筋斗，今天咋也翻脸不认人，对自己又扑又吼的？

让你，这个畜生，也狗眼看人低！那狗竟扑咬起老樊的裤脚来，老樊终于忍无可忍了，一脚踹去，“小不点”退缩回去，呜呜哀鸣。

樊局长，“小不点”这是叫您给它开门，它好出去方便呢！这狗，贼爱干净。

啊？老樊吃惊地张大了嘴巴。老周爱人打开大门，一团雪球闪电般滚了出去。

嫂子，我已经不当局长了，退休喽！老樊说。

老周边穿外衣边走下楼来，朗声说，你退了？退不退休，跟我没关系！冬天乌鱼爱沉到深水里，甚至煨泥巴，难捕。我今天再去试试，争取让老朋友吃上正宗的“香辣酸菜鱼”！

老樊的脸一下子红了。

红了脸的老樊心情却好起来，哈哈笑着说，人好，水也甜哩！我这就打电话，叫你弟妹也下来，我们多住几天！

# 老妈有绯闻

老妈天天晚上都去小区广场谈“黄昏恋”？

一天，明珠乘公交车去女儿雯雯的学校给女儿送好吃的，碰到老妈的邻居马翠花。两人打过招呼，马翠花大呼小叫地说，明珠啊，好长时间没见你回妈家了，在忙啥呀？

明珠叹了口气，苦着脸说，雯雯学习成绩老上不去，我魂都急飞了。这不，这学期把她送到封闭式学校去了，三天两头得去看孩子，帮她洗洗涮涮，顺便把孩子带出来改善一下伙食。老秦生意忙得脚不沾地，还得给他当好后勤部长，没空闲回去看妈呀。

明珠抱怨似地说了一通，捉住马翠花的一只手说，我会尽量抽空回去看老妈的。也拜托马姨照应照应我妈。我爸不在了，妈身体又不好，谁叫你俩是老姐妹呢！

那是，那是。马翠花应着，突然压低声音，面呈神秘之色，明珠，你最近没听说啥？

明珠顿时紧张起来，盯住马翠花游移不定的眼神，诧惑地追问，我老妈她……怎么了？

马翠花拍了一拍明珠的肩膀，意味复杂地说，你妈，差不多天天晚上去小区新落成的莲花广场哩。

明珠松了口气，还笑起来，我妈这个老古董也跳起广场舞了？你是我的小呀小苹果儿，健身又快乐，我们巴不得呀！

可她不跳舞，甚至都不看别人跳舞哩！马翠花坏笑着说。

明珠又紧张、疑惑起来，眼睛瞪得铜铃般大，那我妈干啥？

马翠花咬着明珠的耳朵说，你妈想梅开二度哩！跟一个老头唠得难解难分喔！我在不远处见过几回了。

有这事？妈有黄昏恋，是好事啊！明珠强颜为欢，心里却埋怨起老妈来，都这么大年纪了，也不怕人笑话！这不是给儿女脸上抹黑吗？

明珠与马翠花分手后，一直心神不宁，从女儿学校一回家，立马给当副县长的哥哥伟光打了电话“告密”。

伟光不信，打着官腔说，别听别人胡扯乱道！老妈不是那样的人。没有调查就没有发言权！。

明珠冰雪聪明，接过话头说，领导就是有水平！今晚我就悄悄回去侦察一次。

吃过晚饭，明珠对老秦说，开车送我回去一趟，好久没见到老妈了，想得慌哩！

老秦咕哝道，择个白天去，多陪陪老人家。这会去，妈怕是睡了，我也累得直犯困啦。

说归说，老秦还是屁颠屁颠地驾车把老婆送到老妈所住的小区。明珠打开车门下来，回头对老秦命令道，你就在车上呆着，我去下广场，听说老妈迷上广场舞啦！

明珠被喧嚣的舞曲和人声牵到了附近的莲花广场，她在人群中穿来穿去，东瞅西望。突然，她借着有点昏暗的路灯光，看见老妈坐在广场的一个暗角落里，正跟一个老头聊得起劲呢！说些什么却断断续续，听不分明。

明珠只觉两颊发烧，心说，马姨还真没长舌妇哩，老妈也真是！就不为子女想想？还真以为夕阳是晚开的花朵，夕阳是不了的情啊？

她用手机拍了照，匆匆回到车上，没好气地对老秦说，走！打道回府！弄得老秦丈二和尚摸不着头脑。

第二天上午，明珠就直奔哥哥伟光的办公室，关上门，夸张而急迫地说，我的大县长，老妈真谈上恋爱啦！我俩很快就有继父了！

伟光看了眼明珠手机里的照片，脸色变得很难看。

明珠火上浇油道，老妈一定是犯糊涂了，一准是被那个老头蛊惑了！她还有啥不称心的？儿子是一方政要，女婿是明星企业家，她独自住着一个大宅子，吃穿不愁，说啥也不该闹出绯闻啊？

伟光沉吟片刻，一字一顿道，阴谋！这其中一定有阴谋！老妈太淳朴太善良，一定是被人利用啦！那老头不是看中了妈的房产，就是企图缔结政治婚姻，好利用我为他的子女谋求升迁或发财的机会呢！

哥，你真是高瞻远瞩，洞烛其奸！明珠翘起大拇指，那我们兄妹得赶紧拯救老妈啊！我们这就回家跟老妈谈，晓以利害，阻止对方阴谋得逞啊！

伟光皱着眉头想了想说，不可贸然行事，那可是我们的老妈啊！把工作做扎实些。今晚我俩一道再去侦察一次，然后再相机而动。

哥，你这官当的，穿钉鞋戳拐棍，也太把稳了吧？明珠显然有些不满，老妹我亲眼所见，还能有假？

华灯初放，莲花广场热闹非凡，跳广场舞的，倒走的，摆地摊的，闲聊扯淡的，各得其乐。

伟光在明珠的引导下，悄悄接近了广场那处僻暗的角落。明珠用手一指，“嘘”地一声，那可不是老妈？和旁边那个老头——真是棉花弹到破絮里，粘乎着哩！

伟光打了个手势，低语道，我们再靠近些，看他们聊些啥？

……人家都夸我有福，儿子是县长，女婿是老板，儿孙满堂！可只有我自己知道，我平时连个说话的人都没有啊！我也晓得儿女们忙，只巴望着他们周末的时候带着孩子来看看我，吃顿妈做的饭菜，我累死也高兴啊！可……没办法，我只好找你说说话倒倒苦水啦！你千万别嫌烦哦……

这时，一束车灯光扫掠而过，伟光兄妹惊讶地发现，老妈竟是在跟一尊老人铜像在絮叨！

伟光、明珠一时呆若木鸡，脸上像挨了一通耳光，火辣辣的……

# 老傻改行记

老傻原本是林场的护林员，他改的哪门子行？

老傻是个护林员。说是护林员，林场的几千亩森林差不多砍成癞痢头了，只剩下东一绺西一绺几片松树林。

老傻老伴早死了，自己又是半个傻子，虽说有个正常的儿子，还在城里买了商品房，可干部谁也没想过把老傻的护林员拿掉，他家的情况摆在那没人拼他，再说护林员工资也少得可怜，换了老傻有谁愿干？

老傻不干不行啊！他打结婚后就干上了这差事，僻山野岭的这一呆就是三十多年过去了，平时除了买米买油买生活必需品，一般他很少下山，菜啥的能种都自己种，早过惯了与世隔绝的生活，他习惯了人迹罕至、与世无争地安静，那真是肉体和灵魂的彻底宁静啊！

老伴是个哑巴，以前还能和老伴做着哑法说说话，老伴走得早，起先他闷得慌了，就和天、和地、和大山、和流水、和吹过的风说话，自言自语久了也觉无趣，渐渐变得和大山一样沉默了。

两间土坯房，一张床，一桌一凳，便是老傻全部的家当。不，还有儿子大宝，大宝是他唯一最金贵的“财产”了。这小子哪能耐得住山里的寂寞，初中刚毕业就跑进县城里打工去了，后来又捣腾小本生意赚了点钱，便东借西贷地在城里买了套住宅，为还贷累得比三伏天的狗还喘得狠，听说儿媳妇还一直吵着要和他离婚。

自找的！那洋房平头百姓几个买得起？老傻当然拿不出钱帮儿子的忙，心里难免愧疚，就在心里这样骂儿子。实际上，老傻是心疼儿子，为儿子着急啊！

冤有头，债有主，老傻就恨上了房地产老板，咋恁样心狠心黑？把房价卖得恁高？听大宝讲，城里造了好多漂亮的楼房空着，小老百姓却买不起住不起房！山风把老傻无声地叹息裹挟在松涛里，又摔到杂乱的灌木、茅草丛中。

老傻有时就庆幸，自己难得住在这荒山野岭，土坯瓦顶，冬暖夏凉，风扫地，月点灯，省了城里人许多不自在，多好。

日子就在老傻乐此不疲地一遍遍巡山中，从他脚下无声无息地溜走。醒了，巡山，累了，困觉。

一天，老傻睡梦中被一种奇怪的响声吵醒。老傻骂了一句脏话，侧耳细听，周围分明充斥着机械的轰鸣声，还夹杂着嗡嗡营营地说话吵闹声。老傻觉得奇怪，正好又憋了一泡尿，就推开门出去察看究竟。

天上悬着一轮毛茸茸的月亮，天地间昏朦朦地看不太清爽，不远处的松树林黑魆魆地还响着什么夜鸟的怪唳。老傻一边抖家伙一边四下里看，什么机械声人声也听不见了。老傻咕咕咕无声地笑了，以为自己是幻听幻觉。倒回床准备接着困，那轰鸣的机械声杂乱地人声又响起来。

老傻这回觉得真不对劲了，摸索着点燃煤油灯，披上老棉袄摸了出去。出了土坯房，那些声音听来更响了，却什么也看不见。

不，老傻看见了一个烟头，一明一灭，像萤火虫，还看见一团人影就圪蹴在门外。老傻并不怎么紧张，他本来就是个不太灵光的人嘛。

老傻问，你干啥？半夜二更的，在这？还好，老傻没丧失语言功能。

那人影说，能干啥？加班加点，搞房地产开发呗！

老傻吃惊不小，在这荒山野岭造房子，有哪个买哟？

“萤火虫”闪了一下，老傻却看不见那人的脸，只听人影瓮声瓮气地说，城里的楼盘卖不动，老子亏大了！这不，只好逆向发展，开发地下楼盘，不信不好卖！思路一变天地宽嘛。

老傻疑惑地问，啥叫地下楼盘？地上楼盘就把我儿子坑苦了。

那人影扔了烟头，忽地站起来一团模糊，哈哈笑着说，真是桃花源中人哦！不知有汉，无论魏晋。地下楼盘就是高档公墓，为提高容积率，老子向地下发展多层建筑。为赶工期，争取早日开盘，不好意思，把你吵醒了！

老傻一惊，一急，问的话更傻了，你们把这里也占了，我护林员不就下岗啦？

你们有钱人心真狠，这不是砸我饭碗么？

那团人影又呵呵笑起来，这叫先下岗再就业嘛！等我这里开盘交付使用，我请你当保安，保证比你现在福利待遇好！

那人说着话，忽然就不见了。老傻有点害怕，但他是个傻得胆子奇大的人，他撒了一泡尿，自言自语道，活见鬼！鬼话都是骗人的，能信？

老傻后来到底信了。

半年后，这荒山野岭果真建起了一座高等级公墓，举行开盘庆典那天，投资商钱总被一大群农民工追讨工资，仓皇驾车逃跑，结果出车祸摔死了。钱总成了这里的第一个“入住者”。

老傻听说，这里的公墓上下共十八层，每单元间开通了电梯，自下而上，第一层售价一万元，每上升一层加一万，顶层，妈呀！十八万！还分成啥A区（棚户区）、B区（平民区）、C区（贵宾区）。

老傻被钱总的儿子小钱总聘为了公墓保安。小钱总说，老爸托梦给自己，说他一辈子不守信用，但对护林员老傻的承诺不能不兑现。

老傻更傻了，觉得这一切不可思议，像梦。

傻人傻想，我可千万不能死啊！不是怕死，是死不起呦！地上的房子就把儿子累个半死，哪来钱给我买地下的房子？

# 莲　痴

老黄所长以画莲闻名，为何突然画不好莲花了？

紫石镇税务所长老黄收到一封县文联寄来的关于举办国庆书画大展的邀请函，请他务必“惠赐佳作”。

老黄成天忙于收税，弄得脑袋都大了，忙里偷闲地画上几笔，不仅是出于兴趣、爱好，更是一种很好的精神放松。

事实上，老黄并非官场上见多不怪的那种附庸风雅之辈，年轻时他一度有过报考美术学院将来当画家的理想追求，命运却跟他开了个玩笑，让他考取了财税学校。

老黄走上工作岗位后，工作上一丝不苟，治税更是铁面无私，但稍有闲暇，仍不觉技痒，寄情丹青。

老黄最擅长、最喜爱的是画荷，荷梗、荷叶、荷花，无不曲尽其妙，楚楚动人。好事者问之为何独爱画荷，几成莲痴，老黄笑对：“周敦颐老先生早已代我作答矣！”

老黄经不住镇文化站长老刘之怂恿，竟取了个艺名，曰：“荷叟”，刻了方闲章“莲痴”，且自命其书房曰“爱莲居”。

起初，老黄所画之荷只在镇里展展，后来，声誉渐起。县里只要举办展览，老黄必在特邀之列，且次次以荷花参展，次次以荷花得奖。老刘戏说，老黄既与画无缘（指他未能如愿考取美院），又与画有不解之缘，某种意义上说，是画成全了老黄。

何谓？老黄干了多年的专管员，一直“原封不动”，直到老黄的荷花在县里有了些名气，税务局长这才慧眼识珠，让他做了税务所长。从此，老黄爱荷更切，画荷愈痴了。

自然，这次书画大展的良机，老黄岂能放过！尽管正赶上税收突击月，老黄还是不惜牺牲晚上休息时间，潜心画荷。铺纸、研墨、挥毫……

令老黄深感蹊跷地是，笔底之荷不是病恹恹无生气，就是昏沉沉无灵气，全无昔日的风采！老黄画了撕，撕了画，案下积了满天星似的墨团团，竟无一幅令他中意的。古人云，“庾信文章老更成”，自己的画笔咋越老越不听使唤？奇哉！怪哉！老黄以手抚额，懊丧不已。

这时，月夜里飘来一阵飘飘渺渺、似有若无的箫声，清音如水，极哀婉，极幽怨。老黄猛一怔，听出那是老刘。唉，可怜又可敬的文化人！老黄听说，老刘已有几个月没有开出工资了，但他仍痴痴地守着那方净土。有人可怜他，出颇高的价码欲租文化站的房子开“洗脚屋”，被他严词拒绝，且红头涨脸叱道：“我虽然不敢自比濂溪先生，但岂是区区阿堵物所能折服？！”

听着那呜咽般的箫声，老黄轻叹一声，披上外衣，轻步出门，浸到月色里去了。

老黄把自己的郁闷诉诸老刘，老刘停了吹箫，细声慢气道：“荷乃洁净之物，所谓出淤泥而不染，濯清涟而不妖，身不正、心不洁之人岂能画之。即令画出，亦病荷、残荷、败荷矣！”老黄又是猛一怔，惶惶然似有所悟。

翌日，老黄终于画出一幅得意之作，激动不已，速速寄往县里参展，结果在评奖中独占鳌头。

老黄拿到烫金缎面的获奖证书，乐得屁颠屁颠。老伴不屑地说：“我好不容易让你收了一回红包，结果还是让你退了，就换回这么个红本本，你到底图个啥？”

老黄顿时凝神肃色，慨叹道：“我图得是心里踏实啊！人既呼我莲痴，我岂能愧对莲花？！”

连日劳累，一夜老黄在书房作画时，嘴里突然喷出一口热血，正洒在田田荷叶间的一朵莲花上，殷红似火，画面霎时异常生动、鲜活。

殡仪馆，老伴含泪将两朵灿若云霞的莲花放在老黄的胸前。老刘哽咽着吟起一首诗：“采莲南塘秋，莲花过人头；低头弄莲子，莲子清如水。”

火化时，人们分明闻到了一股扑鼻地醉人地清香。

——老黄的那幅遗作，成了黄家永远的中堂画。

# 民女名叫冯素珍

这个女人不寻常！

疙瘩寨村的低保户名单新鲜出炉，张榜公示了！

村委会门前像炸了锅！有哭的，有笑的，有闹的。牛瘸子哭着要跳塘，被众人扯住；朱寡妇闹着要上吊，却不见拿绳子找歪脖树……闹闹哄哄的人潮里冯素珍却笑得灿烂，因为她榜上有名！众人看冯素珍的眼光就有些怪异，眼神里写满了羡慕嫉妒恨，却也无可奈何。

冯素珍什么人？那可是疙瘩寨这方小天地里最亮的星星，最美的花朵！多少庄稼汉睡梦里喊着她的名字咽口水，据说还有乡村干部都想在她身上犯犯错误。

“民女名叫冯素珍，自幼许配李兆廷。公主生长在深宫，怎知民间女子痛苦情……”冯素珍哼着好听的黄梅调，从众人视线里一朵彩云般飘拂而去，议论声立时像风儿一样追逐了上来：“她痛苦个甚？凭啥吃低保？自己年纪轻轻，好手好脚，还会竹编手艺，老公又是个泥瓦匠，在外打工挣大发了哩！”“人家是咱疙瘩寨的一枝花哇！村主任马小峰想像蜜蜂一样采花酿蜜呢！”“不要脸！呸呸……”这些冯素珍都听见了。

冯素珍彩云一般直接飘到了村主任家，马小峰正在堂屋里就着几个卤菜自斟自饮，里屋传出一个女人的咳嗽声。冯素珍知道村主任老婆中风多半年了，村主任猴急得见了漂亮女人眼里似能伸出两柄抓钩来。

“大主任，叫民女冯素珍咋感谢您好呢？！”冯素珍飘进屋，坐在了马小峰的对面，胳膊肘撑在桌沿上，一只白玉嫩葱般的纤手托住鸭蛋脸，媚眼直勾勾地盯着他看。

马小峰触电般身子一时竟有些颤抖，说话也跟着颤："珍妹这不……这不见外啦？妹夫常年在外打工，你独自拉扯着孩子不、不容易，我看着心、心疼呗。"

"马主任真会怜香惜玉，难为你啦！这年头，办个低保不容易，唐僧肉似的大伙都盯着哩！我自个申请都没写，您说办就给办了？"

"现在不是提倡为民服务全程代理嘛，我给珍妹代写了。"

"那，叫啥低保动态管理评议会，咋过关斩将的？"

"哦，珍妹你别太在意，小事一桩嘛。论条件你家是不大符合，这不，会前我给他们打了招呼。"

冯素珍笑得无比灿烂："受人滴水之恩，当涌泉相报。这个道理我懂。马主任，我这就去镇街割肉打酒，今晚在家单请你一人吃饭。"冯素珍朝马小峰抛了个媚眼，转身，风摆杨柳般旋了出去。

马主任一时竟没有缓过神来，嘴里喝着酒，心里却似灌了蜜……

冯素珍果真骑上老公的"雅马哈"一阵风似地去镇上买酒买菜去了，又精美又结实的竹篮里装得沉甸甸的，杨柳细腰依然摆得好看。买好东西，冯素珍没急着回疙瘩寨，而是风情万种地进了乡政府大院，嚷嚷着要找乡党委书记。

一名乡干部喝斥她："书记是你找就找的？你是什么人，一点规矩不懂！"

"民女名叫冯素珍！人民政府为人民！我是人民不？"

争吵声惊动了秦书记，秦书记批评几句那个干部，然后把冯素珍热情地请进自己的办公室。

冯素珍说："民女名叫冯素珍，今天单请书记屈尊上我家喝酒！"

秦书记吓了一跳:"素珍同志,你没搞错吧？凭啥刚认识就要喝你的酒？再说，我们有纪律，有规定，反腐倡廉哩！"

冯素珍呼地立起身，杏眼圆睁："书记大人，别给我打官腔！您是不是人民的公仆？我是不是人民中的一员？人民请自己的公仆吃顿家常饭不很正常吗？我一不求你升官发财，二不是公款吃喝，犯啥纪律？你们不是说要保持和人民群众的血肉联系吗？"

秦书记有点傻眼："素珍同志，你有点奇女子的味道啊！好，好，下班后我去府上叨扰，恭敬不如从命。"

冯素珍开心地嫣然一笑："这就对啦！不然我还真要到上面告你官僚主义、

脱离群众哩。”

冯素珍这才一阵风似地刮回了家，在灶间风风火火地忙起来。虫虫高兴得又流口水又蹦高：“爸爸要回家喽！爸爸想妈妈和宝宝喽！”氤氲的烟气里，冯素珍的眼圈突然红了。

丰盛的酒菜上桌，冯素珍笑吟吟地上门把村主任请到家里，她说：“稍等，我去村里小店拿包好烟！”马主任此时不禁有些心花怒放了，只盼日头早点下山，夜幕快快降临。

这时，村口开来了一辆出租车，停停走走，最后在冯素珍家门前停住，车上下来一个人，“秦书记！——”村主任马小峰尴尬地上前招呼，笑得比哭还难看。

“素珍同志请我来吃个饭，原来你也在啊！不来，要给我扣脱离群众的大帽子哩！她人呢？”

一阵“咕噜咕噜”地响声由远而近，马小峰顿时脸色苍白，眼前一黑：这娘们是唱得哪一出？她把自己坐在轮椅上的瘫婆娘推过来啦！

冯素珍好酒量！秦书记、马主任两个人加起来也不是她的对手。酒过三巡，三人都有些醉意了，把个坐在轮椅上笨拙吃饭的主任老婆看得发了愣。虫虫木碗里盛着饭菜，塑料羹匙有一下没一下地往嘴里送着饭，一会跟主任老婆磨磨叽叽，一会跑到桌子边要妈妈夹“牛牛”（肉片）。

冯素珍血红着眼，突然逼问秦书记：“请问书记大人，包拯包大人是哪里人？”

秦书记呵呵笑道：“我们安徽合肥人。我瞻仰过包公祠哩！”

“现在有人徇私枉法，还要当陈世美，秦书记，你敢不敢做一回包龙图？！”冯素珍“呼啦”站起来，满斟一杯酒，直视秦书记的眼睛，“敢当铁老包，民女就敬你这杯酒！”

秦书记酒壮胆气，血贯脑门，说：“有什么不敢的？！”与对峙着的冯素珍一碰酒杯，一饮而尽。

这顿饭，每个人吃出不同的滋味。马主任吃得最难受。

出租车来接秦书记，临走时，秦书记紧紧握着冯素珍的手说：“谢谢你，素珍同志！这顿饭吃得值！值啊！”他把几张百元钞票拍给冯素珍：“不过，这顿饭钱一定要算我的！”

马小峰灰溜溜地推着轮椅上的妻子，消失在冯素珍和秦书记的视线里。

不久，疙瘩寨村发生了两件大事：一是依法罢免了马小峰的村委会主任，二是低保对象进行了重新评议确定。

猜猜新当选的村主任是谁？民女冯素珍！

她在就职演说中竟唱起了黄梅调："我考状元不为把名显，我考状元不为做高官。"然后说："我和老公商量好了，马上创办一家竹编工艺厂，外贸公司的订单也拿到了。乡亲们，别只盯着那几个低保金、扶贫款，我们要靠自己勤劳的双手致富奔小康！"

台下的很多人拍红了巴掌，欢呼声喝退了天边的几片乌云。

# 劁猪匠

老天赐劁猪，那叫有“范”！

老天赐如今只能天天闲在家里喝闷酒，不时看一眼躺在床上呻吟的老伴叹声气，摇摇头。下酒菜也只是最普通的家常菜，嚼着没滋没味。于是他格外怀念当年的红烧猪卵子当下酒之物了。

当初，疙瘩寨流传着几句顺口溜：一劁猪，二打铁，三逮黄鳝四捉鳖。说的是，这些都是来钱的行当。老天赐就是十里八乡最有名的劁猪匠。

那时，农村里家家户户养猪，养猪就得劁猪去势，老天赐每天忙得陀螺样转个不停，没个闲歇的时候，特别受乡民敬重高看。每天天一亮，他就早早起床，认真打扮一番才出门。头戴黑礼帽，身着青布长衫，足蹬宽口布鞋，斯文，利索，如一道移动的风景。最引人注日地是他腰间挂着拖下去的各种劁猪刀，刀护在猪尾巴做的皮鞘子里，只拖出花花绿绿的穗子，煞是好看。

有一次，一个相熟的人要看他的这些宝贝物件，伸手来摸，被老天赐吹胡子瞪眼地喝斥回去，不得乱碰！这物件灵性得很呢！不兴叫劁猪刀，行话叫铃子，也叫鲁智深的铲子刀！

老天赐每走近一个村庄，就会站到高坡上吆喝几声，劁猪割卵子啰！需要给猪去势的农户就会迎过来，恭恭敬敬地把他请到家里。

厨房灶上已经忙活开了，老天赐不慌不忙，先坐下喝茶，与男主人寒暄。不一会，女主人笑脸盈盈地端上来一碗鸡蛋面条或糖水蛋。老天赐也不客气，接过来享用了，然后碗一撴，说声，架势！男主人便领着他来到猪圈里。

只见老天赐一撩长衫下部，掖到裤腰带里，而后疾如闪电般一脚踩住小猪的一只耳朵，小猪嚎叫着侧翻在地。若是公猪，用铲子刀在猪后腿间只一划，再用拇指和食指一挤，猪卵子就血淋淋掉地上了。若是雌猪，刀破皮，指破肉，铲子刀尾部趴壁虎尾巴样的钩子只一钩，蚕豆般大的卵巢就出来了。

好身手！主家忍不住叫道，猪叫不过七声，就大功告成了！接下来，女主人又打来一盆清水，老天赐先净了手，又用抹布拭净了刀，于是刀枪入库，回坐到堂前。如果到了午饭或晚饭时间，就单等喝酒吃肉了。如果劁的是公猪，老天赐还会特意叮嘱女主人，把猪卵子用开水烫了，扯去筋膜，切碎，红烧下酒，一个字，好！女主人脸红了一下，低着头，自然照办去了。

老皇历翻不得喽！独自喝闷酒已然老了很多的老天赐搁下酒盅，叹了口气，歪歪斜斜地站起身，用袖角揩去眼角的眵目糊，摇摇晃晃地出门。他想呼吸几口田野里的新鲜空气。

田野里空无一人，也见不到什么庄稼，村子里都空了，年轻人、中年人都外出打工去了，家里只剩下一些老幼病残，自己的两个儿子儿媳外出打工三年没回来了。田都没人种了，还有哪家养猪！不种田不养猪还是庄户人吗？老天赐失业了！现在他出门去，就是一个普通的糟老头子，再没人敬他理他了。老天赐徒叹奈何，只能把满腹的惆怅和失落天天浸在酒里。那身青布长衫，他每年都要拿出来洗几次，晒几次，铃子被他供在香案上。

这天早上，老天赐坐在门口发呆，却有一个60岁左右的人找上门来，自我介绍说，我叫桂正堂，叫我老桂吧。我在疙瘩寨后山上建了个猪场。就在老天赐将信将疑之际，老桂又满脸堆笑地说，听说您是劁猪高手，特登门拜访，请您去我的养猪场给猪去势。工钱嘛，好说。

老天赐激灵了一下，猛地跳起身，连声应着，好！好！我这就去。什么钱不钱的！稍候。

老桂就耐着性子在门外等，好一阵老天赐才从屋里出来，老桂被吓了一跳。只见老天赐头戴礼帽，齐齐整整地穿着青布长衫，足蹬圆口布鞋，腰间挂着气派十足的铃子，亮着嗓子说，带路！

气喘吁吁地爬上后山养猪场，老桂忙着要把老天赐往猪舍引，老天赐不快地哼一声，不急！闲闲地坐下来。老桂不知究里，愣在了那里。

老天赐显出看他不上的样子，悠悠地说，你是第一次养猪吧？是真不懂还是装不懂？有这样对待劁猪先生的吗？照规矩，动手前先得敬一碗糖水蛋来！

老桂顿悟，连声赔不是，不大会就捧上一碗糖水蛋来。老天赐几大口把蛋汤喝个净光，一抹嘴，吼一声，架势！异常敏捷地蹿进猪舍里，接着传来一阵猪的嚎叫声。

劁完猪，老桂捧上一杯茶，又问该多少钱。老天赐此时心情大好，品着茶说，钱不急，咱俩聊聊。问，你是哪儿人，这么大把年纪了，咋想起跑到这里养猪呢？

老桂告诉老天赐，他做了多年乡镇干部，对农村熟悉，习惯了。退休回城后，一下还真不适应城里闲着的生活，感觉空落落的，就想找点事做。自己在大学学的是畜牧学，就想着到农村养猪。打听到疙瘩寨后山上有块大坡地适合养猪，就租下来了。

从此，老天赐成了养猪场的常客，除了劁猪，还帮老桂打理猪场。两人经常一起喝两杯。老天赐又恢复了往日的精气神，感觉日子有滋有味起来。每次去后山，都会一路吆喝着——

劁猪割卵子啰！

# 唐家寺的油纸伞

唐家寺撑着一把油纸伞，成为小城一道独特而奇怪的风景……

唐家寺不是一座寺庙，而是一个人名，姓唐名家寺。

这名字够怪的。

这人更怪。

不管晴天下雨，白天黑夜，只要他出门，必定小心翼翼地撑着一把油纸伞，迈着细碎匆促地脚步，走出去，走回来。

刚开始，引一路诧怪的目光，还有人指指戳戳，窃笑私语，不刮风不下雨的，他打得哪门子伞？是爱臭美？要么脑子有毛病？真应了一句古话，秃子打伞——无法（发）无天。

如果你身临其境，这话就太有滑稽感了——唐家寺真是一个秃子！

不过时间久了，人们也就习以为常，见怪不怪了，都觉得唐家寺本来就该这样子！不时时处处拄着油纸伞的唐家寺还是唐家寺吗？

唐家寺是江南某市晚报副刊的一个普通编辑，没见他发表过什么文章，不知他怎么就当上了文学编辑，而且把个副刊编得活色生香，业余作者甚至知名作家都以作品能上这家副刊为荣。

唐家寺见天不离手的那把油纸伞不能不介绍一下，它简直是主人不可分割的一部分。乌竹做成的伞柄，乌黑里泛着莹莹亮光，伞骨应该是雷竹或者水竹做的，精致而且淡雅，伞面是什么特殊材料的纸（也是竹纸吗）做的，里外都刷了桐油，淡黄里显出薄如蝉翼的透明和轻盈来。

奇怪，这么薄的纸伞面，再大的风雨却打它不碎，淋它不透，盛开出一方小小的移动的晴朗的天空。

这种油纸伞，只该烟雨江南的小城小镇才有，只合江南的着一袭旗袍或是碎花青色布衫的曼妙女子拄着才配。

这种油纸伞已经很少见得到了，似乎早没有厂家生产了，唐家寺的这把油纸伞是从哪里来的呢？

他撑着这把油纸伞成了一道独特而奇怪的风景！

四十多岁的秃顶男人唐家寺，总是穿着笔挺而拘谨的灰色中山装，面色沉郁，不苟言笑，只是走路时细碎而匆忙，倒也还显出几分年轻和活力来。

知情人说，唐家寺是有过妻室的，而且很漂亮，但似乎并未添一男半女，不知什么时候起，唐家寺就成了孤家寡人，形影相吊了。对于妻子的去向，唐家寺从不主动谈及，别人偶有提起，他也是讳莫如深。那女人的生死、踪迹，就和唐家寺突然多出来的油纸伞一样，成了这个江南小城人们心中不解的谜团。

唐家寺与他的油纸伞水乳交融，形影不离。有一回，他在乘公交车时竟被别人拿错了伞，而且下了车。

唐家寺急坏了，愁死了，懊悔极了，竟不惜花钱在晚报、电视台、交通台密集地刊播寻伞启事，并许以重酬。

唐家寺这一番折腾，总算找回了自己的那把油纸伞。这几乎成了小城人人皆知匪夷所思的笑话。

有一天，唐家寺的油纸伞下突然无端地多出一个曼妙女子来，而且亲昵、幸福地紧挽着唐家寺的胳膊，这情景当然可以说明一切了。

不久，唐家寺就举行了婚礼。

据出席婚礼的消息人士说，唐家寺的前妻是一个很有灵气的业余作者，年纪轻轻身罹绝症，她的眼角膜后来移植给了她濒临失明的小妹。

这个小妹，如今成了交通台的女主播。

只有小妹知道，那把油纸伞是姐姐当年送给唐家寺的定情物。

姐姐是最后一家油纸伞厂的设计师。说也蹊跷，这家厂子在姐姐走后，也很快倒闭了。

她在婚礼上动情地说，那次播你的寻伞启事，我被彻底感动了。也许在这个世界上，只有我，能读懂你这把油纸伞！

后来的某一天黄昏，这对伴侣在街道边散步时，共同戴着那把油纸伞。

一辆大卡车因为刹车失灵突然冲向他们，唐家寺本能地推开新婚妻子，又拼尽全力抛开手里的油纸伞 ......

这个小城从此没有了唐家寺。

多了一个不管晴天下雨、白天黑夜，都带着油纸伞的美丽而憔悴的伶仃女子。

# 莜麦青青莜麦黄

贫穷的哀鸣，金钱的挽歌……

上篇：莜麦秸窝里

男：来啦？

女：来啦。

男：来不？

女：不来。

男：咋？不来？

女：来了哩。

男：咋？还来？

女：就是来。

男：他？不来？

女：来。夜夜来。

男：那……咋还来？

女：他，没用哩。

男：就回啦？

女：回哩。

男：钱给不？

女：不给哩。说，有合同，得怀上，生下。男娃十万，女娃五万。

男：天天来，白来哩！

女：他说，白吃，白住，白来，不下崽，亏大哩。

男：俺不来，让他来，还白来，亏大是俺哩！那俺俩结婚的新房子，家具电器，白想哩！

女：俺们……俺们好手好脚，下死力吧？

男：就种莜麦？得猴年马月？去，还去。

女：还去？俺不去。

男：去。换个人家，不信都是骡子。男娃女娃原价，没娃一万。不兴白来哩！

女：俺、俺不去。

男：先怀上狗日的娃，有了钱，再怀俺们自己的娃。让娃住楼房，上好学校，过好日月哩！不去哪有好日月？

女：嗯嗯。听你的。亏了你哩。

男：亏你哩！没球办法，穷哩！来——

女：说来了哩。

男：来了，也来。狗日的来，俺咋不来？冤死哩！明天就走，想来就来不成哩。

女：来！狠狠来！

男：你、你哭啦？

女：俺没哭，下露水哩。你咋哭啦？

男：俺没哭，淌汗哩。

下篇：小洋楼里

女：来啦？

男：来啦。

女：来不？

男：来啥？

女：来那个啥。

男：不来吧。来也白来。

女：怪不得你不来家了哩。真是嫌俺哩！

男：你不会生娃，怨谁？

女：还不是当初听你的话，坏了俺的身子，再也怀不上了。

男：哭球啥？有房有钱没自己的娃，等于啥也没有。球意思！

女：俺不是答应你租房找了女娃，来那个啥吗？虽不是俺亲生的，总比没有的好。

男：今个来，就是跟你说，她不来身上那个啥了。

女：她怀上了？好啊，俺们有娃了。有娃就好。

男：好是好，也不好。一个爸，两个妈，咋个说？

女：好说哇。有合同，生下娃，男娃十万，女娃五万，给钱，走人。俺就是这样过来的呀！

男：人跟人，不一样。她说怀上娃，不走啦，她才是娃的亲娘！

女：有合同，不怕她！

男：可，俺们这样做就是犯法的呀！你犯了好几回法哩！闹起来，你怕是坐牢哩！

女：那……咋个办？

男：俺俩离，跟她结，就没事了。

女：俺咋整？

男：给你钱。回乡下，住老屋。

女：娃没了，男人也没了……

男：哭啥哭？这是命。

女：是命。俺命不好。你好。

男：别哭了。都是命。认命吧。这是协议。签字吧。

# 最后一只苍鹰

狂野的江水，孤傲的岩鹰，沧桑的老人……

弋江像一只猛力的鞭子，从千山万壑间抽打出一条百转千回的水道，一路奔泻，一路狂呼，势不可挡，直扑扬子江口。

如今，江面上只剩下零零落落的打鱼的两头尖小船，货船、客轮几乎绝迹了，木筏、竹筏更是不见影踪了。当年那般喧嚣热闹的弋江似乎一下子衰迈了，风光不再，一如岩爷看到的江天岩峰间的最后一只苍鹰的孤独寂寥身影，亦如风烛残年的日日浸在岁月记忆里的岩爷。

岩爷从小就在弋江的风浪里摸爬滚打，江水卷挟走了他的青春和荣耀，弋江无情地把他抛弃了，可岩爷的一生和梦境都须臾离不开弋江啊！如同那只苍鹰的飞翔怎么也离不开江天与岩峰。

那一年，村上饿死了很多人，爸妈也饿死了，岩爷第一次感到从未有过的绝望和人生的悲凉。他又一次跳进了弋江的波涛里，这一次他不是戏水，也不是逮鱼捉虾，他只想借江水淹没自己所有的痛苦和不幸……但少年的岩爷未能如愿，他被弋江上的筏客救起了。

筏客是当地人对在弋江上放排从事水上运输的一个独特族群的称呼。老筏客让岩爷吃了一顿饱饭，饕餮般的岩爷差点被噎死。打这天起，为了吃饭活命，十六岁的他当上了弋江筏客，而且成为三百里弋江上最富盛名和传奇色彩的筏客。

弋江奔突于群山峡谷间，多急流、险滩，浪高沫飞，逆流时不时还得上岸背纤，穿衣也是白搭，所以弋江上的筏客都是赤条条一丝不挂，到了终点站才着衣登岸。岩爷刚当筏客时害羞，不听老筏客劝告，非要穿衣着裳，不一会就被水浪打得透湿。如此再三，岩爷只好裸着身子了，时间长了，竟也习以为常，不觉得有什么难为情了。以至于几十年后，弋江上建了电站大坝，水运渐为陆路运输所取代，岩爷被迫上岸营生，穿戴齐整倒感觉束手束脚、浑身不适了。

岩爷初当筏客那会，正值青春勃发时，不仅英俊无比，而且力大无穷，激流掌舵是他，逆流背纤是他，一路水程，不断有苍鹰在他头顶盘旋，与他为伴，为他喝彩。他在风浪中岿然屹立，游刃有余，如同一座黢黑坚硬的岩峰，发散着夺人心魄的阳刚原始之美，惹得弋江两岸的男人对他吹胡子瞪眼，惹得弋江两岸的大姑娘小媳妇为他如痴如狂。筏队拢岸歇乏炊爨时，总有年轻女人低头红脸偷偷来送米送菜，偶尔上岸到酒家吃饭，但凡是女老板，只要岩爷在，一概免费。岩爷活赛弋江上的一只人人仰视嫉羡的雄鹰！

岩爷到底栽在了一个女人身上！

女人叫翠翠，是老筏客的独生女儿。一次来看父亲，一下子就被岩爷英俊的模样和青春的气息迷得神魂颠倒了，岩爷走到哪翠翠跟到哪，撵都撵不走她。一天，翠翠鼓起勇气向他告了白，岩爷毫无思想准备，一口回绝了她，不想痴情的翠翠竟跳江自尽，被筏客们救起。

这事不知怎么传到了翠翠未婚夫耳朵里，告了岩爷一个“破坏军婚”，连老筏客也救不了他，生生坐了三年牢狱。命中一劫，无妄之灾啊！

出狱后，弋江毫不犹豫地用宽广的胸怀接纳了他。老筏客为这事竟抑郁作古，翠翠也出阁随军了。从此岩爷就觉得女人是洪水猛兽，断了念想，一生不娶。他把他充沛漫溢的激情自虐般挥洒在同样赤裸狂野的弋江云水间！

因无子嗣，倔强的岩爷到底吃上了五保。到弋江边走一走，站一站，看那奔腾不羁的江水，望那孤独盘旋的苍鹰，是岩爷暮年每天必修的功课。谁也不知道他心里想些什么，都说岩爷怕是得了老年痴呆症哩！

一天，村里来了几个时髦的年轻人，背着画板，说是美术学院的大学生，见到岩爷竟欢呼起来，说岩爷的形象、气质太有沧桑感了，软磨硬缠请岩爷当人体模特，而且最好画裸体。

村人大怒，骂年轻人太放肆，太不尊重长者，挥拳要替岩爷教训他们，却被岩爷制止住。幽幽道，画就画吧。

年轻人喜极。

村人横眉瞪眼道，别欺负老人，画裸体得给钱！一千块不多吧？

年轻人傻眼，可我们是穷学生……

分文不取！只听岩爷一声雷吼，谁也不敢再说什么了。众目睽睽之下，岩爷脱得精赤条条，神情从容坚毅，一如弋江边高高耸立的岩峰……美院学生们屏息凝神画着，眼里噙着泪花。

画毕，岩爷冷不丁问，这画拿去展览，翠翠能看到么？

所有人都呆了，不知如何作答。

又过了些时日，弋江风景区管委会的头头在江边找到岩爷，陪着笑说，我们计划推出一个弋江裸体背纤的观赏项目，特请岩老当顾问和技术指导，待遇嘛，好说！

岩爷并不正视来人，冷冷地答，当年我背纤，是为了活命。你们，这是吃饱了，撑的！

岩爷撤开目光又去追逐那只翱翔在江天上的孤傲的苍鹰……

# 贼　疑

村长家鸡窝里的鸡蛋丢了，邻居翠莲怕村长夫人怀疑自己……贼到底是谁?

晌午时分，隔壁黄三姑尖利的嗓子突然骂起来。

翠莲和黄三姑是紧邻，但两家却有天壤之别。黄三姑家盖的是花花绿绿三层到顶的小洋楼，翠莲一家老小至今还住在低矮狭小的泥墙瓦顶的破屋里。

谁叫人家的男人是村长呢！翠莲此时正在厨房里炒菜，男人每天在田里地里累个半死，待会就要回来吃饭哩，自己的男人虽说没啥大出息，可自己不疼谁疼?

翠莲炒了山芋杆，又炒起四季豆。她本想给男人弄样辣椒炒鸡蛋，可到底没舍得。两个女儿，一个读小学，一个念高中，费用大着哩！鸡屁股还是“小银行”哩。

黄三姑尖利的嗓门越来越大，在翠莲“嗞嗞啦啦”的炒菜声里听不清究竟在骂什么。翠莲仄起耳朵听，还是听不清，但感觉那声音就像子弹是直直向翠莲这边发射过来的。翠莲停了锅铲，“嗞嗞啦啦”的声音小了，黄三姑的声音大了，震耳欲聋。

“是谁这么眼皮子浅，手爪子长，偷了老娘鸡窝里的鸡蛋？偷去给野男人补蛋吗，偷吃了烂嘴烂胃烂心烂肺！……有本事偷就有本事承认，哪次让老娘逮着，非剁了她的爪子，然后让俺家男人把她送到派出所去！气死老娘了！偷东西也不看看偷到谁家啦，胆大包天哩……”

翠莲知道黄三姑肯定不会是在“敲打”自己。翠莲自从嫁到这个村，行得端，坐得正，人穷志不短，名声好着呢！听着那骂声，翠莲心里暗暗笑了一下。她听说黄三姑的男人大鱼大肉吃腻了，一回家就吆喝着要吃辣椒炒鸡蛋，说是嘴巴里淡出个鸟来，要吃下饭菜哩！黄三姑刚才在骂什么“吃蛋补蛋”，翠莲因为这心里偷笑了一下。听说村长在外面有好几个相好呢，可不得好好补补？也亏得黄三姑，家里那么气派有钱，却还要在屋外搭个鸡舍养鸡。村长眼下早就不把她当回事了，可黄三姑蛮拿自己当回事，整天端着村长夫人的架子哩，见人板着脸，走路眼朝天。

她家油水足，有的是力气，让她骂去吧，爱骂多久骂多久。翠莲的男人回来了，翠莲忙端菜盛饭伺候男人。

“村长家的在骂什么？”男人边扒拉饭边瓮声瓮气地问。

“好像是鸡蛋被人偷了，骂了多半天啦。”翠莲答。

“俺听着，黄三姑是冲俺家骂哩，该不是怀疑是你偷了她家鸡蛋？”男人停下筷子，样子很有些惶惶不安。

“哪能呢，你别疑心生暗鬼，把屎盆子往自己脑袋上扣！俺翠莲是什么人你不清楚？全村人都清楚，她黄三姑也清楚！”翠莲说着说着真生气了，又给男人盛来一碗饭，用力往他跟前一撴！

“俺家申请做新房的报告，村长咋还不给批呢？”男人闷闷地吃着饭，像是问翠莲，又像是自言自语。

……

第二天几乎同一时段，黄三姑尖利的嗓门又骂起来，听上去愤怒的程度更胜一筹了。又是鸡蛋被偷了！

谁敢偷村长家的鸡蛋？而且专偷村长家的鸡蛋？翠莲觉得奇了怪了！毕竟是邻居，翠莲想，俺也不和黄三姑一般见识，好歹她家是失了窃，得去看看，关心关心，这年头人情味是越来越淡了，什么都论钱，可不是好事。翠莲已经弄好了饭菜，单等男人回来吃。男人只知道死做，这时辰还没回来，家里负担重，他还做着新房梦哩！翠莲就往黄三姑家小洋楼走去，老是窝在家里不出来，不定黄三姑真以为俺偷了她家鸡蛋哩！再说，建房申请的事也得找她问问，求她在村长耳边吹吹枕头风。

翠莲刚出门又折回来，再出门的时候用围裙兜了不少鸡蛋。

黄三姑的怒火被翠莲的鸡蛋和好说歹劝的话暂时浇灭了。

“到底是谁这么眼皮子浅，手爪子长，专偷你家鸡蛋呢？！”翠莲平时很看不惯黄三姑，心里更看不起她那副德性。这会儿安慰着她，鬼使神差地竟陪着几分小心和谄媚。

“让老娘逮着了，非剁了她的爪子，送到派出所关起来！”黄三姑说话的口气像个公安局长。她毫不客气地收下鸡蛋，依然板着个脸，还用眼睛上上下下把翠莲扫了几遍，眼神怪怪的像长了刺。翠莲象被人扒光了衣服，接受X光的扫描，浑身剩下不安、不自在，她突然感到自己仿佛就是那个偷鸡蛋的贼。

本来她想趁村长家的心情好了，就是那建房申请的事，这会儿她没心思提了，一阵风地跑回家。男人还没回来，她一头扑进房间，扑到床上，呜呜地哭了好一阵。她觉得自己好冤屈，心里堵得慌。哭了一阵后，翠莲就不哭了，走出房间，等着男人回来吃饭。她不愿男人看出什么异样，担心她！

但翠莲的心里想好了，她一定要抓住那个贼，还自己一个清白！

一连好多天，翠莲都眼睁睁地盯着黄三姑家鸡舍的方向，注意有没有什么人靠近它。翠莲家厨房门正对着黄三姑家鸡舍，因此足不出户，看得一清二楚。

但黄三姑尖利的骂声每天都会准时响起来。

翠莲大惑不解！这到底是怎么一回事呢？自己整天盯守着，压根儿没有人接近她家的鸡舍，鸡蛋咋就没了呢？真是活见鬼啦！黄三姑污七八糟得叫骂声象嗖嗖乱飞的子弹不断射穿她的耳膜，她觉得自己的脑袋正一个劲膨大，简直要爆炸了。她越来越恍恍惚惚地觉着自己就是那个贼了，至少在没有抓到那个贼之前。翠莲又鬼使神差地送过去一些鸡蛋，黄三姑的骂声才告一段落。一定要抓住那个可恶的贼！翠莲咬牙切齿，恨恨地发誓。

这天，翠莲一刻不离地睁大眼睛死盯着黄三姑家的鸡舍，连中午饭也没顾上做，自己就那么饿着肚子盯着。正好男人忙完田里地里的活，到县城工地上打工去了。

但令她绝望的是，黄三姑尖利的骂声还是如约而至！她又凄凄惶惶地送了一些鸡蛋过去，她家攒着等着换钱的鸡蛋已经快被她送光了，明天黄三姑再骂，她拿什么去堵她那张比刀子还要伤人的嘴呢？

黄三姑余怒未息地回楼房睡午觉去了。翠莲正想往回走，突然停住了，又转过身，她突然想到该去黄三姑家的鸡舍零距离地看个究竟。黄三姑的小孙女也跟了去。鸡舍里空荡荡的。“你家鸡呢？”翠莲好诧异。“鸡蛋老是被人偷，几只鸡就被俺爷爷奶奶一天一只杀了吃啦！”黄三姑的小孙女仰着小脑袋回答，“鸡肉真香！”翠莲闻言，脑袋象被人狠狠敲击了一下，眼前一阵眩晕，脚步趔趄了几下，差点摔倒。但这冥冥中的“一敲”，让翠莲突然想到了什么，她显得有些兴奋起来，急急忙忙赶回家，又很快重新回到黄三姑家的鸡舍前。只见她放了一枚鸡蛋到鸡舍里，又哄黄三姑的孙女回去了，自己就躲在鸡舍旁边的墙拐，目不转睛地细看究竟。

不大一会，窸窸窣窣一阵响，只见一条一米多长的什么蛇不知从什么地方钻出来，敏捷急速地游进鸡舍，出来时勃颈处鼓起一个小包。

“原来贼就是你！”翠莲此刻百感交集，喜恨交加，自己的冤屈终于可以洗清了！你害的俺好苦好苦啊！平时翠莲看到蛇怕得要命，浑身直起鸡皮疙瘩，这会儿却不知哪来的胆量和勇气！她从墙角闪出来，纵身一跃，奋力地扑到正欲溜走的蛇的身上，却只压住了蛇的尾巴，蛇头闪电般甩过来，翠莲的胳膊一阵剧痛，昏了过去……

不知是在被人送往医院，还是在被牛头马面送往阴间的途中，翠莲仿佛听见人们议论的声音：

“翠莲不是贼，翠莲是清白无辜的！翠莲是好人哪！”

“翠莲胆子可真大，那可是条眼镜蛇啊！”

“……”

翠莲似乎还看见村长朗声笑着，扬了扬手里的一张纸说：“你家的建房申请批了！”她仿佛还听见了自己男人撕心裂肺的哭声……

# 温家窑情事

杏花娘克夫，但后来温家窑的老光棍们，为什么一个个把肠子悔青了？

杏花娘克夫。

头一个，修水库，排哑炮，和石头一起炸飞了。

第二个，开拖拉机，掉下来，自己把自己碾死了。

第三个，身大力不亏，得了莫名其妙的怪病，也死了。

温家窑的人指指戳戳，这女人是杀猪凳，睡一个，亡一个。

几个死鬼男人给杏花娘丢下一嘟噜娃，杏花，桃花，李花，菜花，张着大嘴要吃食，杏花娘火烧眉毛，慌了神，着了难。却没人敢再要她。谁敢背个“杀猪凳”回去？

凡事都有例外。

福贵不怕“克”。福贵是个老光棍。福贵还和杏花娘是邻居，两家土坯瓦房还共着一面山墙哩。

福贵生得丑，不是一般的丑，杏花娘从没拿正眼瞧过他。福贵不生气，这会倒怜惜起杏花娘来。这女人真真命苦，男人没了，也没男人要了，比俺还可怜哩！

福贵心里盼着躺上“杀猪凳”，但一见杏花娘半老徐娘，依然漂亮得花朵儿一样，话只能憋在肚子里，都不敢提到嗓子眼。

杏花娘不知啥时也留意起隔壁的福贵来，脸上却板板冷冷的不起丝毫波纹儿。

杏花娘老想，家里这么多活计，要是多个帮手就好啦。冬夜困觉冷得两头佝一头，要是有个焐脚的就好啦。当然，杏花娘心里这样想了又想，谁也瞧不出破绽来，福贵有些憨，更是晓不得了。

杏花娘忙完了家外家里的活路，得空掇个小杌子，坐在屋门口，还不闲着，缝个针编个筐什么的。

这时，她就瞧见福贵家的老黄哼哼唧唧地在上自己家的小花。

头两回，杏花娘很生气，顺手捡块石子或柴梓砸老黄，还骂，老黄负痛而逃，小花却恋恋不舍地跟了去。杏花娘就红了脸，叹口气，眼里慢慢汪出泪。

后来，再见小花和老黄做那个啥，杏花娘就不撵，不骂了，红了脸呆呆地看，边看边叹气。

这以后，杏花娘瞧见福贵，不是低低地招呼一声，就是浅浅地递一个笑儿。

福贵也觉得“杀猪凳”不是那么冷森森怕人了，仿佛受了鼓舞，就畏畏缩缩地开始帮杏花娘干起农活来，犁地，耙地，播种，施肥，锄草，收割，归仓……

村人背后说福贵，你活腻了，找死不成?

福贵嘿嘿，只是憨笑，照旧屁颠屁颠给杏花娘卖力地干活。

杏花娘留他吃饭，给他洗脏衣脏裤，但不留福贵过夜。

有一天，福贵梦见自己和杏花娘缠在一起，在做自己想做但从没做过的那个啥，一激灵，醒了，眼前真有一团白花花的身影儿。

福贵和那个白影子都哭了。

俺夜夜留门……

俺怕克、克你……

俺不怕克……

俺怕……

俺都不怕，你怕?

俺找过大仙算，像这样样，偷着，不克……

俺不愿偷，俺不怕克，俺要吹吹打打娶进门!

呜呜呜……

不哭，不哭……

村里的闲言碎语汹涌开来，都说杏花娘是害人精，都说福贵没几天活头了。

果然，没几天，一个落地雷，轰塌了福贵和杏花娘两家共用的那堵山墙，熟睡中的人却安然无恙。

杏花娘说，这是天意！这是老天让俺们两家并一家哩。

杏花娘和福贵老汉眼下八十好几了，还越活越硬朗。女女们都孝顺，老俩口过得怪滋润。

温家窑的老光棍们把肠子都悔青了。

# 第三辑　会飞的黑糖糍粑

尘世的所谓奇事、怪事，其实不奇、不怪，只因我们机械地用世俗的眼光与惯常的思维，浮光掠影地去触摸社会及生活的表象，于是便和人事的本真失之交臂，相错愈远……

# 梦非梦

梦是醒，醒是梦，似梦非梦……

有一个人，一个非等闲之辈的人，翌日要率领声势浩大的执法队伍去强制拆除一个居民点，以确保一个重大项目的顺利开工。

头天夜里，他做了一个梦，梦的内容在他迷迷糊糊起床时突然忘了，但他清楚地听见自己的身体里发出一声巨响，伴随着彻骨揪心地疼痛。他分明感觉自己的身体霎时一分为二，他隐约看见另一个自己从自己肥胖的身体里挣脱出来，是三十年前年轻时的自己，那时他还是一个乡下农民。

他很吃惊，吓坏了，特意穿上紧身的衣装，还不放心，又在没有腰的腰间加束了一条威风凛凛的皮带，这才坐进早已等候在楼下的轿车。

他来到那个居民点，不出意料地发现黑压压的两拨人群剑拔弩张地对峙着，空气紧张得似乎遇到一个火星就会爆炸。他的到来，无疑聚焦了所有的目光。

他素以雷厉风行著称，他正想挥舞大手发出号令，却听见另一个自己说，群众利益无小事，不能蛮干！他不以为然地反驳道，发展才是硬道理！何况，我们按规定给群众补偿呀！另一个自己说，补偿标准过低，群众才难以接受嘛！他有些犹疑了，那……我该怎么办？他又听见另一个自己说，你可以把实际情况向上级反映啊！他忧虑地咕哝，可是，弄不好，我会被免职的。另一个自己鼓励他说，你可以去试试呀，这才是担当！

这天，他终究没有下达强拆的命令。

后来，他真按照另一个自己的请求，通过多种渠道向上级反映了群众的利益诉求，很快被上级采纳，从而使重大项目得以顺利实施。

这天夜里，他说起了梦话，我为老百姓说了实话，肯定要被免职，不如自己主动辞职算啦！耳畔又响起另一个自己的声音，你只要说实话，干实事，不会免职，还会升职！

这个梦他记住了，第二天上班，他果然看见了关于他的任命文件。

惊喜之余，他对另一个自己说了许多感激的话，另一个自己却消遁了一般，再不言语。

他疑惑良久，恍然大悟：另一个自己已和自己融为了一体！

# 会飞的黑糖糍粑

一个神秘的传说，传遍了成都的大街小巷……

人民公园大门外，有一个川味小吃摊。

经营者是一对年轻的小夫妻，男的有些凶相，女的是个甜妹。他们的小吃摊，生意特别火爆，尤其是传统农家川味小吃黑糖糍粑，香歪了人们的鼻子，吃歪了人们的嘴，可就是吃不够，吃不厌。

有一天，男的突然发现，最抢手的黑糖糍粑，每天早上都会莫名其妙地少两个，不多，不少，就两个，每次都是少两个。

这是啥子回事嘛？小夫妻连上厕所都是轮着来的，小吃摊从来不脱人呀！男的觉得，真是奇了怪了！

前些日子，倒是有个衣衫不整的娃子到摊前偷拿了两块糍粑，被他捉住，给了两个耳刮子。后来再不见那个小贼娃身影了呀！

黑糖糍粑又不值几个钱，有谁会偷？是你记错数了吧？女的甜甜地笑着，觉得男人大惊小怪，小题大作了。

男的执拗地摇摇头说，这事蹊跷。

黑糖糍粑还是天天丢，男人的眼睛瞪得像铜铃，时时刻刻盯视着摊前络绎不绝的顾客，就是发现不了嫌疑人。

最后还是女的找出了答案！她惊疑地把男人拽进公园，直拽到“川军抗日阵亡将士纪念碑”前。

只见纪念碑上雕着一个川军少年士兵，穿着短裤、打着绑腿，背着斗笠、大刀，手握步枪，胸前还挂着两颗手榴弹，双目炯炯注视前方，好像随时准备冲锋陷阵。

这不是川军雕像吗？我爷爷也是川军。

你再仔细看看他的嘴角？女的说。

男的仔细一看，大惊失色：小战士的嘴上油晃晃的还留着渣渣呢！

这么说，是小川军偷吃黑糖糍粑？小川军显灵啦？男的惊得张大着嘴，能塞进一个拳头。

可不是吗？女的红着眼圈说，我爷爷也是川军。抗战那时，他们苦呀！饿呀！

这对小夫妻没念过多少书，他们将信将疑了，不相信，还有什么更好的解释呢？男的再不留意黑糖糍粑少不少的事了。

同时，一个神秘的传说传遍了成都的大街小巷。

不知过去了多少年，小夫妻差不多快变成老夫妻了，他俩还在人民公园门口老地方摆小吃摊。

听说他们赚了很多钱，但没儿女，在女的再三动员下，先后捐了不少钱给地震灾区和希望工程。

那阵子，一部叫《川军驱寇无敌》的电视剧正在热播，老夫妻俩也天天看，看得泪流满面。

一天，一群人簇拥着一个风度翩翩的中年光头汉子径直来到小吃摊前，光头汉子大声说，他要美美吃一顿黑糖糍粑！

随行的人介绍说，这就是《川军驱寇无敌》的总导演！

老夫妻俩一时不知所措了，只是一个劲劝他，吃吃吃……

那导演嘴里咬着糍粑，突然给老夫妻俩“扑通”跪下了，哽噎着说，是大姐的糍粑救了一个离家出走叛逆少年的命，我才有了今天……

# 俺们也来办旅游

子虚村突然出现一座神秘的雪山……

俺们子虚村乡党致富的欲望像白面馒头，经马小尾信誓旦旦的笼屉一蒸，立马膨胀喧腾起来。

要挣钱,莫种田;要想牛,办旅游！马小尾在村委会主任竞选演说中摇唇鼓舌，在乡党们眼前铺开一幅旅游兴村的壮丽画卷，说得全村男女老少热血喷涌，心花怒放。

俺们穷怕了，毫不犹豫地把村主任赞成票一古脑投给了马小尾。

唱票时，俺们偷眼不时扫一扫脸色惨白的老主任，不免生出忐忑愧疚之情，心里说，对不起了老主任，你是好人，可惜不是能人，俺们真不想再跟在你屁股后面种田种地受穷了。虽说马小尾有劣迹，卖过黄碟、贩过假烟，但这也说明人家脑子活、胆子大，这年头就是饿死胆小的，撑死胆大的！也许浪子回头金不换，在马小尾的带领下，俺们就要驶入发展的快车道了呢！

嗨！马主任真是一个说一不二、雷厉风行的人，上任伊始，就轰轰烈烈地搞起旅游开发来了。

俺们这里山是石头山，水是小河沟，啥特色资源没有，能弄啥旅游？

马主任就是脑子活，胆子大，办法多，他要在子虚山顶造“雪山”。要知道，俺们这里是内陆省份，地处亚热带，冬天都不易见到雪花，哪里来得终年积雪不化的雪山？马主任大手一挥，似乎要一举扫去乡党们心头的疑云，这说明我们这里有独特的小气候啊！只有把不可能变成可能，才有差异性甚至唯一性啊！大路货哪能吸引外面游客的眼球呢？

道理是有道理，可俺们怎样才能造出雪山呢？乡党们纷纷对马主任投去觉得这事不靠谱的质疑目光。

马主任不高兴了，黑着脸说，乡亲们啊！你们也太低估我马小尾的能耐了吧？没两把刷子我敢当这个村主任？你们等着瞧好吧，我保证以假乱真！

正好上面给子虚村拨了几十万元扶贫款，俺们伟大的“人造雪山”工程大张旗鼓地开始了。一辆辆装盐的大卡车驶进了俺们村寨，马主任用自制土缆车让乡党们把一袋袋白盐运上了山顶，在石壁山上把盐粒密密地铺撒开来，嘿！远看像极了白雪皑皑的山峰。

俺们算是服了，大拇指一个个翘起伸向马小尾主任，像煞雨后密密匝匝的出土春笋。马主任这时反倒谦虚了，咧着嘴说，我在北影厂当过群众演员。拍戏很多时候就是撒盐造雪景的，我不过是活学活用，造福于民。

像是真像，要是游客爬上山顶不就露馅了吗？有人忧心忡忡地郑重提出一个不可回避的现实问题。

马主任得意地笑着说，这个我早有对策！待人造雪山工程一结束，我们把山腰有路可行的地方全炸成悬崖绝壁，鸟难渡，鬼见愁！

有人又提出另一个很有科学含量的问题，“盐雪”太阳一晒不就化掉了吗？

科盲，真是科盲！盐的主要成分是氯化钠，熔点高着呢！说这个你们也不懂。就是下雨溶解了一部分，太阳光一晒又结晶了，不妨事！

乡党们这下简直对马主任佩服得五体投地了，欢呼声响遏行云。马主任还开了一句玩笑，当心引起雪崩哦！

子虚村发现终年积雪的雪山的爆炸性新闻很快见诸各大媒体，吊足了人们的好奇心，黑头发黑眼珠、黄头发蓝眼珠的中外游客纷至沓来，对这一人间奇迹、造物神功惊叹不已，流连忘返，要知道这可是在炎炎夏日的内陆地区啊！

一些游客远观犹不足兴，要去将雪山踩在脚下，但面对猿猱难攀的绝壁只得抱恨而返。

在马主任的运筹帷幄之下，乡党们纷纷办起了住宿、餐饮、农家乐，还有卖土特产，卖旅游纪念品，卖登山服、滑雪板的，登不了山可退不了货。

尽管外面的游客颇多怨言，俺们乡党们却一个个喜笑颜开，赚的钱都数酸了胳膊。

有一个记者鬼精，趁人不备放飞了一个袖珍无人机，航拍了“雪山”的清晰视频。他异常愤慨地找俺们马主任问罪，俺们马主任三下五除二就把这记者摆平了。咋摆平的？秘密！马主任不让乱说。

因为俺们子虚村“雪山”景致的独特性和不可复制性，怨言归怨言，新的游客还是蜂拥而至，俺们乡党们的钱袋子胀破了一个又一个。美食一条街渐成规模，民宿星罗棋布，甚至有外面的老板过来投资办起了星级大酒店和娱乐城。

马主任更了不得，亲自担任子虚村四季雪山旅游发展公司董事长兼总经理，还当上了县政协常委和农村致富带头人。

乡党们都陶醉在胜利的喜悦中，人人眼前铺展开一幅更加壮美的画卷。

前面说过，子虚村地处内地，属亚热带湿润气候，四季多雨。不知哪一天起，乡党们发现，河里、塘里的鱼都翻了白肚，死翘翘了，撩起水一尝，哇！咸死个人！

乡党们如临大敌，跌跌撞撞地把这情况报告给村主任马小尾，不想马主任镇定自若，一拍大腿叫道，好啊！这水质正好适合养殖海鲜产品，经济价值比淡水鱼高得多！

马主任当真从沿海调进海鲜幼苗，投放到各个池塘里搞人工养殖，居然大获成功。乡党们转忧为喜，很多人祖宗八代都没看过长得奇形怪状、张牙舞爪的海鱼，品尝之后顿觉是人间至味！

俺们都指望靠海鲜猛赚一把，哪知城里的游客不买账，嘁！要吃海鲜我们来这山旮旯？快把野生小河鱼上来！俺们就都傻眼了。

后来，井水也不能喝了，咸得齁人！马主任一方面安排紧急从外面调运淡水，一方面号召家家户户建蓄水池，接老天爷赐予的“无根水”。

更严重的情况出现了：田里的庄稼、地里的蔬菜慢慢死光了。地表结了一层薄薄的白色的盐碱皮。

不难想象，外地的游客受此困扰，自然越来越少，最后竟然绝迹了。

都是假雪山惹的祸！乡党们开始怨起了马小尾，渐渐情绪发酵，恨不得食其肉寝其皮了。

一个卖黄碟、贩假烟的大骗子、二刁蛋！乡党们准备联名，把马小尾的村主任给罢了。

给我点时间，解铃还需系铃人。马小尾满脸悲壮，我会让大伙继续有钱赚！

马主任请那个鬼精的记者在媒体界扔出一颗重磅炸弹：《子虚山发现储量可观的天然盐矿》！

采访的、科考的、采矿的、贩盐的络绎而来。刚刚消停下去的俺们子虚村，又热闹了！

马主任乘胜追击，又给上级有关部门写了一份反映本村土地严重盐碱化的报告，请求给予更多的扶贫款。

上级很快来人了，却是环境问题调查组……

# 拔“钉子”

看楞头青小伙，如何“摆平”“钉子户”？

在疙瘩寨乡，“拔钉子”是拔除“钉子户”、摆平“难缠户”的隐喻词。而征地拆迁，无疑是制造“钉子”的“工厂”。如今都说征迁工作是“天下第一难”啊！

谁都没想到，黄四婆竟成了疙瘩寨乡的“死硬”钉子户。软磨硬泡，死缠烂打，恩威并用，她这颗“钉子”就是“我自岿然不动”，晃悠都没晃悠一下。

黄四婆何许人也？不过是一个孤老婆子，却拒绝吃低保，住在两间破败不堪难避风雨的土墙瓦顶屋里。这颗锈死的老钉子，让龙岗工业小区项目搁浅，迟迟难以推进。

乡长秦三响忍无可忍，恼火异常，召开征迁领导组会议，决定申请法院强制执行黄四婆，不能被她这只蝼蛄叫，就种不成庄稼！

秦乡长，我想去试试。申请强制执行，一套程序走下来也耽搁时间啊！

声音虽不大，却像放了颗原子弹，石破天惊！说这话的是刚参加工作不久的大学毕业生郝为民。他是乡政府文书，正做着会议记录呢。

秦三响好半晌才从冲击波中缓过神来，小郝，你说什么？你去拔钉子？

郝为民迎着大家的目光，很认真地点了点头。

宣传委员老赵阴不阴阳不阳地说，你当征地拆迁是在纸上做文章那么轻巧？我老赵做宣传工作半辈子了，恕我自我表扬一下，要政策理论水平多少有点政策理论水平，要实践工作经验更是有实践工作经验，可任凭我摇动不寸不烂之舌，政策讲得再透，意义讲得再大，只差没磕头下跪了，那黄四婆就是不为所动，只回答我一句话“不搬就是不搬”！

征拆办主任大钱打着哈哈说，初生牛犊不畏虎，主动请缨要打虎上山啊？这个女座山雕可不好对付！问题是她不提有任何利益诉求，给她补偿款她不要，以房换房她不肯，横竖就是一个不挪窝！我怀疑这个老太婆因长期自闭，脑子有点不正常了。不是有句话嘛，宁跟刁子打一架，不跟痴子说句话！

施工方负责人外号“孙大炮”，这时又一次集中火力发射了，对付这种人，文的不行就来武的！你们政府要依法行政，我们施工队没那么多讲究。我们讲的是效益，是工期！先是挖断老太婆家门口的路，后来又断她的水，掐她的电，都没能让老太婆投降，像是铁了心和政府杠上啦！这就叫当断不断，反受其乱。当初若不是秦大乡长坚决不松口，我手下的人早把那土墙屋扒了！还用得着今天在这里开会？我看小伙子别逞能了吧！这事你搞得定，我在疙瘩寨倒爬三圈！

秦乡长听大家话说够了，才接上话茬说，不管怎么说，小郝这种勇挑重担的担当精神还是值得肯定的。不过，黄四婆的固执我也是领教过的。今年中秋节我还自掏腰包给她送了节礼，说她完全符合五保条件，拆迁后可以住到乡敬老院去。可黄四婆说，她还没老到不能自食其力，不想给国家添麻烦。硬钉子没拔掉，倒让我碰了个软钉子！这样吧，以一周时间为限，随即启动申请强拆程序！

谁都不敢相信，嘴上无毛的郝为民接着又放了一颗氢弹！

第二天傍晚，小郝就向秦乡长汇报，黄四婆同意拆迁了，并在征迁协议上按了手印。

秦乡长大为震惊、诧异，这么难拔的钉子，咋就这么轻易地让你个学生娃拔啦？

你承诺给老太婆多补钱啦？老赵阴阳怪气地说。

我不会拿原则当交易。

那是答应给她多分房？大钱铁青着脸。

这还不是牺牲原则？再说，我哪有这个权力啊！

那你到底施了什么魔法？孙大炮的炮有点哑。

郝为民挠着脑袋说，其实，很简单。我认黄四婆做了干娘。老人家心底是担心搬到移民新村去住，人生地不熟，更加孤独啊！

你怎想到了这招？老赵有点傻眼了。

郝为民红了眼圈，颤声说，因为……我从小就是个孤儿。还有，黄奶奶同意进敬老院了，还坚决提出把补偿款全部捐给敬老院！

大家一时都沉默了。

秦乡长听着，听着，脸色严肃起来，仿佛陷入了沉思。

# 父亲的遗愿

父亲临终前，为何想吃“油炸蚂蚱”？

艾本农突然接到二叔打来的电话，听到父亲病危的消息，心里不由得咯噔一下，眼眶里顿时涌满泪水，嗓音也哽噎了，急切地问，爸得的是什么病？二叔在电话那头叹息着说，一两句话哪讲得清，赶紧回来再说吧。

艾本农放下电话，急忙奔出总经理办公室，叫上司机，坐着宝马车就风风火火地往机场赶，连换洗的衣服也忘了带。老婆在美国陪儿子读博，他干脆没有通知，通知了也是白搭，太远。

他焦虑悲伤的心随客机飞越千山万水，只恨不能快些更快些飞回到老父亲身边，送上老人家最后一程。

次日下午，艾本农终于踏上了故乡疙瘩寨的土地，一股泥土的清香和亲切的气息随山风扑面而来。但他的心情依然是沉重的。偌大的村庄显出出奇的安静，似乎只有寂寥的炊烟伴着偶尔几声狗吠。

他走近村口，二叔早在老槐树下等着他，旁边围的是清一色老残妇孺。艾本农一把抓住二叔的手，带着哭腔问，我爸他怎么了？去年春节我回来，他身体还好好的，叫我在外放心，说自己能活到一百岁呢！

二叔擤了一把鼻涕，在衣袖上擦了擦，瓮声瓮气地说，还能咋的？他是个种田的老把式，见不得田地撂荒哩，栽秧的时候突然倒在田里了，幸亏俺在场，不然病不死也给水呛死。送医院，医生说，没得治了，赶紧回家，准备后事吧。

艾本农眼里爬出大滴大滴的泪水来，埋怨道，爸也真是的，咱家不愁吃不愁穿，我按月把钱打到他卡里，几次接他去深圳，死活不去，这也罢了，干嘛非要种那几亩薄田？

二叔不满地剜了艾本农一眼，还是瓮声瓮气地说，你爸种田不是为的挣钱，是为的念想，他这是在跟大伙赌气哩！他说，都一窝蜂丢下土地进城打工，没人种庄稼了，都去吃钱喝西北风去？

艾本农随二叔他们边说边向家里的老宅快步走去，他叹着气心疼地说，这哪是一个老农民考虑的问题？杞人忧天哩。

二叔闻听此言，停下脚步，狠狠地瞪了他一眼，凶道，你才吃了几顿饱饭就撑糊涂了不是？不是你爸田里地里下力气，年年是卖粮大户，你能上得了大学？奔上这样的好前程？

说话间，老宅到了。二叔放低声音说，你爸一口气下不去，睁着大眼等你回家，准是心愿未了，有事交待哩！快进去。

艾本农轻步走进卧房，见奄奄一息的父亲仰面躺在床上，一动不动，气若游丝，一双眼睛却努力地大睁着。猛然见到儿子回来了，父亲空洞而呆滞的眼瞳顿然灿亮生动起来，嘴唇艰难地嚅动着。

快上前，听听你爸有啥子遗愿遗嘱。二叔催促道。

艾本农单膝跪地，流着眼泪，紧紧握住父亲冰凉枯瘦的手，把一只耳朵小心地贴在父亲哆哆嗦嗦的唇前。尽管父亲的声音微弱而断断续续，他还是听明白了，父亲说，想吃一回油炸蚂蚱！艾本农蒙了，他以为父亲弥留之际在说胡话。

他把父亲的话告诉二叔他们，二叔又瓮声瓮气地说，这没啥奇怪！记得那年你小子从南方回来，不是对俺和你爸夸耀，说广东那边的阔人吃油炸蚂蚱吃疯了，还说咋样咋样的好吃。赶紧差人去逮蚂蚱，了却你爸最后的心愿！俺哥大去前也想做一回阔人哩。

艾本农猛地记起来了，是有这么回事，不过当时他还挨了父亲的骂。父亲说，啥东西不好吃，吃蚂蚱？蚂蚱腿上削肉，能吃出个啥？它专吃庄稼叶子，是害虫，俺们农民贼讨厌它！

事不宜迟，父亲看样子有随时咽气的可能。艾本农让二叔守候在父亲床前，亲自带领乡亲们分散到田间地头捉蚂蚱。

春夏之交应是蚂蚱越来越多、十分活跃的季节。艾本农记得小时候捉蚂蚱是他和小伙伴们最快乐的游戏，田野里、道路旁、河塘边的禾苗草叶上，蚂蚱欢蹦乱跳，随处可见，随手可捉，有一回他偷偷把一只蚂蚱王放进女同学的书包，吓哭了女同学，他还为此写了检查呢！

可奇怪的是，今天一伙人折腾了半个多钟头，别说逮到一只蚂蚱，他们压根连蚂蚱的影子也没见到。这时二叔打来电话，急吼吼地让艾本农立马回去，说他爸马上不行了，他这才心犹不甘地放弃寻找。

重新回到家，老父亲脸色灰白，似乎只有出气没有进气了。艾本农"扑通"跪在床前，泪如泉涌，自责道，爸！恕儿不孝，连您最后的一点心愿都不能满足。早知这样，我从广东想带回多少蚂蚱就有多少啊！油炸蚂蚱当真是一道特色美食呀，酥香脆可口，兼有保健祛病功效。油炸蚂蚱撒上细椒盐下酒，一绝哩！

二叔摇头叹气道，俺本该晓得你们逮蚂蚱是瞎子点灯白费蜡！你没瞧见田野里是一片荒芜吗？乡亲们不种庄稼，都到城里种楼房去了！蚂蚱靠吃庄稼为生，没有了庄稼哪里还找得到蚂蚱？

艾本农痛彻肺腑地大叫一声“爸——”，他猛然明白了老父亲的心事到底是什么。他顿悟父亲遗愿的一刹那，只听“咕噜”一声，父亲咽下了最后一口气，安详地闭上了眼睛。

父亲出殡，竟然找不齐八个抬棺的人，青壮劳力都到外面打工去了。最后只得进城高价请来了农民工。

料理完父亲的后事，艾本农回了深圳，不久就返乡创业了。他租赁了疙瘩寨周围闲置的三千多亩良田，发展无公害水稻种植，还搭建大棚养起了食用蚂蚱。据说订单不断，产销两旺。

乡亲们纷纷回到家乡，在艾总的公司里当起了农业工人。

每当给父亲上坟祭奠的时候，艾本农都忘不了在坟前供一杯白酒，一碗油炸蚂蚱。

墓地的四周，所望之处，都是郁郁葱葱的庄稼。风吹过，庄稼一齐弯腰发出沙沙地声响，艾本农知道，那是父亲在笑。

# 老娘粥

“老娘粥”是一种家常小吃，通常是用大米或小米与红豆、黑豆混合煮成。

爹没了，刘局长怕娘一个人在乡下孤单，好说歹劝，近乎绑架了，好不容易把老人家接到城里，跟自己一起住。

刘局长是个孝子，怕老娘寂寞，特意从单位园丁老李头那里要来几盆花儿草儿的，想让娘闲得慌了，就给这些花卉浇浇水，施施肥，找点儿活干，免得憋出病来。

刘局长还让爱人尽量多陪老人逛逛商场，溜溜公园。可娘去了一回，什么吃的穿的用的都没买，再也不肯上街了，说街上人多，车多，楼多，太吵，晃得眼花，脑壳发晕。

刘局长苦笑，心疼地说，娘，您真是苦命，有福也不会消受。娘说，只要你一家子过得平安，娘比吃啥喝啥都高兴。

一天，刘局长喝了酒回来，歪歪斜斜地来到阳台上透气，醒酒，突然发现盆里的花草不见了，土里探头探脑地拱出几棵嫩芽来。

这可是挺名贵的花卉，娘咋说拔就拔了？他一时有些生气，但想想忍住了。见娘睡下了，刘局长不忍打扰，上床后问爱人，娘在花钵里种的啥？爱人翻他一个白眼说，娘是乡下人，让她爱怎么折腾怎么折腾，不就是找乐子呗。问我种的啥？我从小生活在城市里，你也是上海佬？刘局长被反问了个大红脸。刘局长把这疑问揣在肚子里，一夜没睡踏实。

第二天起来问娘，娘可气又可笑地戳了他一指头，嗔道，娃啊，才做了几年城里人，不认得红豆苗、黑豆苗啦？可别忘本哦。刘局长尴尬地打着哈哈。娘自顾自说，娃啊，小时候，你最喜欢吃娘煮的红豆粥、黑豆粥了，又好吃又补身子。

刘局长踱去阳台，凑近花盆一看，那几棵生意盎然、貌不惊人的绿苗儿立时唤醒了他儿时的记忆，他鼻尖还似乎闻到了淡淡的粥香豆香。刘局长踱回老娘身边，忽觉有些动情，嗓子都有点硬了，娘，您啥时心里想的装的都是儿女，等红豆黑豆成熟了，您再给我煮老娘粥吃。

娘点头答应。

娘不愧是个种庄稼的好把式，花盆里的庄稼也喜获丰收。娘摘下来的一半是红豆，一半是黑豆，够煮好几顿豆粥吃的！

好一段时日过去，刘局长也没见娘给煮豆粥吃，甚至提也没提起。刘局长觉得奇怪了，本来倒没什么，越吃不到却越想吃。

这天周末，爱人带孩子上姥姥家去了，他难得在家陪陪老娘，他终于忍不住对娘吐出心中的疑惑。娘听了，不笑不怒，也没言语，娘进了卧房，一会儿捧出两个从乡下老家带来的小罐儿。

娘说，娃啊，还记得小时候娘背你去看《平原游击队》的电影么？

刘局长诧异地点点头，娘，我记得。我从小就崇拜李向阳。

那就好。娘的手微微颤抖地从一个小罐里摸出一粒黑豆，娃啊，你把公家的盆景往家拿，娘记你一颗黑豆。

刘局长浑身一震。

娘又从小罐儿里拈出一粒黑豆，娃啊，你经常外出吃请，娘再给你记一颗黑豆……

刘局长冷汗直流。

娘又从小罐里摸出一粒黑豆，娃啊，那晚你收了别人送上门的红包，娘再给你记一颗黑豆。

刘局长“扑通”给娘跪下了。

娘终于从另一只小罐儿里拈出一粒红豆放在桌上，听说有个老人在街上倒下，你送他去医院抢救，这颗红豆娘也给你记着呢！

娘，我错了……

这天晚上，娘用电饭煲煨了一锅老娘粥，母子俩都吃得有滋有味，后来都吃出眼泪来。

刘局长没去单位，去了纪检委……

# 老人与狗

一个老人被撞倒在地，“肇事者”竟是一条狗……

熙来攘往的繁华街头，一个看上去有七十多岁的老奶奶白发苍苍，愁苦的脸皱如核桃，还瘸了一条腿，走路一拐一拐的。她一手拎着漆黑麻乌的蛇皮袋，一手拎着火钳，沿着人行道踽踽靠近一个个垃圾箱，在里面翻捡着啤酒瓶，易拉罐，纸盒，和其他能卖钱的东西。

几乎没有人注意她，但偶尔也会有人看她一眼，摇头叹道，这么大年纪了，还出来捡破烂。她没有儿女，还是儿女的良心让狗吃啦？

这些话老奶奶显然没有听见，老奶奶差不多是个聋子了。不知过去了多少时辰，老奶奶手里的那只蛇皮袋变得鼓鼓囊囊起来，她用胳膊肘抹了一把汗，核桃似的脸上终于露出些许笑意。接下来她背着蛇皮袋，趔趄着瘦弱的身体向一个方向走去。

走着走着，一条巷弄里突然蹿出一只穿着花衣裳的雪团似的宠物狗，宠物狗因跑得太急太欢，刹不住脚步，一头撞在老奶奶的小腿上。只听老奶奶惊叫一声，人和蛇皮袋都倒在了人行道上，接着发出“哎哟”"哎哟”痛苦地呻吟声，核桃脸上又有豆粒大的汗滴滚落下来，砸起地上的灰尘。

只见那只闯了祸的纯白哈士奇并没有“肇事逃逸"，它先是汪汪叫着急得围着倒在地上的老奶奶直转圈，接着也蹲伏在地上，满眼歉疚似地凝望着呻吟不止的老奶奶，不时汪汪吠叫着望向过往的路人，那眼神分明是在向人们求援。

有人匆匆而过，相互议论道，如今做好人难哪！弄不好就惹火烧身！社会咋变成这样了？

有人停下脚步，感叹道，连小狗都不肯肇事逃逸，守在老人身边施救，我们难道连狗都不如？

就有人打 120，打 110，并守在老奶奶和宠物狗周围，且议论不止：

狗是动物，当然不具备独立民事行为能力。

老人显然摔骨折了，医疗费谁给出呢？

老人八成有子女啊，子女不出谁出？

不对！应该找宠物狗的主人！狗闯的祸，狗的监护人难辞其咎，理应承担相应责任！

救护车“呜哇呜哇”地来了，几个白大褂小心翼翼地将老奶奶抬上车，转过头问，谁是肇事者？或者谁是伤者的子女或亲属？

围观的人们纷纷后退，唯恐摊上麻烦。有人赶忙解释，这里没有老人的亲属，我们都是好心的路人。肇事者倒是有一个！人们纷纷用手指向那条已经站起身来的纯白哈士奇。

白大褂“扑哧”喷出笑来，瞎胡闹！它算什么肇事者？到时候我们的医疗费找谁要去？

话音未落，人们顿觉眼前划过一道银色的闪电，是那只宠物狗跃上了救护车，蹲在老人身边，冲外面的人们汪汪大叫着，似乎在催促人们赶紧将老奶奶送医院。

正在白大褂们不知所措时，110 警车到了。

警察肯定地说，这事好解决。你们放心去救治老太太吧，宠物狗我们带走，有狗在就不怕找不到狗主人。这哈士奇值钱得很呢！

宠物狗被带到了警局，当然不可能审讯它，审也审不出名堂来。警察就是机智干练，马上和电视台联系，请他们过来给哈士奇录了视频，在电视台播出了《寻狗主启事》，当然隐瞒了这狗肇事的情节。

寻狗启事播出的第二天，就有一对衣着光鲜的中年夫妇来到警局，认领他家走失的宝贝。女人紧紧搂着小狗，几乎要哭出来，儿子！你咋这么淘？找得我好苦。

警察把莫名其妙的他俩连同宠物狗带到了医院骨科一间病房。女人看见腿上打了石膏绷带的老奶奶，一下子就铁青了脸，背过身去。

男人也变了脸色，尴尬地上前，结结巴巴地叫道，你怎么啦？妈……

哈士奇则兴奋地汪汪叫着，企图跃上病床和老人亲热，但链子被警察及时带住了……

病床上的老奶奶艰难地动了起来，窸窸窣窣一阵，从贴身衣袋里摸出一张皱巴巴的存折，核桃脸上的老眼里滚出泪花，颤抖着把存折递给中年男子，说，这是俺这几年攒下的一点钱，都给孙子念书用吧。让俺多看看孙子好吗？

男人低垂着头，终于“呜哦”“呜哦”地放声大哭起来。

# 老人与蛇

一座老宅里竟盘踞着一条蛇，它真的会暗示吉凶祸福吗?

德福爷家里有一条蛇，起初乡邻们谈“蛇”色变，轻易不敢登他家的老宅门，认为德福爷是个怪人。

每每这时，德福爷哈哈笑得开心，捋着稀疏花白的山羊胡子，得意地说，这是家蛇，菜花蛇，头上有个“王”字，又叫王锦蛇，无毒却凶猛，不去招惹它，不会伤人的。

德福爷然后端肃了脸庞，听老辈说，家蛇是老祖宗的魂灵变的，能带来吉祥，护佑子孙呢!

话是这么说，乡亲们进到德福爷家还是战战兢兢，时不时就会瞅见那条后来长到足有两米长、杯口粗的黑中带着菜花黄斑纹的大蛇，不是倒悬在房梁上咝咝吐着舌信，就是一坨草绳似的盘在某个屋角。

德福爷的两个儿子大宝和小宝却一点也不怕蛇，有时居然像要蛇人似地和那蛇玩得默契、有滋有味，看着都让人发怵，身上不由得直起鸡皮疙瘩。

德福爷说，这灵蛇救过大宝的命哩。说是大宝小时候得了一种怪病，烧得浑身红通通就跟烤着炭火似的，中医西医啥药都用尽了，就是高烧不退，德福爷只晓得摇头、叹气，把一个大木头盒子都钉好了。

早上睁开眼，德福爷惊叫起来，大宝身上盘曲着那条家蛇，看去像被敷了条花布带似的，大宝却睡得格外香甜。见德福爷醒了，那蛇立马溜下了床铺，不知躲到哪个犄角旮旯去了。再摸大宝头上、身上，凉滑滑的，高烧竟然全退了。

德福爷惊喜万分，给家蛇烧了三炷高香，从此对那蛇敬若神明了。

那时候农村还穷，一年见不到几回荤腥，一家大小馋得嘴巴里能伸出好几双手来。一天，德福爷从地里回来得晚，乖巧的大宝小宝居然胡闹着把饭菜烧好了。浑小子不知从哪弄来一碗荤菜，用辣椒炒的，特别脆滑爽口。直到吃完饭，两个儿子才对德福爷道出实情，是炒的家蛇蜕下来的蛇皮。

德福爷恶心得连黄胆汁都吐出来了，骂两个小子冒犯祖宗，狠揍了他们一顿。不想几天后，困扰德福爷半年之久的下体上的疥疮却不治而愈了。

德福爷跪倒在堂屋里潮乎乎的泥地上，对着吊在房梁上的那条蛇叩起了响头，口中叨叨着，谢谢祖宗保佑！谢谢祖宗保佑！

德福爷从这天起，每天都要跪在堂前焚香祷告，并且再不允许两个顽皮儿子戏蛇、耍蛇。

德福爷面显庄重之色，告诫儿子说，没看见家蛇头上有个“王”字吗？浑身都透着王气，神圣不可侵犯咧！王气自然会压倒邪气，百毒不侵！保佑我们全家平安、发旺。

说得一惊一乍，煞有介事，还要按下大宝小宝的脑袋跟着跪拜。大宝小宝边挣脱边叫嚷，我们才不相信迷信呢！嬉笑着跑出去玩耍去了。

都怪孩子娘死得早，没教养。老祖宗别见气。德福爷替两个浑小子拜了又拜。

小哥俩逃课回家，听见一阵“咚咚——咚咚——”的拨浪鼓声传来。大宝见小路上有个坑，立即指挥小宝拉了一泡屎在坑里，哥俩又手忙脚乱地用树枝、芭茅、泥土把坑上面“伪装”好，然后躲到灌木丛后面看“好戏”。挑货郎担的摇着拨浪鼓一路吆喝着过来了，突然“哎哟”一声，货郎担歪倒一边，人掉进了坑里，骂声升了起来。大宝小宝哈哈大笑着冲上前去，一个拿了一副鱼钩，一个抢了一坨尼龙线，转眼兔子样跑得没了影儿。

大宝回家动手做了一根钓竿，钩子穿上小宝挖来的蚯蚓，竟钓起盘成一团的家蛇来。那菜花蛇终于被惹恼了，突然蹿起，大宝顿觉手腕上一阵疼痛，已是鲜血直流，被咬处一排锯齿状的牙痕。

大宝小宝自然不敢对父亲吱声，从此对家蛇敬而畏之，顽劣成性之气大收，再不惹是生非，勤勉于学业。后来一个考上大学，一个考取中专，成了村里人人羡慕不已的公家人。

至于家蛇吓跑贼人、坏人，更是不止一次两次，蛇于德福家“功莫大焉”。

德福爷每每夸耀于人，都把家业兴旺多半归功于“祖宗魂灵变成的家蛇”。

德福爷的话仿佛冥冥之中真得到某种印证，连乡亲们都将疑将信，以为事出有因，原因怎么也找不出，那似乎只能是那条被德福爷奉若神明的灵蛇了吧？

大宝小宝毕业后都吃上了皇粮，大宝更能耐，不到三十岁就当上了副县长。

小宝放着铁饭碗不端，怎么也听不进父亲的苦劝，辞职下海，干起了房地产，没两年就发达得不行了。

两个儿子都算孝顺，争抢着要接父亲去城里享福。起初德福爷死活不肯，他实在舍不得撂下田地，撂下庄稼，也不放心那条给家庭带来莫大福祉的家蛇。

大宝说，爹，我到城里给你找块地种。

小宝说，家蛇没事，蛇吃老鼠、蛤蟆什么的，爹搬走了，陈芝麻烂谷子都别带了，老宅里老鼠不是更多了吗？

好说歹劝，德福爷到底打消了把家蛇也带进城去的荒唐念头，进城后轮流在两个儿子家吃住。不过他总是呆不惯，隔一段时间总要回来看看老宅，看看那条已然同自己一样老迈无力的家蛇。

没有蛇在身边的日子，德福爷总觉得过得不踏实，有时右眼皮还会止不住地乱跳，德福爷老觉得会有什么不祥的事会发生。

到底还是出了事。

小宝有钱了不学好，带着两个妖冶女人飙车，出了车祸，女的死了，小宝也撞断了四根肋骨，躺进了医院。

没过几天，大宝也被公家人带走了，说是什么“双规”。

德福爷哭得跟孩子似的，鼻涕一把泪一把的。德福爷说，都是慢待了老祖宗变的家蛇啊！心无敬畏，必会胡作非为，迟早会遭祸殃的呀！

德福爷丢魂落魄地回到蛛网密布、霉味逼人的老宅，他想给灵蛇烧烧高香，问它咋就不再护佑家人了呢？

德福爷踏进门槛，却看见了惊心动魄的一幕：那条菜花家蛇正跟一条同样粗细的五步蛇在争吃一只老鼠，家蛇明显力不从心，不是五步蛇的对手，五步蛇突然高昂起头，闪电般扑咬向菜花蛇！德福爷鬼使神差地竟挡了上去，一声惨叫，扑簌簌震落一片房梁上的积尘……

# 猫长老

一座寺院里老鼠多，于是“请”来了一只猫……

德成寺里鼠患成灾，大白天上蹿下跳，穿堂入室，打碎瓶钵，咬坏供果，啮破米袋，吱吱乱叫声似乎盖过了比丘的念佛声。

住持无嗔是个大德高僧，面对鼠扰日甚，众僧哓哓，终于忍无可忍，对佛像三跪九叩后，嘱一施主，从野地捉一年青流浪猫咪来，以震慑鼠辈。

此猫血气方刚，一入寺门，见群鼠载歌载舞如常，宛在无人之境，猫须倒立，纵身一扑，捺倒一鼠，立啖之，且作“喵呜、喵呜”之胜利欢呼声。

众僧齐齐鼓掌，为之喝彩。

无嗔胖脸一黑，看上去仍不改慈眉善目，叱止众徒，然后双手合十，喃喃道，我佛慈悲，兰若之中，我等岂可纵猫杀生？罪过，罪过。

遂令徒众，将此猫系于殿柱之下，画地为牢，只许猫鸣以吓鼠，不可任性而杀生。

初，猫日夜哀鸣于寺中，群鼠闻声而胆颤，不敢妄动，相安皆无事。

无嗔甚喜。

一沙弥塘中钓得小鱼儿，欲慰赏猫咪。无嗔适见之，怒甚，寺僧皆茹素，寺猫岂可食腥？！命沙弥以素食饲猫。

猫咪初拒食，奈何饥肠如鼓，乃渐食之。

未久，鼠患又起。先窥探于殿侧，又逡巡于猫前，后与猫互相嬉戏，不复惧之，猫亦全无伤鼠之意也。

鼠辈复于光天化日之下往来穿梭，喧笑欢腾矣。

一日晨课，无嗔欣然谓众曰：众徒勤谨修持，定当功德圆满，有大觉悟。君不见，嗜杀顽劣之野猫，入我佛门，耳濡目染，潜移默化，亦德行精进，渐成猫长老矣！

众僧观之，猫咪已臃肿如乳猪，卧于柱下，呼呼而眠。

睡醒后，便似蹲似伏，若礼佛然。

无嗔乃命人释其绳。猫行柱下，仍不越其径，不逾其圈。

寺中供养告急，加之香火凋敝，无嗔乃酝酿裁汰冗员。

众僧惶惶，言于住持曰，此猫尸位素餐，不思作为，去之可也！

无嗔诺之。命人录下猫鸣，猫复沦流浪猫矣。

殿上放猫录音，入耳却是“吱吱”的叫声。

# 魅惑的星光

夜晚的楼盘像那天上的街市，灯光的背后……

兆本夜间常常加班，透过窗户，他就看见了外边不远处繁星似的灯光。

他知道，那里是一个很有些名气的湖泊风景区，确切地说，繁星般的灯光源自依水而建的高档住宅群。

兆本每每感觉自己的眼睛被那边耀眼的灯光刺痛了，他会下意识地揉一揉眼，逃避似地撤回目光，重新落到永无休止的各种票据、报表上，这里似乎就是他的整个世界和人生。

颇有滑稽意义的是，兆本天天和钞票打交道，钞票却偏偏跟他过不去，他在镇农经站当会计，拿着一份很薄的薪水，妻子在乡下种田，儿子在上一所普通的大学，家庭的日子一向拮据，如果不精打细算，月光族都算不上。

最让兆本烦心的是，妻子老吵着要他到县城去买房子，说左邻右舍都在县城这小区那小区有房了，你好歹算个狗屁国家干部，全家人的脸都让你丢尽了。兆本不跟妻子吵，解释了也不顶用，他只有灰头土脸地逃出家门，骑着破自行车溜回十几里的单位去，一头扎进堆积如山的账表堆里，把满心的委屈和烦心事暂时忘却。

但是好景不长，夜幕一降临，办公室窗外不远处就闪烁出星光一片，如一只只不怀好意的蔑视、嘲笑他的眼睛。兆本的心思又乱了。

其实，兆本最大的心病就是房子。妻子死要面子活受罪，那是跟风攀比，不去管她！问题是儿子大了，大学一毕业就得步入社会，然后必然面临结婚买房，这事拖不了，绕不开。虽说自己有点住房公积金，那三瓜两枣，在县城买个小户型勒紧点裤腰带还凑合，若是到大点的城市哪怕买个结构层、卫生间，怕是扔河里一个水花也溅不起。兆本不敢想下去，越想脑袋瓜越疼，似乎不断胀大，随时会爆裂。兆本本能地向窗外漆黑里星光闪耀的地方投去敌意的目光。

兆本是个性情孤僻的人，尤其不喜欢凑热闹，竟然从没去过咫尺之遥的那片高档住宅群，但他不是聋子瞎子，那边隔三岔五就会搞名目繁多、花样翻新的开盘或促销活动，请大明星，办联欢会，玩大酬宾，经常闹得鸡犬不宁，人潮如涌。纷传平均万元每平的湖景房卖得很抢手，要不哪来的“星光灿烂”？

这次回家，妻子又吵吵着买房，并以离婚相威胁。兆本感觉问题已严重到不是逃避能苟安的程度了。

外面无数鬼眼似的灯光，终于将心烦意乱的兆本中了魔怔似地牵扯了过去。

兆本没骑那辆破自行车，徒步也不过半个钟头，今天兆本的脚步似乎灌了铅似地沉，他差不多走了一个小时，才到了对于他来说相当于传说中的高档住宅区。

简直是“天上的街市”落人间啊！只是“有街无市”，兆本基本上没见着什么人，只是每幢高达几十层的楼宇灯光璀璨，应该已有不少购房者入住了，听说城里人都是“宅男宅女”。

兆本胆子大了起来，他想登上一栋楼好好开开眼界。

楼门口突然蹿出个保安，把兆本吓得一哆嗦，但保安热情的话语随即让他放松下来，先生，您是来看房的？

对，对。兆本顺着杆子往上爬，蒙混过关。不乘电梯，爬楼梯，兆本想一个楼层一个楼层地看仔细，看个够。同时他恨恨地想，这些个豪宅怕只有富商和官员才能拥有吧？啥时咱也能给儿子买上一套，死都值了！

不长时间，兆本见了鬼似地仓皇逃了下来，问保安，咋房里亮着灯，都没人没动静？有些房门开着里面家徒四壁？保安高深莫测地笑了笑，我只是看门的。无可奉告。

兆本懵里懵懂往回走，兆本不傻，兆本很快就悟出了道道，兆本就没来由地爬出了眼泪。

在住宅群出口，兆本差点被一辆豪车撞了，那人刚要开骂，却喜出望外地叫起来，是你呀？兆子。原来是他的中专同学冯唐。

冯唐衣着光鲜，绝对像个成功人士。兆本十多年没他的消息了，也不知他在鼓捣啥。冯唐和兆本寒暄几句后，大手一挥，说，后天这里有个开盘盛典，你也过来凑个人头吧，穿利索点，我给你两百块！懂了吧，我早辞职下海了，专门做这生意。活人不能让尿憋死！

兆本嘿嘿笑了起来，他脑袋瓜里灵光一现。对呀！有空就跟着老同学干这个！儿子的婚房似乎在向他遥遥招手了。

兆本不好意思地抹了把红红的眼睛，异常慷慨地叫道，走！冯唐，我请你吃烧烤！我也想尝尝那玩意是啥味呢！

# 陶大人驾到

陶渊明闯进县长办公室“上访”，所为何来?

马县长一个电话打给公安局长，公安局长派来了一群警察，连哄带赶，好不容易才把一帮拆迁户从县长办公室弄走。

马县长余怒未息，当即命人炒了政府大院保安的鱿鱼，又把政府办牛主任骂了个晕头转向。正准备关门打个盹，却见一个峨冠博带、儒雅气十足的老人飘然而入。

马县长气不打一处来，你是何人？穿得这么稀奇古怪？莫非想学古人优孟衣冠而歌，替亲朋故旧上访叫屈？

来人摇头，文绉绉道，非也，非也！优孟老先生乃吾前辈，不敢自况！

马县长眯细了眼，审视来人良久，忽有恍悟，一拍案头怒道，哦！你是民营剧团的，因竞标送戏下乡项目不成，竟疑招标其中藏猫腻，借故滋事不休！今天居然穿戏服搞怪，来羞辱本官?

来人一脸迷惑，又是一通“非也，非也”，施礼道，知县大人，老朽今天是特来拜访您的，还望释疑解惑，不吝赐教!

马县长哈欠连天，显出极不耐烦的样子，有话快说，有屁快放，干嘛这么曲里拐弯，酸文假醋的！本公仆日理万机，夜不能寐，哪有功夫跟你在这磨牙扯闲篇？你到底是什么人?

来人嗤笑出声，知县大人不会也是叶公好龙吧？不，是马公好陶。你不是嘴上老嚷嚷着《归去来兮辞》《归园田居》么？你不是倒背如流《桃花源记》么？你不是什么陶渊明研究会名誉会长么？在下，正是浔阳柴桑人陶潜陶渊明，字元亮，世称靖节先生。

啊？您是不为五斗米折腰的陶令陶大人？马县长惊得两粒眼珠子差点掉地上，您从东晋穿越而来？不可思议，不可思议！有失远迎，有失远迎！不知先生因何而下顾？

陶渊明亮出一把羽毛扇，边摇边说，为我笔下的世外桃源而来！故地重游，多情应笑我。

马县长得意地哈哈一笑，我不知是该谢陶大人，还是陶大人该谢我？好在我俩算是平级，说话就随便些了。是你的一篇千古奇文成就了我的桃花源风景名胜区，我的桃花源景区又使您更加扬名立万！自古道，文章从来不值钱，百无一用是书生。先生的一篇乌托邦文章，经我匠心独运，如今游人如织，造福苍生喽！

陶渊明微微一笑道，老朽刚实地考察桃花源景区而来。请问马知县，良田美池桑竹之属何在？

马县长不以为然地打哈哈，农业从来是弱质产业，谷贱伤农，那些地方都盖上四星、五星级酒店和度假村、农家乐啦！

陶渊明开始面露愠色，再请问，当年武陵渔人误打误撞入了世外桃源，桃花源里人无不设酒杀鸡作食，延至其家，好酒好菜招待，分文不取。如今再去什么桃花源景区，何以处处拉客，处处宰客呢？什么黑导游、天价鱼，屡遭曝光，屡禁不止，真真令人望而却步，痛心疾首！

马县长额头不觉冒出虚汗，争辩道，陶老先生，请您不要信谣传谣，这事我们正在组织调查核实，届时会给公众一个明白。不过，发展中的问题只能通过发展来解决！我今天有点累了，一周后是本县长的信访接待日，陶大人到时候再来吧！

知县大人，老朽还有最后一个问题。陶渊明“叭”地一声把羽毛扇拍在马县长的老板桌上，有几分疾言厉色了，缘溪行，夹岸桃花，芳草鲜美，落英缤纷……武陵溪水如今已被严重污染，美景不再！武陵渔人早无鱼虾可捕，何以为生？

马县长面白如纸，汗如雨下，支吾着说不出话来。

悟已往之不谏，知来者之可追。实迷途其未远，觉今是而昨非。吾言已尽，君慎思之，陶潜去也！马知县从此不配再读五柳先生书！

马县长目瞪口呆地看着来人渐渐变小、变细，最后化作一支书签，挤入马县长书橱的一本《陶渊明集》里。

忽然有了一股焦糊味，马县长抢眼去看，书橱里的有关陶潜的书籍悉数着火，瞬间化为灰烬。其余书皆安然无恙。

马县长惊醒过来！是烟灰缸里的一颗烟头，引燃了锡纸，书橱里的书好好地在。马县长一时不知是梦是醒，亦真亦幻，浑身冷汗直冒，像是从水里捞上来似的……

这时，座机急促地响起来，马县长连忙抓起听筒，什么？中央环保督查组来啦？组长叫什么来着？陶远铭？！

# 意　外

巅峰对决，一方为何不战而退？

楚天霸打败了江湖上的所有高手，最后与任至柔相约黄山天都峰顶一决雌雄。只要征服了这个老东西，便可坐上天下武林盟主的宝座。

待楚天霸如猿似猱地攀上天都峰，决斗场“鲫鱼背”耸立眼前，楚天霸不禁倒吸一口凉气！此石冈长 10 余米，宽不及 1 米，两侧是万仞绝壁，深不可测。冈上却有一棵低矮葳蕤的黄山松傲然而立，被阵阵罡风吹得摇摆不定。

松树下端坐着一个只穿红肚兜的幼童，双手合十，嘴角衔着一茎禾苗，口念“阿弥陀佛”——莲花峰遥遥相对，好一个“童子拜莲花”！

楚天霸壮着胆子爬上鲫鱼背，险些被山风刮落深渊，他匍匐着身子问，小毛孩到此嬉耍作甚？任至柔呢？

幼童嬉笑道，只在此山中，云深不知处。

楚天霸努力睁大眼睛，看见孩子手里紧紧攥住一根细若发丝的银线，大惊失色——那定是任至柔的一根胡须！

楚天霸嗫嚅道，小孩你接着玩吧。告辞，告辞。

从此，楚天霸退出江湖。

江湖上再无争斗。

# 忘忧灵

一起匪夷所思的外星人绑架地球人事件……

不管你信不信，某年某月某日，某个城市某座豪宅里的一家人，在午夜熟睡中被人绑架了。

当奇形怪状的飞碟以不可思议的速度飞离地球，驶向太空深处时，这一家人当然都惊醒了，醒来不能不惊恐万状，痛哭流涕。只有年幼的儿子高兴得什么似的，因为他真的见到了科幻剧中的外星人。

外星人被这一家人哭得心烦而扫兴，说，你们应该感到无比幸运才对呀！要知道，地球人见到外星人的几率几乎是亿亿万分之一，这天上的美味馅饼恰恰掉到你们怀里了！我们并不准备伤害你们，只是奉命做一项科学实验，完了就送你们安全返回地球，你们每一个人都可以增寿五十年。

于是，这一家人不再哭哭啼啼了，用将信将疑、惊魂未定的眼角余光睃巡着外星人。

外星人看样子没有忽悠他们，一副十分认真、敬业的样子，他们穿着白大褂，其中一个领导模样的人拿出一瓶说不出什么形状、什么颜色的小玻璃瓶，在这家人眼前晃了晃说，这个瓶子里的液体叫“忘忧乾坤净”，俗称“忘忧灵”。你们挨个随我走进实验室，你们可以自主选择一样东西，喝一口这忘忧灵，立马可以终身忘却你想忘掉的那个东西！

这看来不是坏消息，这家人稍微心安了一些，显出非常配合的样子。

男主人最先走进实验室，迫不及待地喝了一大口忘忧灵，急急地对外星人说，我想忘掉我那些贪腐的记忆，这太让我担惊受怕了！外星人点了点头。

接着进来的是女主人。她红了一下脸，悄声道，我不想让我红杏出墙的经历成为纠缠我的心魔。女主人也“咕咚”喝了一口。

第三个进来的是那个小男孩。他一仰脖子，差点把那瓶甜津津的水喝光了，一抹嘴巴，叫道，我想忘了同学们对我的孤立和课外兴趣班给我带来的痛苦！

最后一个被外星人叫进来的，是一个土里土气的老年妇女，看样子是男女主人家的保姆。

她“扑通”跪倒在外星人面前，哀求道，我自己没啥想忘掉的，所有的苦难都是人生的财富，都不应该被忘记。我只求把这剩下的几滴水带回去，让我的儿子喝，他可能得了绝症，好让他忘掉病痛。另外，请允许我把增我的那份寿，转让给我儿子！

外星人听了老保姆的话，竟都哭了起来。

我们的实验结束了。外星人对这一家人说，你们应该感恩这位保姆，是她的母爱让你们得救了！现在，我们说的才绝对是真话。

飞碟“嗖”地箭射而去……

张三猛地惊醒了！白发苍苍的乡下老娘，正在给卧床不起的他，一小勺一小勺地喂鸡汤。

张三顿时泪流满面，他从床上蹦下来，喊一声“娘！”，我这就去自首……

# 跳楼者说

三个跳楼者，他们在冥府说了啥？

一天，阎罗殿上一连来了三个跛着脚的新鬼，两个白白胖胖，一个又黑又瘦。他们是来向阎王爷报到的。

阎王爷心生好奇，你们仨咋都跛脚呢？想把咱阴曹地府变成残联啊？

胖子张三答，在阳间我可是健全人。花团锦簇，风光无限。

胖子李四答，我也是健全人，风度翩翩，呼风唤雨。

瘦子王五答，俺小时候得过小儿麻痹症，父母把房子卖了替俺治好了腿疾，没等俺让父母过上幸福晚年呢，到这来报到时又搞成这样。

阎王爷悲悯地说，你们一定都有故事。你们都是怎么死的？

张三叹了口气，我是跳楼摔死的。

李四叹了两口气，我也是坠楼身亡。

王五哭了起来，俺也是跳楼死的。

阎王爷也叹起气来，他眼里甚至滴出几点眼泪来，看来，你们仨在人世间准是遇到极大的困境，哀莫大于心死，生不如死，才选择跳楼的，这种死法太需要勇气，也太惨烈了啊！

顿了顿，阎王爷接着说，分别说说你们的故事。说不定我慈心大发，会在冥府分配给你们轻松快乐的工作，也算是一种补偿吧！

张三抢着说，我先说！在阳间我是一个大名鼎鼎的房地产老板，我到处拿地，到处种房子，当然也得给当官的送银子。后来房子造得太多了，有钱的不敢买，想买的没有钱，资金链断了，农民工天天围追堵截讨工资，我心一横，眼一闭，只得跳楼了。我不怪农民工，我只恨那些贪官！我从房奴的河里捕鱼，他们从我的鱼篓里直接倒鱼！

李四听不下去了，反唇相讥，一个巴掌拍不响，你也不是什么好鸟！我还要说就是被你们这班人害得没命的呢！没有我，你能拿到土地开发指标？没有我，你的规划设计能通过评审？没有我，你的建筑质量能通过验收？没有我，你连银行的贷款也贷不来呀！不是你们这些奸商混蛋用糖衣肉弹腐蚀我，我会被人举报，以至于患上忧郁症坠楼身亡吗？

王五气愤地叫道，你俩不用狗咬狗一嘴毛了！俺才是真正被你们害死的无辜者。俺们辛辛苦苦在建筑工地一年干到头，过年了却拿不到一分血汗钱！工友们当中就俺兄弟多，又没娶妻生子，俺就自告奋勇爬上俺们亲手盖的楼顶，不惜一死也要讨回属于自己和工友们的工钱！俺不去死，父母和工友们妻儿老小就没法活呀！

阎王爷久久无语，口鼻唏嘘有声。终于，阎王爷开口道，张老板，李冒号，你们弄那么多钱干什么？就为了最后跳楼，然后到我这里报到吗？

张三说，世上没有后悔药可买呀！

李四说，死了才顿悟到生命的宝贵和真正价值啊！

王五说，俺心里痛，但不后悔自己的选择。因为俺死，是为了亲人和别人活下去！

阎王爷突然大喝一声，牛头马面！速将张三李四带下，上刀山！下油锅！

又颁下冥旨，念王五忠勇友善，刚直无私，即日起接替陆判官主管生死簿，以杜绝阴阳两界的命钱交易等腐败行为。

后来，沦为苦役的张三李四打起了王五的主意，想早日投胎转世。

结果如何，就不得而知了。

# 第四辑　说不尽的爷爷奶奶

或温婉或悲情的故事，早已被历史的烟尘漫漶得隐隐约约，似有若无，但渐行渐远的故人背影却愈来愈清晰……

# 坷垃爷的宝贝

坷垃爷有一口楠木棺材，惜之如命。徐向前打临汾，实施坑道爆破，到处找棺材装炸药……

坷垃爷吸溜着稀得能照见人影的面糊糊，在村头那棵百年老榆树下对村人吹嘘，我是汾阳村里头最富有的人！

有人觑了觑坷垃爷豁了好几个口子的粗瓷碗，笑得差点儿喷了饭粒，但一见坷垃爷那张黢黑古板的大长脸，赶忙儿连饭带话一古脑咽回去了。

儿子莜麦一边拿舌头溜圈儿来回舔碗沿上残留的面糊糊，一边翻着白眼珠戗老子，躺在地上称狠，也不怕乡党们笑话！

怕爷儿俩起了冲突，村人纷纷起身，逃也似地各自回家了。

莜麦又拿白眼翻了翻老子，拍了拍屁股上的尘土，用右手食指顶着碗底，公鸭嗓子哼着不成调儿的山西梆子，转着碗扬长而去。把个坷垃爷憋成个红脸关公，被晾在树荫底下，气哼哼地，说不出话来。

坷垃爷是汾阳村里的寒苦人家，两间土坯茅草房，雨天下雨，晴天漏风，爷儿俩靠给地主冯飞卿家扛活勉强混口饭吃。

因为穷得跟大水洗过似的，莜麦虽是一表人材，三十好几了还打着光棍，瞅见女人眼里就直喷火苗，喉咙里就一个劲咽口水儿。

要说坷垃爷完全是胡咧咧，睁着眼睛说梦话，那也不对。乡党们知晓，坷垃爷显摆自己是村子里最富阔的主儿，是说他有一口楠木棺材！这倒是千真万确的事。

据说，坷垃爷的祖上风光过，做过临汾知县，后来闹啥子革命党，好好的朝廷一夜之间关门倒灶，皇帝佬儿都被轰出了金銮殿，坷垃爷家能不家道中落？坷垃爷的爹是个大烟鬼，挣不来钱，却是个天生的卖房卖地的专家，到了坷垃爷手上，只留下两间土坯茅草的杂物间可以栖身，还有一棵老干虬枝的金丝楠木。

坷垃爷听说这树贼金贵，只有皇帝佬儿和王公大臣家才配用、用得起，本指望靠它翻身，哪成想运去雷轰荐福碑，倒霉蛋放屁都砸脚后跟儿，阎老西的一颗飞机炸弹不长眼，把坷垃爷家的唯一宝物拦腰炸断了。

坷垃爷比死了亲老子还哭得伤心，先骂阎老西，然后骂自己，为啥子炸死的不是我呢？这树比我值钱多啦！坷垃爷不吃不喝，在地铺上昏睡了三天三夜，然后起床，平静地对儿子莜麦说，我想通了，好赖最后都逃不出一个‘死’字。请秦木匠来，割口楠木棺材。我活着不如人，死了比谁都阔绰。扯平了！

楠木棺材割好后，坷垃爷却拿不出一个铜板儿付秦木匠的工钱，秦木匠气得要用斧头劈棺，坷垃爷“扑通”跪下求告，让我爷儿俩给您家干一个月活抵债吧！秦木匠这才饶了他。

坷垃爷干脆一不做二不休，爷儿俩又给浦漆匠家白干了一个月活，求人家给楠木棺材刷了三遍土漆儿。

紫红发亮的金丝楠木棺四角拿古砖垫了，搁在土坯房显眼处，简直使蓬壁生辉了。从此，坷垃爷的腰杆似乎挺直了许多，走路也倒背起双手来，有事没事总爱往老榆树底下钻。而且每天最大最神圣的一件事情，就是早中晚三遍地用细棉抹布擦拭楠木棺材上的存在或并不存在的灰尘，擦拭的姿势相当张扬，动作极为夸张。

半辈子没人正眼瞧的坷垃爷，因了这口方圆百里绝无仅有的楠木棺材，一下子声名鹊起，被有头有脸的地方上的人物高看起来。

先是国民政府临汾县长马长贵登门拜访，愿出三千块现大洋购此棺木，莜麦喜得一蹦三尺高，险些儿得了疯病，一个劲催促老子快出让，不料坷垃爷兜头给儿子浇了一盆冷水，人活不过百年，死了却是千秋万代。县长困得，我咋就困不得？不卖！县长气跑了，儿子气病了。

冯东家不甘落后，也满脸堆笑地亲自上门找坷垃爷好言商量，老坷垃，我早就看出，你儿莜麦偷着喜欢我家闺女兰麝，两个小人儿是你有情来我有意。但结亲家最讲门当户对，你家这情况……不过只要你肯把这楠木棺材让给我，我就做主，把女儿兰麝许配于令郎为妻！另外，再送你二十亩好地。

一旁的莜麦喉结上下咕噜，“扑通”给老子跪下了，不孝有三，无后为大！爹，看在我是你亲生儿子的份上，您就应了吧！只见坷垃爷的大长脸扭曲得不成样子，嘴唇被牙齿咬出血珠珠来，最后，他闭上眼睛，眼里滚出泪蛋蛋，坚决地摇了摇头。

得罪了东家，可不是闹着玩的。第二天，冯飞卿让管家来通知坷垃爷，你爷俩不用再过来扛活了！守着楠木棺材过日子吧。

可楠木棺材里没装一粒粮食，更长不出一颗粮食来。爷儿俩很快就被饥饿掐住了喉咙，只有出气儿没有进气儿。难得冯小姐偷着送过来几回面饼。

这时候，村子里开进了一支队伍，却都打地铺歇在老乡的屋檐下。坷垃爷没看到这一切，他躺在床上等死儿。

破破烂烂的门帘忽然被掀开了，进来一个四十多岁的瘦高个军人，肩上还扛着一袋面粉，亲热地招呼，老乡，没吃没喝咋行？这点粮食你收下吧，吃完了再来找我。

坷垃爷艰难地睁开一丝眼缝，气若游丝地颤着声问，长官您是……？

徐向前。

此时，徐向前的部队已将临汾城团团围住，无奈城高墙厚，城内有晋绥军重兵扼守，徐向前命部队学“土行孙”，在地底下掘进坑道，挖到城墙下时填放足量炸药，炸塌城墙后破城而入。

担任主攻任务的黄旅长正为一时找不到足够的棺材盛放炸药而发愁时，警卫员报告，徐司令员，有位老乡说找您有事！

徐向前将客人迎进指挥部，一眼就认出是坷垃爷！

坷垃爷的大长脸红润了不少，他握着徐向前的手连声说，救命恩人哪！我老坷垃给您送宝物来了！

坷垃爷对着门外朗声叫道，小伙子们，抬进来！

莜麦等四个年轻后生抬着一口威风凛凛、紫红锃亮的棺材进了院门。

徐向前虽然很感动，但马上婉谢道，坷垃爷，我听说过你的故事，是宁可穷死饿死也不卖这口楠木棺，这是你百年后的“老家”啊！使不得！

我现在改主意，不想死了！土改我家分了五亩地，不愁吃喝了。你别见外了，宝物我不卖，但我高兴捐，捐给解放军做“土飞机”攻城！

徐向前不再推辞，颤抖着手，坚持要给坷垃爷打一张借条……

徐向前听说，坷垃爷带着儿子莜麦支前，被敌机扔下的炸弹炸得尸骨都没找全……

徐向前亲自和几个战士抬着一副上好的柏木棺材送过来。

莜麦后来成为“临汾旅”的一员虎将。

# 说不尽的爷爷奶奶

英雄的爷爷奶奶，像一个遥远的传说……

我爷爷、奶奶结婚三年，没做成几次夫妻，幸好生下我父亲，这才有了我。

我爷爷是黄山穰溪河上下方圆百里最拔尖也是最不安分守己的年轻后生，性烈如火，嫉恶如仇。他有一杆乌光油亮的土铳，时时刻刻装满霰弹，天上飞的，地上跑的，只要被他鹰隼般的豹子眼发现，就断无死里逃生的可能。因此，兔子、麂子、野鸡乃至鹁鸪、麻雀等等，成了爷爷的家常便饭，干货挂满了四壁，入冬则会多出许多兽皮。

但这些都不足以让生性狂野的爷爷兴奋、自矜，直到奶奶成为被他俘获的猎物，爷爷才开怀大笑，粗砺的笑声在群山沟壑间久久回荡。

无疑，奶奶是穰溪河流域最出色的美人，不仅长得好看，而且是个好劳力，山上、地里、家里、家外的粗活细活样样拿得起放得下。到奶奶娘家说媒提亲的人踩破门槛，奶奶一个也看不上，直到她乖乖地被爷爷收入囊中。

新婚之夜，爷爷向奶奶提出这个疑问。奶奶红着脸回答，娘家一个甲长霸占了一个老实村民的几分菜地，被打猎至此的爷爷无意间得知，他径直找上门去，一拳打落了甲长的两颗门牙，甲长乖乖把地还给了老实村民。奶奶说，你一拳打出了男子汉的威风，也一拳打进了我的心！跟着你不会受别人欺负，乱世里好有个依靠！

但奶奶错了。洞房花烛夜，爷爷就突然神秘地失踪了，直到三年后的一个夜晚爷爷又突然神秘地出现在奶奶面前。这期间，奶奶跟丢了魂似的，不知遭了多少罪，哭干了多少眼泪，直到十个月后我父亲降临到这个世界，奶奶才稍稍得了些慰藉，奶奶从此变得坚硬如铁，再没有掉过一滴眼泪。她胜似男子汉一样撑起了这个不完整的家，把日子好好往下过！

奶奶后来才从爷爷口中得知，那晚爷爷闹完奶奶，出门撒了一泡长尿，月夜里他看见了一支衣裳褴褛的队伍。爷爷胆子大，上前搭话，一个长官模样的江西佬说，老乡，我们是中国工农红军北上抗日先遣队，在乌泥关打了败仗，我们几百人从死人堆里冲杀出来，准备去柯村苏区打游击。我们是穷人的的队伍，为穷人打天下的。你能给我们带个路吗？爷爷二话没说，丢下新婚之夜的妻子，连那杆宝贝似的土铳也没拿，就给队伍当向导走了，到了目的地竟不愿回家了，加入了红军。

不久，一股红军在泾石太边境发动了杜家村暴动，暴动失败，爷爷带着几个人突围到大山里隐藏起来，这时候他们枪弹皆无，没吃没喝，真比叫花子还要狼狈。爷爷说，老子从来不服输，哪里跌倒就从哪里爬起来！用毛委员的话讲，星星之火，可以燎原！

爷爷有了一个夺枪计划。他从战友手中接过最后一块银元，下山买了两坛劣质酒，装扮成私酒贩子，挑着酒坛来到丰溪乡公所，诱人的酒香和吆喝把十几个乡丁都吸引了出来。爷爷高声叫道，老子肚子饿得咕咕叫了，你们贴菜，我贴酒，好好喝一顿如何？一拍即合。结果爷爷一个人竟把十几个乡丁全喝趴下，爷爷背着十几条长枪，兜里揣着从他们身上翻出来的几十块银元，大摇大摆地走出丰溪街，然后像黄山金丝猴似地蹿入密林。

爷爷一战成名。国民党也打探到了他的身份，通缉牛海生的布告贴得到处都是。

穰溪保的保长戴秉元是被爷爷揍过的甲长的儿子，这家伙一见我奶奶就流哈喇子，他死了老婆，这下他以为机会来了。戴保长带着保丁拿着布告来找我奶奶，叫嚣道，你男人是赤匪，你就是匪婆！这可是杀头之罪！奶奶面无表情地说，我不是匪婆，我是牛海生的老婆！戴保长凑到我奶奶面前，盯着我奶奶高耸的胸脯又流起了哈喇子，半是讨好半是恫吓地说，别跟我打嘴官司！那姓牛的新婚之夜就抛下你入了匪行，你为这号人守活寡不值得！弄不好还要掉脑袋！只要你弃暗投明跟了我，那就是保长太太，享不尽的荣华富贵！说着一只手拧向奶奶的胸脯。我奶奶一矮身，只听戴保长一串惨嚎，原来奶奶捏住了保长的裤裆……

爷爷智取丰溪乡公所后，手下的队伍渐渐壮大起来，成立了黄山游击大队，爷爷任副大队长。爷爷骁勇善战，敌人闻风丧胆。爷爷还放出狠话来，一人做事一人担。谁敢动奶奶一根寒毛，老子绝饶不了他！

爷爷离家整整三年后的一个夜晚，爷爷挎着双枪突然降临在奶奶眼前。爷爷搂住奶奶就啃，喘着粗气说，我想死你啦！边说边把奶奶抱起往床上扔。奶奶抓他，打他，骂他，挣扎不从，姓牛的，你还知道你是有老婆的人，你还知道你有儿子，你还知道有这个家呀！那晚才三岁的我爸爸睡得正香，不可能听见爷爷对奶奶的解释，队伍上战事吃紧，再说回来更连累你！我们拎着脑袋干革命，是为了儿孙们过上好日子！这不，接到上级命令，我们马上要赶赴岩寺集结，开赴抗日战场，我这才请假回来看你！

奶奶面无表情，到底没有原谅爷爷。鸡叫头遍的时候，爷爷恋恋不舍地出门而去，但爷爷被抓了。

原来，那晚保长戴秉元躲在屋外偷看我奶奶洗澡，冷不防发现我爷爷回来，他吓破了胆，连夜跑去石埭县政府报告，县长冯大肚子立即带领自卫队奔袭过来，悄悄把奶奶家包围得密不透风。冯大肚子要把匪属一并抓走，奶奶大声说，我不是匪属，我是牛海生的老婆！爷爷像身陷囚笼的雄狮咆哮道，要不是怕被你们按上破坏国共合作抗日的罪名，我的双盒子炮可不是摆设！不许你们伤害我老婆孩子！否则老子到了阴曹地府也不会放过你们！……戴秉元趁机对我奶奶说，姓牛的终于被逮住，等着挨枪子吧！只要你答应嫁给我，冯县长肯定会给下属面子的！这叫划清界线，改过自新！奶奶搂着哄着哇哇大哭的我爸，咬着嘴唇，微微点了点头……

冯县长抓走了我爷爷，放过了我奶奶和我爸爸。第二天，保长戴秉元就张罗着要娶我奶奶，但他的美梦很快破碎了。奶奶是好汉不吃眼前亏，不是自己贪生苟活，而是为了保护我爸爸，保住爷爷唯一的一根血脉。

从爷爷被抓走的那天起，奶奶时时处处随身带着一把锋利的剪刀，夜里睡觉也把剪刀压在枕头下，到底护住了自己的身体和名节。

那年冬天的雪特别大，石埭县永济桥头的刑场上，爷爷的血在茫茫雪地上开出朵朵绚丽的梅花。奶奶没掉一滴眼泪，默默地背起爷爷的尸体，顶风冒雪，三步一滑，十步一歇，走了一天一夜，把爷爷背回家安了葬。奶奶的一双脚板都走烂了，满是血泡……

解放了。省城来了一个叫梁明的大首长，说是爷爷的老部下。梁明把烈士证明书和烈属证双手交给我奶奶，含泪叫了一声“嫂子”，哽噎道，你受苦了。以后按月拿抚恤金，日子要好过些。奶奶说，证书我收下，钱我不要一分。海生拚了性命做的事，一定是对的！他命都可以搭进去，我还要钱干什么？我还不老，自己能自食其力，撑起这个家！

奶奶说到做到，至死也不领公家一分钱。

我父亲结婚后不久，就参加志愿军到朝鲜战场去了，奶奶拦不住他，只是摇头叹气，养种像种，冬瓜像水桶，跟他老子一个模子倒的！

我妈生我时血崩死了。后来奶奶又多了一个烈属证，我闹夜，奶奶就把早已不再饱满的乳头塞进我小嘴里。奶奶还是没掉一滴眼泪。

再后来，县上建了南山革命烈士陵园，爷爷的遗骸被政府迁葬到那里。政府的人说，老人家，您有什么要求尽管提！奶奶说，人都死了，我没任何要求。

奶奶活到九十四岁，无疾而终。弥留之际，奶奶把我叫到身边，只听奶奶气若游丝地吐出，“跟……跟政府说说……把我和你爷爷……合葬……”我的眼泪滚滚而下。

奶奶这唯一的遗愿，我们却无法满足她，奶奶（还有爷爷留下来的那杆早已锈迹斑斑的土铳）被我们葬在穰溪河畔的山巅上，在那里可以望见南士烈士陵园的塔尖。

我叫牛思海，这名字是我出生时奶奶亲自给取的。

# 川人李万福

李万福是个川人，当过川军，后来又回四川了……

我从小就觉得李万福有点反动。

李万福是我父亲的一个同事，搬运站拉板车，兼给卡车或机动船装卸货物的。讲满口的四川话，人们都称他“川人李万福”。

在搬运站，数我父亲力气最大，一板车能拉一千多斤，两三百斤的盐袋上下货车跳板脚步稳稳，如履平川。李万福力气最小，麻包扛在肩背上一摇三晃，像三伏天的狗一样喘气。也难怪，李万福又矮又瘦，两只小腿葵花杆样粗细。两排牙齿却熏得焦黄，一对金鱼眼的眼珠子也是通黄的。他烟瘾奇大，一天大概得抽三包劣质纸烟，鸡爪似的右手食指中指半截都是焦黄的。

双枪军嘛。父亲有时和他开玩笑说。我不知道是啥意思。

李万福就住在我家隔壁，当年已经五十多岁了。老伴姓俞，叫俞秋花，人长得怪清秀，只是头发全白了，比雪还白。听父亲说，他俩因性格划不来，早离婚了，但还住在一个屋檐下。只听他们老是吵架，多是老伴俞秋花叫骂，李万福只有畏畏缩缩挨骂的份。

他们有一个儿子，三十好几了，打光棍，是个愣头青。听说不是李万福亲生的，是老伴拖油瓶带过来的。

李万福很“油”，还贪“吃”。

我读小学的时候，周末经常要跟在父亲他们的板车长蛇阵后面，遇到上坡或泥泞的地方，就得弓腰撅腚使出吃奶的力气推板车，一辆一辆地帮着推。

李万福的车推得最吃力，但也时常有惊喜。他不是抠破麻包掏出几粒糖果，就是顺出几块饼干奖赏我。起初我不敢接，李万福呲开满嘴的黄牙说，放心吃吧。就说麻包被树枝挂破了，可以报损耗。

他还有更胆大的行为。一次过了午后，大家都嚷肚子饿了，李万福竟把自己车上的米包戳了一个洞，哗哗地流出许多白花花的米来，然后就近找了一户人家，生火做饭，那人家还贴了一些萝卜咸菜，那顿饭吃得好香好饱。但父亲打着饱嗝还是说了李万福，以后不能这么干了。饿死不作贼，老古话哟！不料一向寡言少语的李万福却莫名其妙地发起了脾气，金鱼眼瞪得似要迸出来，老子八年抗战，死尸堆里爬出来的，吃点公家的米算什么！要不是老子……父亲黑了脸，喝斥李万福，别卖你那川军的牌子了，也不看看现在还是你们的天下么？小心祸从口出！屎不挑不臭！李万福立时像霜打的茄子，蔫巴下来。

这次我才从父亲嘴里模模糊糊地知道，李万福是四川万县人，被抓壮丁进了刘湘麾下的新七师。抗战全面爆发后，百万川军出川，李万福所在的新七师打过广德保卫战、青阳陈家大山攻坚战等很多恶仗，但李万福命大，屡次战斗下来竟毫发未损。抗战结束，他开了小差，到寡妇俞秋花家倒插门来了。

一次，我跟在父亲后面推车，突然惊叫起来，看见李万福的板车轮轧到了一条一米多长的菜花蛇，蛇头蛇尾拼命地摇摆着、挣扎着。只见李万福停下车子，金鱼眼闪出异样的光亮，冲过去拎起蛇的尾巴，把它从车轮下拽出来，空中几下一抖，蛇便瘫软下来有气无力了，“嗞啦——”一阵裂帛之声，蛇皮已被李万福从头到尾撕将下来，血淋淋地抠出蛇胆，呲牙一笑，一仰脖，一张嘴，咕噜一声，把蛇胆吞下肚去，说，蛇胆明目哩！想当年老子……见我父亲皱起眉头，说“李万福，你咋又哪壶不开提哪壶”，他便换了话题，讨好地说，同志哥哎——晚上吃红烧蛇肉。那美味，啧啧！给只老母鸡也不舍得换呦。

记忆中，川人李万福特别爱吃鱼腥草，凉拌或者炒肉丝。我们这地方泥地里、水沟旁，鱼腥草多的是，一年四季都有。没人吃，猪都不吃。不知李万福咋那么爱吃鱼腥草？为这，老伴俞秋花不知和他吵了多少回嘴。俞秋花捏着鼻子跺着脚骂，饿痨鬼投胎的？啥东西不能吃吃这鱼腥草？又腥又臭，脏了老娘的锅哩！李万福见俞秋花倒了他的心肝宝贝，气得鼻斜脸歪，竟“叭叭”给了老伴两耳光子，蹲下身子把这道菜撸回粗瓷碗里，边大口嚼着边流泪，晓得不？我们四川人都好这一口，吃着它，我就想起老家哩！想起那些死去的弟兄们……

我还看见过李万福吃蒸腊肉，真是好玩。

他夹起一块切得薄如蝉翼近乎透明的腊肉片，在嘴里来来回回地嗍着，最后又用筷子放回到肉碗里。一小碗腊肉他要吃上半拉月才会见底。父亲说，川人李万福是过过苦日子的人，他这是在沾点咸味荤腥味好下饭哩！

一次我又给李万福推板车。我说，昨晚的《地道战》真好看。八路军真勇敢！李万福忽然停下车子，来到我身旁，四下张望了一下，鬼鬼祟祟地对我说，八路是厉害，可我们川军也了不得，打死好多日本鬼子哩！都说无川不成军哩！我摸着后脑勺忽闪着大眼睛问，川军是什么军？李万福涨红着脸说，就是，就是，国民党的部队，国军。

我就是从这时候开始觉得李万福反动的，我鄙夷地瞪视着他，突然大叫道，国民党是坏蛋！你也是坏蛋！父亲耳尖，走过来教训李万福，在小伢子面前胡说什么？咋就管不好你这张嘴？我看你早晚得吃亏在这张嘴上！

父亲的话不幸而言中了。李万福被告发抓去开群众批斗大会，脖子上用铁丝勒着“反动兵痞李万福”的大牌子，他看上去又瘦又矮，蔫里吧叽，可怜极了。

跳上台斗争他最积极的正是他的那个养子。李万福！父亲摇头叹息说，这浑小子，为了讨一个女知青的欢心，争取进步，就拿养父当垫脚石哩！

批斗会后，李万福还是被发落回搬运站监督改造，从此他像变成了一个哑巴。

再后来，李万福的侄女将他接回了四川老家，除了俞秋花定期能收到李万福汇来的生活费，俞秋花抹着眼睛说，这老东西！还算有良心。——再无他的任何消息了。

在纪念抗战胜利70周年首都盛大阅兵式的电视直播中，我惊讶地在国共抗战老兵乘车方阵中发现了一个熟悉而又陌生的身影，一身戎装，胸前挂着好几枚勋章，又矮又瘦却腰板挺直、英姿飒爽！那不正是川人李万福么？

其时，《川军团血战到底》《壮士出川》等抗战剧正在各大电视台热播。

听说他活过了一百岁，无疾而终。

不知从何时起，鱼腥草也悄然成了我们这边酒席私宴上的一道美味佳肴。

# 碑

扩红的爹是一棵松树……

第五次反围剿战斗即将打响，严重减员的中央红军紧急扩红。赣水村仅剩的十八名青壮年男子全部参加红军。

瑞龙是第一个报名参军的。妻子挺着大肚子眼泪汪汪地送郎当红军。瑞龙对妻子说，孩子生下来，就叫扩红吧。妻子哽噎着使劲点了点头。

瑞龙转身对那十七名同村的新战士说，我们到后山上一人栽一棵松树苗吧，见树如见人。话音刚落，送行的乡亲们都哭了。

后来，这十八名红军谁也没有再回来，十八户人家的门楣上都添了一块“光荣烈属”的牌子。

十五年在日思夜盼中过去了，扩红已长成了英俊少年。

一天，他突然找娘要爹。娘说，爹在后山上。

扩红扶着娘爬到后山上，山上是一大片郁郁苍苍的松树林，风吹过，松涛阵阵，如泣如诉。

扩红疑惑地问，我爹呢？

娘颤巍巍地指着眼前的一棵粗壮虬劲的松树说，这就是你爹。

扩红不信，我爹咋会是一棵松树？娘点点头，你爹就是一棵松树。还有大毛，二狗，三伢，红妹子，他们的爹也是松树。

扩红这才信了，扑通，扑通，娘儿俩跪下来给那棵松树磕头。扩红说，爹，我想你。娘不说话，只呜呜地哭。

扩红下山后，连忙跑到大毛二狗三伢红妹子家，问他们的爹是不是松树？他们都说是，扩红这才咧嘴笑了，自豪地说，别人的爹是人，只有我们的爹是树。我以后天天去看爹，不让蚂蚁往爹身上爬，不让虫子咬爹。

一旁的娘悄悄地抹泪，心里说，幸亏他是个傻子。

以后不管刮风下雨，扩红天天都要往山上跑，给那棵松树赶蚂蚁，捉虫子。

一天，他碰见一个外地人在那棵松树上割松脂，扩红捡起一块石头把那人砸得满头是血，扩红怒吼，谁叫你割我爹身上的肉？那人见他是个傻子，只得自认倒霉，捂着头溜走了，从此再没人敢来这片松树林里割松脂。

这年冬至，扩红娘领着扩红到后山上给爹烧纸送饭，扩红见旁边十七棵大松树上都钉了一块写着红字的木牌牌，就问娘，大毛二狗他们爹身上咋有小牌牌？娘说，上面写着他们爹的名字呢。是大毛二狗他们写的。

扩红歪着头巡视了一遍，然后坚定地说，我也要写上爹的名字，和他们爹一样。

娘哭笑不得，伢耶，你没上过学，不晓得写字呀。扩红犟着头说，娘，我能写。爹叫什么名？娘滚出泪说，李——瑞——龙。

扩红就去学校找大毛二狗他们，说爹叫李瑞龙，逼着大毛教他写。大毛就蹲下来，用树棍在泥地上一笔一画教扩红写。扩红照着三个字模子，一遍又一遍地学着写。三天过去，他把两只胳膊写肿了，居然不再写错笔划，而且写得像模像样了。

扩红动手做了一块大大的木牌，找红妹子借来红漆和毛笔，端端正正地在木牌上写上"李瑞龙"三个字，然后用铁丝把牌子固定到那棵松树身上。

娘看着这一切，默默地流泪，娘问，伢耶，他们都是拿钉子钉牌子，你咋用铁丝绕？

扩红抬起满是汗珠的脸说，我怕爹疼哩。娘浑身一震，紧紧将扩红搂到怀里……

多少年过去了，扩红娘老了，老得差不多爬不上后山了。扩红也老了，六十多岁的小老头了，但他似乎越活越精神，天天到松树林里去看爹，每年都要把写着爹名字的木牌用红漆描描新，牌子朽了烂了就重新做一块，写一遍。

乡亲们叹着气说，扩红哪里都傻，就孝子这点不傻，他爹没白生他哩！

突然有一年，后山的松树林一棵棵都先后枯萎了，松针松枝树干上爬满了赤褐色的小虫子。扩红的"爹"也未能幸免，扩红天天去捉爹身上的虫子，怎么捉也捉不尽，反倒越捉越多。

一天，一群公家人把扩红娘用担架抬上山。

娘对扩红说，伢耶！干部说，这叫松褐天牛，身子里带着数不清的松材线虫，厉害得很哩！比瘟病还传染！

娘说，你爹得的是癌症，没得救啦！让他们紧忙把松树林都砍了吧，只当你爹又牺牲一回。

扩红护住"爹"，跳脚大骂，谁敢动我爹，我就跟谁拼命！

扩红娘流着泪说，这是我们最后的一点想头，唉！也保不住了。就从我家瑞龙砍起吧，谁叫我是红属。

一个公家人走到树前，准备用油锯锯倒扩红的"爹"。这时，扩红突然捡起一块石头发疯般嗥叫着扑上来，他冷不丁倒了下去，是扩红娘顺手操起一根枯树枝打晕了他……

等扩红从医院里出来，急不可耐地爬上后山的时候，松树林已经荡然无存了，连树桩树枝都烧成了灰烬。扩红翻身打滚地痛哭一场，叫着"爹"，无奈地回家。

扩红娘躺在床上，气息奄奄，她抚摸着扩红的伤处，断断续续地说，伢耶，你爹为了保、保全大家，牺、牺牲自己，值。谁、谁叫我们是红属……

扩红把娘葬到了"爹"原先所在的位置。无论风晴雨雪，他天天都要去那里，手里捧着一块新做的木牌牌，上面用红漆写着：李瑞龙、刘细妹。

刘细妹是他的娘，天知道他何时学会了这三个字。

扩红就这样久久地、默默地坐在坟堆前，木牌捧在胸前，坐成一块“碑”。

# 红军墙

黄山脚下流传的一个美丽的红色的传说……

岩爷是个怪人。放着漂亮舒适的小洋楼不住，偏要住一座低矮阴暗潮湿且破烂不堪的土墙茅草屋。还说，白天望着石门岗巍巍耸立的雄姿，晚上枕着麻川河汩汩的流水声，他才觉得安稳踏实。

都说岩爷是老寿星，九十七岁高龄了，耳不聋，眼不花，越活越精神。儿子儿媳都相继去世了，孙子黄山对岩爷极孝顺，屡次要接岩爷到小洋楼去享福，岩爷执意不肯，说死也要死在茅草屋里！

黄山认定爷爷着了魔道，茅屋里到底有什么宝贝让他恋恋不舍？不就是那破墙壁上有一条石灰水刷写的漫漶不清的老标语吗？黄山一想这事就忍不住来气。

他是村委会主任，还办了一家旅游工艺品厂，这几年挣了一些钱，本想在老宅基上盖楼，话刚出口，脑袋上就挨了岩爷一拐杖，岩爷怒目圆睁，青筋暴突，怒吼，休想！想拆这屋先拆了我的老骨头！黄山不敢再顶撞，只好另觅新址重建了。

装修好小洋楼，黄山接岩爷去住，小心翼翼地说，茅屋不拆了，您住到我们一块总可以吧？不然，不知情的人还以为我虐待老人哩！我哪儿不去，死也要死在这里！岩爷态度决绝，根本没有商量的余地。

老爷子不是老年痴呆，就是疯了。黄山无可奈何地想。他知道是茅屋土墙上的一行字拴住了爷爷的魂。那是一条斑驳不堪的宣传标语，写的是：北上抗日救国去！落款是：中国工农红军北上抗日先遣队宣。

黄山很小的时候，就听岩爷不厌其烦反反复复讲一个遥远的故事。开始，黄山觉得很新奇，听得津津有味，还不时提一些不懂的问题让爷爷解答。听得次数多了，黄山就不想听了，爷爷天天炒冷饭让他的耳朵都起茧了。一见岩爷凑过来想逮住他听，黄山就眼疾腿快撒脚丫子跑，若是被爷爷逮住了，黄山就说，爷爷，还是我来讲给你听吧。爷爷果真当起最忠实的听众，并且欷嘘不止。

岩爷的故事是这样的——

那是民国二十三年的寒冬腊月，从江西那边过来一支像叫花子一样的队伍，在乌泥关石门岗一带和国军打起来，打得真叫天昏地暗啊！叫花子兵死了上千人呐，死尸到处都是，血水染红了麻川河。后来听说，他们是红军，是帮咱穷人打天下的。他们的头方志敏、寻淮洲死得好惨，还死了好多年纪轻轻的男伢子还有女伢子，只有粟参谋长带领几百人突围出去……岩爷说到这里，总是老泪纵横，情不能自已，他仿佛总是活在那个古老的岁月里，再也走不出来，也不想走出来。

没办法，村委会只好将岩爷摇摇欲坠的茅草屋列入危房改造项目，并答应岩爷，不改变房屋原貌，只采取加固等安全措施，岩爷才勉强同意让他们施工。

黄山是领教过岩爷的厉害的。谁要是动茅屋一指头，岩爷会像老虎护犊子一样拼命。刚当村主任那一年，黄山安排人在岩爷墙上红军标语下面用红漆刷写一条计划生育宣传标语：一胎上，二胎扎，三胎四胎刮刮刮！岩爷从村街上遛达回来发现后，暴跳如雷，把黄山叫来骂了个狗血淋头，又让黄山立马买来煤油，岩爷弯腰弓背，用抹布蘸煤油整整擦拭了一下午，谁替也不让，硬是把新写上去的字擦得无影无踪，一边擦一边喘气、流泪……

现在，黄山带着一个银发老者又一次站到了岩爷的茅草屋前。

岩爷正坐在门前晒暖儿，出神地凝望着远处的石门岗，麻川河水似在低声呜咽。黄山觉得头皮发紧，腿肚子发软，但他清楚这次老虎屁股也得摸了。不，是虎口拔牙！黄山走上前扑通一声给岩爷跪下了，口气很硬地说，爷爷，恕孙儿不孝！自古忠孝不能两全！岩爷收回目光，握紧手里的拐杖，打量着眼前的两个人，警惕地责问，你们想干甚？黄山试图直视老爷子犀利的目光，口气更硬地回答，这位是梅先生，他选中了这块地方，要拆了草房盖大楼房哩！这是县里的重点项目，谁也不得阻拦！那位银发老者微笑着点点头，我也老了，积累了一些财富，唯一的愿望就是为老区人民做点什么，好了却我和家父的心愿啊！

岩爷脸色阴沉下来，嘴角痉挛着，他突然站起身，扔掉拐杖，走进草屋，只听屋里窸窸窣窣一阵响动，岩爷冲出来了，手里挥舞着一把锈迹斑斑的大刀，怒视来人，声如雷吼，你们想拆这草房，得先问问这红军刀答应不答应！

黄山和银发老者大惊，黄山后退着，口气软了下来，近乎求告道，爷爷，你可别胡来，我怎从来没见过这把刀？梅先生是来给革命老区做好事的。再说，您这属于危房，随时威胁您的安全不说，也严重影响新农村面貌呀！银发老者温文尔雅地说，老叔，有话好说，有事好商量。您这红军刀怕有些来历吧？

岩爷像是累坏了，气喘得赛过拉风箱，他一手拿刀，一手捏拐杖，坐回原处，仍气愤难平。待稍稍喘匀了气，岩爷满脸肃穆，对不知所措的黄山说，臭小子！爷爷今天给你讲另外一个故事，你竖直狗耳朵听好喽！

岩爷说，那次惨烈的战斗期间，他捂着肚子看一个很年轻很漂亮的女红军战士在他家茅屋的土墙上用石灰浆刷写标语，他是个孤儿，讨饭为生，当然不识字，不知道写的什么，不过他觉得女红军写的字真好看。女红军肩挎一柄大刀，刀把上飘着长长的红绸带，把她映衬得更好看了！女红军回过头，见岩爷捂着肚子好像不舒服，她微笑着问，小弟弟，是不是肚子痛？岩爷难为情地低下头，声音小得像蚊子哼，我饿。女红军停下笔，从口袋里摸出一个烤红薯，小弟弟，快吃，吃下去就不饿了。

岩爷狼吞虎咽地几口吃下烤红薯，忽听见传来乱哄哄的脚步声和叫喊声，快追！那边有红军！岩爷很机灵，忙拉着女红军往茅草屋里躲，把她藏在一堆柴草里面，叫了一声大姐姐，我掩护你！你千万别出声！女红军感动地说，好弟弟！

兵围过来了，端着枪喝问岩爷，兔崽子！刚才那个红军呢？好像还是个女的！岩爷没好气地说，什么红军绿军，没看见！兵抡了岩爷一枪托，兔崽子还嘴硬！这墙上的赤化标语还没干呢！她藏哪里去了？没看见就是没看见，老总你一定是看花眼了！岩爷争辩道。兵拉响枪栓，吼道，再不把女赤匪交出来，老子一枪送你见阎王！

慢着——！冲一个伢子耍什么威风！要杀要剐冲我来！女红军毫不畏惧地走了出来。随着几声枪响，女红军胸前开出灿烂的花朵，她高呼口号倒下了。暴尸三日，违者以通匪罪论处！兵猛踢岩爷一脚，又向鹊岭方向追去了。乡亲们听到了国军的恫吓，一个个诚惶诚恐，只是摇头叹息。

第二天一早，人们发现女红军的尸体不见了，消失得无影无踪。保长查来查去，都说不知道，这事就不了了之了。

女红军的尸体到底哪去了？是谁敢冒着杀头的危险为她收尸？黄山显然被这个故事感动了，他急切地问。

你知道她叫什么名字吗？老叔——银发老者目光闪烁，激动不已。

她躲藏的时候告诉我，她叫梅青。岩爷已经泣不成声了。

娘！——儿终于找到你啦！银发老者突然大放悲声，他猛扑到岩爷跟前，抢过那把锈迹斑斑的大刀，这是我娘的遗物！老叔！你一定知道我娘埋在什么地方，快告诉我！

岩爷颤颤巍巍地站起来，扑通一声面向茅草屋双膝跪地，大姐姐就睡在堂屋地下。解放前我不敢说，后来我还是不想说，我不要任何人打扰大姐姐睡觉！我在堂前供的观音菩萨就是她，我天天给她焚香上供。我到死都要做她的守墓人！

银发老者与岩爷一前一后跪着，银发老者哽噎着说，父亲临终前嘱托我，妈妈是在皖南牺牲的，要我设法找到妈妈的埋葬地，即使找不到也要为老区人民做点事情！

黄山不知什么时候也恭恭敬敬地跪下了，他小声地问银发老者，红军小学的事咋办？

银发老者搀扶起岩爷，回答黄山，更是说给岩爷听，红军墙不能拆！红军小学就建在这里，我要把老叔的茅草屋辟成革命传统教育基地！

岩爷涕泗交流，紧紧拉住银发老者的手说，你妈的尸骨咋办？

这场战斗粟司令刻骨铭心啊！他逝世后魂归皖南。就近迁葬到石门岗粟司令的陵墓下方，我娘本来就是他的兵嘛！

数月后，岩爷无疾而终，留下遗嘱，他死后还要给大姐姐守陵。

# 英雄菜

英雄菜是什么菜？！

一支衣裳褴褛的红军队伍在茫茫草地上艰难地行进着。

这无人区的天气真是邪乎。时而风，时而雨，时而又刮起暴风雪，吹得人东倒西歪，十几步外就看不见人影，时而天空中又砸下鸡蛋般大的冰雹，战士们赶紧把行军被(炊事班的同志用锅)顶在头上，不然脑袋上非给砸出血窟窿来。无边无际的大草地上，水草掩映的沼泽星罗棋布，暗藏着无数恐怖的陷阱，人一不小心踏进去，越挣扎越陷得快，不一会散发着臭气的水面上只漂浮着一顶军帽，和冒着催命鬼般的咕嘟咕嘟的水泡。草地上这里那里散落着一些不知名的树，但树叶早被人捋光了，树皮也被剥光了，白茬茬的树干骷髅般刺眼地兀自挺立在苍穹下，呈现出一种惊心动魄地凄怆。

眼看着身边的战友接二连三地倒下去，有的是冻死的，有的是被可怕的沼泽吞噬的，更多的人是活活饿死的。

司令员怒喝，供给部长！

一个羸弱枯瘦如同一副骨头架子的人一瘸一拐地走过来，无力地行了一个军礼，首长，所有的干粮都分下去了，您的战马也给杀了，战士们把身上的皮带都煮来吃了。您看看这些树，都成啥样了？能吃的野菜都被前面的队伍挖光了。水宕里的小鱼小虾和地洞里的老鼠都被捉尽了啊！谁让我们是后卫部队？

供给部长咬牙切齿地骂道，狗日的老天，光知道下雪下冰雹，要是下的白面和鸡蛋该多好啊！供给部长似有满腹的苦水，妇人似的絮絮叨叨，昨夜小石头和我睡在一起，睡梦中直喊饿饿，竟啃起我的脚趾头来，半个脚趾头被他啃下来了，我没舍得喊一声疼。就让孩子吃一回肉吧。供给部长低下头，眼圈红红的。

司令员不耐烦地打断供给部长的话，我不听你解释，我只要你给大家找粮食！再有战士饿死，老子首先枪毙你！

供给部长没再辩解什么，他带着几个炊事班的战士分头找粮去了。

开饭了。开饭了。供给部长有气无力地喊着。战士们欢呼着围拢过来，抢着拿碗盛野菜汤。

慢！供给部长大喝一声。战友们愣住了。司令员也皱起了眉头。

摆在他们面前的是三口大锅，每口锅里煮着一种野菜，咕嘟咕嘟地冒着泡泡，阵阵香气扑鼻。对于这群饥饿的人来说，这无疑是珍馐野味了啊！他们一个个咂巴着嘴，尖锐的喉结上下滚动着，肚子里传出蛤蟆般急切地叫唤。

小石头，你先吃第一口锅里的。供给部长拉出一个还没步枪高的又黑又瘦的小战士，命令道。

小石头实在太饿了，他手忙脚乱地盛了一碗野菜汤，喉咙里似伸出无数双手，转瞬间风卷残云，什么也没剩下了。

战友们一个个瞪大眼睛，张大嘴巴，羡慕垂涎地盯着他看。有战士不满地叫起来，凭什么让他先吃？这不是以权谋私吗？

供给部长一直目不转睛地注视着小战士。突然，只见小石头猛地捂住肚子，直喊肚子痛，脸庞痛苦地痉挛着，豆大汗滴滚落如雨，嘴里吐出白沫，扑通一声栽下去。

这个锅里的野菜有毒，不能吃。供给部长布满血丝的眼里滚出几颗泪，很快又恢复了镇静，用不容置疑的口气说，我尝第二口锅里的。炊事班长，你负责试最后一口锅里的。

炊事班长老陈哭着冲上前，喊道，石头是您的亲生儿子啊！让我来试！

老陈被供给部长粗暴地一把推开，伴随着低沉地吼声，执行命令！

司令员和战士们含着热泪，一言不发，天地间死一般寂静。

他们眼睁睁地看着供给部长又倒下去了，炊事班长老陈像接到无声的命令，冲向第三口大锅……

天无绝人之路。最后一口锅里是可以食用的无毒野菜。

司令员亲手安葬了这对英雄的父子，率领队伍终于走出了草地。

许多年后，司令员成为共和国上将，他一生保持着喜吃野菜的饮食习惯。什么婆婆丁，灰灰菜，荠菜，大叶蒿，水浮莲，等等等等，他辨之无碍，如数家珍。他管野菜叫英雄菜。

将军晚年在回忆录中写到了这个长征路上的故事，人们这才知道，供给部长原来是将军的儿子。

# 画　龟

画家吴忌怪得邪乎！

齐白石的虾，徐悲鸿的马，黄胄的驴，吴忌的龟，名满天下，万金难求。

吴忌送“龟”——不是啥好兆头。这是猷州坊间流传的歇后语、俏皮话儿。

猷州小城龟壳斋主人吴忌擅长画龟，痴心画龟，他的龟图极见功夫，近年声誉日隆，求画者若鹜，价码一路看涨呢。

吴忌画龟，先养龟。他在龟壳斋后院专门请人挖了一个一丈见方卵石垒岸的龟趣池，高价购来各个品种的乌龟放养池中，池内置石多块，且散种莲花，好不精致玲珑！日中群龟爬上池石横七竖八晒暖，穷形尽相，正是吴忌观龟揣摩之时，偶尔竟有一两只龟，不知怎样爬到了荷盖上睡懒觉呢！吴忌触景生情，口占一诗：千年龟，轻如灰，水托荷叶叶托龟。只缘心中无一物，岂为躯壳反成累。每每眯细着眼若痴若醉，不知日影之西斜，直到乌龟扑通扑通跌入水中，他才顿醒如出梦中。

当然，吴忌养龟，从不卖龟吃龟，而是为了敬龟画龟。众人不解，或问之笑之，大千世界，万物纷繁，什么不好画，偏要画龟？岂不知乌龟王八在世俗文化中贬意多多！吴忌仰脖大笑，笑毕，肃色作色曰，大谬不然也！龟在中华传统文化中乃吉祥神圣之物，象征长寿庄重。曹孟德作《龟虽寿》，其中“老骥伏枥志在千里，烈士暮年壮心不已”成为千古名句。古人用龟甲占卜吉凶，亦用作货币。古人取名亦多用此字，取其美好寓意，如深得唐玄宗赏识的宫廷乐师李龟年，晚唐农学家文学家陆龟蒙等。就连古时候的纪念碑、功德碑、御碑都是用龟形石做底座呢，谓之龟趺。还有，男人的传宗接代之物都姓龟呢！振振有词，旁征博引，让质疑者不仅茅塞顿开，拨雾见日，而且大长学问。

吴忌画龟前，皆净手焚香，以示敬诚。他画龟，无不取奇数，或单只，或三只，五只，七只，九只。吴忌自有自己的说道，按照阴阳五行说，奇数为阳，偶数为阴。奇数为变，可求新日进，永无止境，永葆生机。偶数为满，为定，满则溢，定则僵，僵而朽，朽则死矣！不管是单龟图还是群龟图，莫不千姿百态，栩栩如生，仿佛一只只都是水淋淋刚从龟池中捉出来的。

最让吴忌引为自豪的是，香港回归祖国时，他画了一张巨幅《九九归统图》，画面上姿态各异的龟刚好九十九只，寓意香港历经九十九年沧桑终于重回祖国怀抱，笔酣墨饱，大气磅礴，一举夺得全国美展金奖。自此，媒体界评论界渐渐有人把吴忌画龟与齐白石画虾徐悲鸿画马黄胄画驴相提并论了。吴忌则不知是得意还是谦冲地一笑置之：吴某不才，附骥尾而已！

吴忌没有正经单位，实际上就是个开画店的，以卖画为生。但他卖画却有些怪讲究，一不卖当官的，二不卖为富不仁的奸商。此外，任是至交真亲，白白相送？更是免谈！

官人商人可是书画收藏的主要消费群体，这一来吴忌当然是作茧自缚，买得起他画作的他坚拒不卖，平头百姓想也是白想，那画价着实吓人呢！吴忌好像不以为意，日子不温不火，不咸不淡，倒也自得其乐。

有人透露出个中奥秘，吴忌只要在每届全国美展中拿个金奖银奖，就够他快活几年的！也有人背后说他的坏话风凉话，狂妄！作秀！无非是想居为奇货，自抬身价罢了！

开罪了官商两界，不说后果很严重，影响还是有的。吴忌被省美协选为副主席，在县美协连个理事都不是，人大代表、政协委员什么的更是跟他扯不上边。独生子在局机关奋斗了二十多年，连个小副科还不是。儿媳在一个偏远山乡小学任教，十八年调不回县城里，天天吵着要和老公离婚，说他俩的前途命运在公爹眼里，竟抵不上他纸上的一只乌龟金贵！闹到后来，小俩口扬言要和吴忌断绝父子关系。

名画家有啥子用？你摆谱，人家更摆谱！毕竟咱在人家一亩三分地上呀！妻子天天数落，埋怨他，骂他迂夫子，画画画呆了，一点能耐没有，真是个缩头乌龟呢！

一天，吴忌照例手捧紫砂南瓜壶，躺在藤椅上边品茗边“赏龟”，猛然察觉池中龟似乎少了，呼来老伴究问。老妻没好气地抢白他，你不管儿子的事，还不兴儿子自己找门路吗？可惜那些乌龟白白红烧、炖汤了，菩萨却不显灵！

煮鹤焚琴，暴殄天物，莫此为甚啊！吴忌凄厉地嗥叫一声，血贯脑顶，紫砂壶脱手摔成碎片。

吴忌住进了医院。小中风，幸好没留下啥后遗症。

出院后，终于破了自己的规矩。也不是全破。他只是将画作送给了县里的几个要害人物，对方自然喜出望外，既往不咎了。吴忌儿子和儿媳的问题很快迎刃而解。

但奇怪的是，吴忌学起黛玉焚稿，竟将所有画作付之一炬，宣布从此封笔，开起了书画装裱店。好在这个他懂，虽然挣的是辛苦钱，但养家没有问题。

都说吴忌是个怪人，怪得邪乎。

后来，县里的几个要害人物，都在反腐风暴中落马了。人们说，莫非吴忌早有先见之明？还是一画成谶？他送出去的可是鲜见的双龟图啊！只是其中一只躲在石头缝里，只露出一丁点龟头呢！

吴忌只顾忙着他的装裱活计，不言不语，似乎什么也没听见。

# 奶奶马榆钱儿

又一个英雄奶奶！

俺爹是八路军战士。

俺爹是被俺奶奶“出卖”，遭鬼子杀害的。

俺奶奶特别宠俺爹。

老古话讲，捧在手里怕摔了，含在嘴里怕化了，用以形容对子女的溺爱。俺奶奶对俺爹有过之而无不及。

奶奶姓马名榆钱儿，是马郏河方圆数十里一等一的大美人。初嫁到爷爷家，令无数男人看傻了眼，视线被奶奶拽直拽断了。光棍汉德福流着哈喇子啧啧，爷爷脸上滚满幸福的神色。

但奶奶的好景不长便夭折。奶奶嫁过来一多年了，肚皮还是像一片草甸子，一点隆起也不见。爷爷天天盯着奶奶的肚皮看。爷爷的脸色越来越难看，有一天终于火山爆发了，养个母鸡还会下蛋，你咋颗粒无收？奶奶自知理亏，泪花花在眼里打转转却不敢掉下来。

从此，爷爷变得十分粗暴，奶奶稍有不慎，就遭到一顿不分轻重地打骂。乡亲们看见，奶奶经常脸上身上青一块紫一块地下地干活。她总是逆来顺受，认为自己该打。圣人说过，不孝有三，无后为大嘛。

奶奶这种生不如死的日子一直捱了十年，在爷爷早已绝望准备做绝户头的时候，奶奶竟奇迹般开怀了！赌气似地生下了一个大胖小子，就是俺爹。爷爷欢喜得嚎啕大哭，跪地给奶奶磕了三个响头。

从此爷爷祖宗似地把奶奶供起来，不让她下地，只负责带孩子，三天两头变着花样给她做好吃的。奶奶和儿子在一起有说有笑，仿佛世界上所有开心的事都落在她一人头上。如果爷爷嬉笑着凑过来，奶奶立马就寒了脸。尽管爷爷奶奶白天同吃一锅饭，晚上同盖一床被，奶奶再没和爷爷说过一句话，形同陌路之人。直到死，奶奶也没原谅爷爷当初的绝情和狠毒。

奶奶当然把俺爹宝贝得什么似的，生怕俺爹有什么闪失，给他取了个贱名，狗丫。索性把他当闺女养，穿花衣，扎小辫，若不是俺爹着开裆裤站着撒尿，外人根本看不出他是个小子。这样娇生惯养着，终于养出问题来了。

一次，奶奶带俺爹去赶集，俺爹尿憋急了，一头钻进路边的一间茅厕。茅厕里一个小伙子正在方便，被俺爹一惊，尿撒了半裤子。小伙子又羞又恼，随手打了俺爹两巴掌，俺爹就夸张地哇哇大哭起来。奶奶闻声飞跑过来，知道孩子受了欺负，从筐里抡出一把镰刀就追着那小伙子砍，一直追到小伙子家。砍是没砍，硬是堵在小伙子秦二家门口骂了三天三夜。骂累了回去吃饭，吃饱了赶回来接着骂。

奶奶一“战”成名，从此再没人敢惹俺爹，但同时也没人愿意跟俺爹玩耍了，男孩不肯，女孩更不愿。

俺爹成天跟在奶奶屁股后面转，说话细声细气，胆子越来越小，不爱热闹，怕见生人，比姑娘家还姑娘家了。奶奶意识到问题的严重性时，为时已晚，爹的性子已经扳不过来了。

等俺爹长成大小伙子，娶亲却遇到麻烦。都嫌俺爹太“娘”啦！幸亏奶奶下了血本，舍得花彩礼钱，才勉强把俺娘娶回家。

俺爹成婚不久，日本鬼子打过来了。爷爷投奔了八路军冀南七分区 24 团，奶奶就领着一家人成天东躲西藏的。

一天传来噩耗，爷爷为掩护部队转移，被鬼子的炮弹炸没了。奶奶当时抖了一下，没哭，也没见流眼泪，只黑着脸对俺爹说，当八路去！打鬼子！奶奶说这话时，对俺爹往昔的溺爱丝毫不见了，完全是严厉的命令的口吻，没有丝毫商量的余地。俺爹迟疑着。若认俺这个娘，立马去找八路！俺爹眼里挂着泪，一步三回头地走了。

爹投了爷爷生前所在的 24 团。奶奶逢人便说，狗丫终于出息了。

大约个把月后，鬼子突然包围了俺们村，说有八路进村了！原来是维持会长秦二看见了俺爹大清早摸回了家。

奶奶见俺爹灰头土脸跑回来，抬手就给他一个嘴巴，当逃兵，丢祖宗八辈的脸！俺爹捂着脸一副可怜兮兮的样子，俺怕……每天死很多人……这时村口鬼子的枪响了，秦二敲着锣扯着公鸭嗓子喊，乡亲们！赶快到马榆钱儿家老榆树下集中！皇军要搜查八路……

奶奶情急之下把俺爹摁进一口土窖，盖盖时啐道，等躲过鬼子，立马回队伍！要不俺没你这个儿！

乡亲们全被赶到了老榆树下。秦二皮笑肉不笑地踱到俺奶奶面前，俺亲眼看见狗丫回来了，他可投了八路！快把他交出来吧。

俺儿没回来，你看花眼啦！奶奶厌恶地回敬秦二。鬼子头目吼道，废话少说！给我上刑的有！

秦二用皮鞭把俺奶奶打得皮开肉绽，奶奶硬是不吭一声。秦二恼羞成怒。

秦二阴阳怪气地叫道，俺知道马榆钱儿特别宠儿子狗丫！再不说，皇军就要机枪点名啦！让乡亲们代你宝贝疙瘩受死吧！

鬼子把老百姓驱赶成一团，机枪手严阵以待，鬼子头目拔出指挥刀，预备——

慢着！奶奶冲到机枪口前，俺把儿子交给你们！不准伤害乡亲们！

俺爹被鬼子捉住枪杀了。

俺奶奶亲手埋葬了俺爹，在坟头哭了三天三夜，边哭边叨咕，儿啊！你咋恁胆小，恁没血性？你本该自己站出来的呀，那样多好！娘算白疼你了……结果奶奶哭瞎了一只眼睛，哭倒了嗓子，奶奶从此说不出话来了。

但奶奶坚强地帮衬着俺娘把俺拉扯大。奶奶非常疼俺，对俺又十分严厉。

那场劫难后，村里的年轻后生都参加了八路军24团。

奶奶也没闲着，她领着老人、妇女给八路做军鞋、送军粮。

年轻人都喊她“娘”。连24团的李善亭团长也这么叫。

俺奶奶的一只好眼里就溢满泪花花。

# 鸟王唐瑶

谁人敢称“鸟王”？

人皆称唐瑶鸟王，而非鸟后，为甚？不清楚。反正都这么叫。

接生婆麻三婶至今记得，唐瑶呱呱坠地时，一声惊天动地地啼哭比男伢还要嘹亮，吓得屋檐下叽叽喳喳嬉戏打闹的一众麻雀扑棱棱惊飞逃命，横梁、天花板间筑窝的燕子再也不敢飞回。

异相者必有异秉！麻三婶煞有介事地说，说时微微变了脸色。

女伢唐瑶宽额头，高颧骨，龅牙齿，厚嘴唇，头发是黄的，真真一丑丫头！

唐父实指望生一个带把的，见这么个丑八怪，当下扔下老婆，卷上铺盖，到城里打工去了，从此再没回来——后来有人在温州看见了他，说他成了老板，搂着娇妻，遛上洋狗了。

母亲与唐瑶相依为命，吃尽了苦头。

唐瑶上学，女同学没一个愿意同她玩的，男同学老是无缘无故把她打得鼻青脸肿。唐瑶从来不哭，不掉一滴眼泪。

有一天，几个男伢追着欺负唐瑶，唐瑶情急之下，竟哧溜溜蹿上一棵枫香树，动作比猴子还灵活敏捷。惊飞了树上的喜鹊！唐瑶惊喜地发现了一窝鸟蛋，唐瑶大快朵颐之后，嘴角还淌着蛋黄汁，出溜下来，把吃剩下的鸟蛋连同鸟窝“孝敬”给了那几个男同学。

唐瑶仿佛受到某种启发和鼓舞，此后已不满足于上树掏鸟蛋，还三天两头从鸟窝里捉到斑鸠、八哥、虎皮鹦鹉等等好看好玩的鸟儿来。这时候，全班同学不仅与唐瑶相安无事，简直对她刮目相看了，一下子成了“大姐大”。

但到底因为不是靓女，出落成大姑娘后，尽管唐瑶挺胸翘臀，削肩蜂腰，却眼睁睁成了剩女，最后村里穷得丁当响的孟良老大不情愿地入赘到她家。

新婚燕尔一阵后，孟良渐渐对她没了好脸色，还骂她母夜叉，扔下她跑城里打工去了。

老娘生唐瑶落下了月子病，常年躺在床上，老公走了却不给她寄一分钱，唐瑶没了辙儿，就逮起了鸟雀挣钱花。

唐瑶专捉公画眉。

公画眉鸟生得好看，体态修长，一身棕褐色，羽毛鲜亮，白眼圈，尖黄喙，叫声更好听，婉转悠扬，特别招城里人喜欢，一只能卖到百八十块呢！

唐瑶捉画眉，不用现代的捕鸟器，她用传统的套匾儿：竹片做成一个长两尺、宽两公分的匾儿，上端缀满骡子毛做成的小套扣，用鸟笼子关着一只做诱饵用的公画眉鸟，行话叫“媒子”。

唐瑶识鸟性，知道画眉爱成双成对栖息在小山坡上的灌木丛中。她蹑足走近灌木丛，将那特制的套匾立于灌木丛外的泥地上，然后将“媒子鸟”笼子置于匾外，扯开覆着鸟笼的黑罩布，媒子鸟以为天明，便欣喜地放声歌唱不止！藏在灌木丛中的公画眉于是不安不平起来，以为其他画眉侵入自己的领地，欲夺其地占其妻，便昂首乍翅，出而迎战，一头就扎进了套匾的毛扣里，遂稀里糊涂成了唐瑶的战利品。

母画眉带着小画眉低空追逐着，盘旋着，与已成笼中之物的公画眉相互呼唤着，应和着，其鸣也厉，其声也哀。但唐瑶并不为所动，她的心早被多艰的生活磨砺得石头一样硬了。

捕获的公画眉用另一个笼子装了，每天能逮上三四只，偷偷卖与城里花鸟市场的魏三老板，进益颇丰呢！

唐瑶捕鸟，亦有自己的规矩。每年三至六月，是唐瑶的休捕期。因为这段时间，是画眉的繁殖期，竭泽而渔的事，她不做，为人做事不可太贪呢，贪则必生祸端。唐瑶想的是，以此天赋薄技挣点钱，养活自己和家人即可。

她知道，孟良是指望不上了，他俩只剩下那张已经毫无意义的纸，而且这张纸也快被无情地捅破了。

在唐瑶肃杀的寒冬里，魏三老板给她送来了几缕春风。她知道，她送货魏三从不挑剔，而且肯出不错的价钱，是垂涎她的身体和模样呢！她闹不明白，孟良眼里的丑八怪，到了魏三那里咋就成了宝贝呢？她不清楚魏三嘴里的“性感”是啥玩意儿。

突然来了一个城里学生，要拜唐瑶为师学捕鸟。唐瑶不自在地推辞道，这是违法的事儿，我整天提心吊胆，偷偷摸摸呢。

城里大男孩夸道，阿姨的捕鸟神技，堪称非物质文化遗产呢。您就不怕技艺失传，后继无人？

唐瑶到底经不住城里学生巧舌如簧，只好收下这个徒弟。

第一次带徒儿进山捉画眉，唐瑶使出了浑身的解数，竟捉到了五只公画眉。

城里学生在将最后一只公画眉放进鸟笼时，突然问师傅，阿姨，你逮走这些公画眉，剩下母画眉、小画眉，她们母子怎么办？

唐瑶猝不及防，一时语塞。

大男孩又拍打着关着媒子鸟的鸟笼，咬牙切齿地说，这只媒子鸟更可恶！它被捕鸟人算计伤害了，却又助纣为虐，转而加害其他的鸟家庭！

唐瑶全身抖颤成秋风里的枯叶，一脸苍白，惊问道，你，你是……

城里大男孩并不作答，转身下山而去。

久久呆立。泪腺极不发达的唐瑶，竟有泪花渗出。最后，唐瑶打开鸟笼，放飞了所有的画眉，包括那只媒子鸟。

唐瑶再未捕鸟。

不再捕鸟的“鸟王”却月月收到一张千把块钱的汇款单，汇款人姓名和地址却变化无常。唐瑶想得脑壳生疼，也猜不准是谁寄的。

干脆不想。

唐瑶在几亩薄田里种上水稻，在地里种了玉米，吃不完的稻谷、玉米粒，她就时常撒到山林里的灌木丛中。

看到别人家出双入对的燕子，她会发呆。

# 神医马良

“医病为下，医心为上。”——马良如是说

古有神笔马良，咋又来了个神医马良？

后一个马良生活在民国年间的皖南石埭县，只是大地主杨天相家的一个牛倌。牛倌咋就成了神医？

说来话长，长话短说吧。马良本生长在小康之家，父亲马云是远近闻名的郎中，尤以医治烫伤和皮肤病见长。有一年，马云夫妇忽被县保安团抓了，罪名是给赤匪偷偷治病，通匪可是死罪，俩口子就挨了保安团的枪子。保安团长洪大肚子本打算斩草除根的，幸亏大地主杨天相割肉般痛地花了些大洋讨保，马良才保住了小命，那年他才十四岁。

沦为孤儿的马良就成了杨天相家的牛倌。杨家有百顷良田，光耕牛就养了二十多头，马良就专门伺候这些耕牛。

放牧牛群虽然很累，但对少年马良来说却是一件快乐的事。因为他漫山遍野放牛时，时不时有一个少女陪着。少女正是杨天相的掌上明珠杨岚。

杨岚就近在读崇实女子中学，每当周末都回家，不顾父亲的反对，老爱跟在牛倌马良身边放牧。马良觉得杨岚很好看，很亲近，丁点大小姐的娇气傲气都没有，于是就在杨岚的眼前显摆起来。有时在牛背上整个人倒立起来，有时卧在牛背上把随便什么树叶在嘴巴上吹出好听的音乐，杨岚知道，那是她们崇实女中的校歌。这鬼精灵，自己不过有意无意地哼唱过几次，他居然就学会了。杨岚心里就起了微微一些涟漪，她觉得这个小牛倌越看越顺眼，越看越好看了。

后来，杨岚大着胆子要马良教她骑牛，马良就抱着她的细腰，还托着她的屁股，让她踩着牛角骑到了牛背上。杨岚咯咯地欢笑，马良就更欢喜了，他牵着牛索到处乱走，嘴里嚷嚷着，新娘子来喽！新娘子来喽！杨岚心一惊，脸一红，哎呀一声竟从牛背上倒栽葱下来。说时迟，那时快，马良哧溜回身竟把杨岚接住了，杨岚正好倒在他的怀里，两个人的脸霎时变得比桃花还红，几乎能听到彼此的心跳……

大地主杨天相渐渐听到一些女儿和小牛倌的闲话，极为不快，摇头，气得牙痒痒，直说“有辱门风”，要赶走臭小子马良。当时杨岚正在装滚烫的开水，手一抖，只听哎呀一声惨叫，半壶开水全浇到手腕上，痛晕过去。

杨天相吓坏了，心疼得不行，手忙脚乱地张罗着立马送女儿去省城医院。

慢着——烫伤我能治！

正在这时，牛倌马良不知从哪冒了出来。

开什么玩笑！杨天相怒斥，回头老子再找你算帐！

马良根本不像是在开玩笑，他认真地说，医院治得了烫伤，但没办法不留下疤痕。小姐是最爱漂亮的人，有疤子等于要她半个命！别忘了，我可是出身中医世家。要是治不好小姐的烫伤，你把我的手剁了！

杨天相这才将信将疑。马良让杨府家人买来当归、黄蜡等几样物件，然后神秘兮兮地一个人躲进厨房里竟烧起锅来，有阵阵嗞嗞啦啦的声音和喷香的菜油味传出。

杨天相坐不住了，这穷小子该不会是在厨下炒菜煮饭耍我吧？他怒气冲冲地撞开厨房的门，马良正好捧着粘粘糊糊的膏状物出来了，对众人说，这叫“一贴灵”，祖传秘方。

在杨天相的严密监视下，马良进了小姐的闺房，把渐渐冷却的药膏摊贴在了杨岚的烫伤处，说，顶多七天，伤愈，保证不留下丝毫疤痕。说着，在众人将信将疑的目光里走了出去，我放牛去啦！

说来也怪，第七天头上，小姐杨岚的烫伤果然完全痊愈，且白皙润滑如故。

杨天相便打消了赶走牛倌马良的念头，“神医马良”的名声就此外传

又是几年过去，马良长成了大小伙子，杨岚也出落得画中人一般。自那次马良巧治杨岚的烫伤后，两个人再相见时便多了几分忸怩不自然，目光里却热辣辣的藏着一些东西。

一天，牛倌马良兴冲冲地去找大地主杨天相，说要娶大小姐杨岚为妻。杨天相气得五官挪位，扬起文明棍就朝马良脑袋上砸，马良头上被敲出几个鸡蛋大的肉包却不躲闪，语气坚定地说，这也是小姐的意思。万望老爷您成全！

穷小子，你趁早死了这份心吧，真是癞蛤蟆想吃天鹅肉！来人啦！雷霆震怒的杨天相喊来家丁，连推带搡地把马良赶了出去。

不几天，大地主杨天相家的二十多头耕牛突然莫名其妙地全都病倒了，看不出有任何异样，就是不进食。

杨天相急坏了，这些牛可是他的命根子啊，要是饿死了那一千多亩田地可咋种啊？兽医请来一拨又一拨，别说治好，病因都查不出。大地主杨天相真的着慌了，放出话来，谁要能治好他的这群耕牛，任啥条件都答应！

已沦为流浪汉的马良来了，找到杨天相，牛皮哄哄地拍胸脯说，我能治好您的病牛！唯一的条件是，把小姐嫁给我！杨天相像见到了救星又像见到了灾星，气恨恨地答应道，就依你！就怕你没这个福气！

马良一头钻进牛棚，半个多时辰就钻出来，对杨天相说，自己过去看吧！杨天相进去一看，傻了眼，所有的牛都在痛痛快快地嚼着草料。

杨天相出来对马良沉着脸说，要钱，只要不离谱都行，小姐你不能带走！你一个流浪汉，拿什么养活小姐？也不撒泡尿自己照照！

你——言而无信，不配为人！马良愤而离去。想想心里又偷着乐：那些牛病倒，都是他这个曾经的牛倌做了手脚，在牛的舌苔下涂了一层油鸡屎，牛因难受便都绝食了。

听说当上国民政府县长的洪大肚子，亲自到杨府给儿子提亲来了，马良几近绝望了。莫非自己和小姐真的是有缘无份？

也许，是他俩的真情感动了上苍，又一个机会来了。

杨岚突然得了一种奇怪的皮肤病，浑身搔痒难耐。杨天相带女儿看了省城和南京的大医院，中西医治疗都不见好转。就在父女俩不胜愁苦之际，神医马良又来了。

大地主杨天相老泪纵横，指天誓日，这次只要你有本事治好我女儿的病，你就是我的乘龙快婿！

神医嘛，就是有些神神叨叨。这回给小姐杨岚治病，马良天天把她往河边带，让众家丁在远处把守路口不准闲人靠近。

他是让小姐在小河里洗浴，且脱得一丝不挂，每次得洗足一个时辰。半月既去，奇哉！困扰小姐多日的皮肤病好了！

马良对杨天相说，这叫鱼疗。病愈就好，天机不可泄露。

这次杨天相没办法食言了，他想宝贝女儿让一个男人看得精光光，悔了婚女儿还怎么嫁人呢？再说洪县长那边也没下文了。

不久，马良就在大地主杨天相家入赘为婿。小夫妻相敬如宾，恩爱无比，杨天相看着倒也欣慰。

第二年，日本人打了过来，幸亏有新四军在前方拼命抵抗，杨天相家所在的地方还算安全，田地照种，只是人心惶惶。

马良多次动员岳父向前方抗日将士捐款捐物，杨天相硬是一毛不拔。

某夜，马良惊慌失措地叫开岳父的卧房门，说，不好了！小姐让一帮当兵的绑票走了，说拿五千块大洋赎！限期三天，逾期就撕票！

女儿可是杨天相的心头肉啊！这个铁公鸡天一亮就差女婿马良带家丁挑着五千块大洋去赎人。杨天相哪里知道，这是小俩口演的一出双簧：杨岚是马良趁夜送去新四军驻地的，那笔大洋正好让新四军买了一批急需的药品。

据说，神医马良还给多名新四军官兵看好了皮肤病。

土改那年，土改工作队准备镇压大地主杨天相。

已是华东野战军某纵队总医院院长的马良闻讯后拍来电报：查大地主杨天相并无血债，且对革命有功，请予宽大处理。

杨天相这才保住了性命。每每对人说，没想到这臭小子还成了我的救命恩人哩！

大小姐杨岚先是在家乡的崇实女中任教，后来从军，当上马良所在部队文工团的教导员。杨岚老是病病歪歪的。杨岚对马良说，我就是个病西施，赖你给我治一辈子的病！

马良就笑，说，秤不离砣，公不离婆。没有患者，何来神医？

马良动情地拥住杨岚，又说，医病为下，医心为上。是你治好了我的精神愚昧，带我走上光明大道啊！还有，你那次的皮肤病装得真像！你才是真正的神医！

# 续《晚饭花》

无言的晚饭花……

一顶花轿把王玉英抬走了。

从此，在李小龙眼里再也没有了原来的王玉英。

没有了王玉英，学还有什么上头？李小龙退学了。

李小龙再也不走原先的巷口，走那边必须经过王玉英的娘家。那正面山墙下的一排晚饭花一定还在，可天井里低头做针线的王玉英没有了，那条路还有什么走头？李小龙甚至觉得，李家巷也不是原先的李家巷了。整个世界都变了。

他有事没事总爱往臭河边走，心事很重的样子，他的神情和他的年龄极不相称。有时能看见王玉英在河边淘米，洗衣，头上还戴着出嫁时的那朵绒花。她总是静静的，仿佛晚饭花无声地开放。

李小龙觉得自己很怪。见到王玉英，他莫名地心痛，哪一天见不到王玉英，他心里更不踏实。

时光，就像臭河的水，默默地流去。关于王玉英与钱老五的闲话，慢慢多了起来。少不更事的李小龙都听说了嘛！

说王玉英不受待见，家里家外的活都是她干，钱老五整天弄得像个公子哥儿，渐渐不很着家，也不晓得怜惜她。钱老五既不教书了，也不在报馆上班了，但他却似乎并不缺钱，在外面吃好的，穿好的。

王玉英听说，他还和那个有钱的寡妇来往，花那个寡妇的钱。王玉英劝过钱老五几次，钱老五未置可否，但要她少管他的闲事。后来有一次，还动手打了王玉英。

王玉英偷偷哭了一夜，以后不再说钱老五了。是不敢说。她在心里说，自己的命真苦。她开始有些怨在县政府当录事的父亲了，咋答应了这户人家。本以为少年浪荡难免，结婚成家自会改好，哪知道他还变本加厉了呢！遇人不淑，也许这是命中注定的吧？只好认命。不认命又能怎样呢？

李小龙也听说了这些事。他知道王玉英心里苦。可王玉英知道吗，他心里比王玉英还苦。

李小龙认为，王玉英的不幸至少一半，是那个不要脸的寡妇造成的。

一天，趁寡妇不在家，李小龙破门而入，砸坏了寡妇家几样不值钱的东西。李小龙这样做的时候，没想到反而帮了王玉英的倒忙。

那寡妇回来一看，气歪了脸，她不假思索地想到，肇事者一定是钱老五的老婆。

寡妇是臭河两岸出了名的母老虎，母夜叉。她顺手操起一把笤帚，一口气冲到钱老五家，劈头盖脸把不明究里的王玉英一顿打，临走还骂王玉英是没男人要的贱女人！

王玉英哭了一阵，默了一阵，擦干眼泪，还是任劳任怨忙她的。

晚上钱老五醉醺醺地回来，王玉英也没告诉他。

后来，钱老五被那女人甩了。寡妇又傍上了一个更年轻帅气的小白脸。

王玉英暗自高兴，这下丈夫的心可以收回来了吧？

李小龙听说了，也替王玉英高兴，怪的是，心里又有点酸溜溜的。

后来的事，出乎所有人的预料。

钱老五家竟然成了一处台基(为男女提供欢会的地方)。钱老五负责招揽生意，王玉英则负责接客。

生意清淡的时候，钱老五少了酒钱，菜钱，就拿王玉英出气。王玉英的哭声，叫声，哀求声，每每在夜空中传到邻近的住户。

李小龙也听见了。

李小龙十六了，算是半大小伙子了。他跟着父亲学做生意。父亲做的是小本生意，也就是糊一口饭吃。

父亲的钱时不时会少，当然是少到不易察觉的程度。

这钱哪去了呢？敢情是出了家贼，李小龙拿了。

他拿钱做什么呢？他拿钱去了钱老五家的台基。

他在王玉英专门做那事的房里坐一会，大约是一刻钟左右吧，他就出来了。他每次给了钱，却什么也不做，王玉英觉得他好怪。

李小龙心里说不出的滋味，他想，这世界上真的再也没有原来的王玉英了。

李小龙后来怎么样了呢？他去善因寺做了和尚。

再后来，人们渐渐也忘了李小龙。

李小龙忘没忘王玉英呢？

# 续《陈小手》

汪曾祺老名篇《陈小手》，何人大胆，狗尾续貂？看过再说——

陈小手没有死。

那次在大王寺，陈小手给联军团长的太太接生——是个男伢，少爷，母子平安。陈小手吃了团长摆的酒席，揣上团长赏给他的二十块大洋，道声“得罪”，跨上白马告辞，马脖子上的銮铃还没来得及响起，陈小手就一头从马背上栽下来了。

原来，陈小手听得团长在身后骂道：“日他奶奶！我的女人，任何男人都不许碰！”陈小手浑身一颤，眼前一黑，就什么也不知道了。

团长见状，收了手枪，哈哈大笑起来：“算这公老娘命大！老子的枪出毛病了。老子杀人，从来不补第二枪。让他快滚吧！”

副官吃斋念佛，心善，把不省人事的陈小手送到了我们县城的教会医院。

给陈小手诊治的是我们高邮当时唯一的女医生李菱角，李花脸的女儿，一个老姑娘。一检查，陈小手没摔坏骨头，只是惊吓过度，暂时晕厥过去了。

李菱角好手段，几下子就让陈小手清醒过来，说“没事啦”。陈小手没忘了身上的那二十块现大洋，都掏出来要给李菱角，道声“得罪”，出溜下病床就走。

李菱角追在后面喊他，陈小手脚步也不停一停。到了医院楼下，没见着大白马，陈小手这才完全想起发生过什么事。

李菱角将胳膊抱于胸前，淡笑着说：“白马陈小手，白马在天王寺呢。”陈小手像被孙猴子使了定身法似的，惨白着脸，不语，不动。

李菱角这时格格地笑起来：“亏你还是个男子汉。本姑娘帮你去取吧！”

李花脸的女儿果然取回了大白马，陈小手接过缰绳，道声“得罪”，跨上马欲走。

李菱角收了笑，黑了脸，拦住马头，盯着陈小手的眼睛说：“就这么走了？”

陈小手不解地反问：“我付医疗费你就是不收，谢也道过了，还不能走吗？”

李菱角气哼哼地：“你占了我的便宜，就这么走了？”

陈小手大张着嘴，险些儿又从大白马上摔下来。

“你昏迷的时候，我给你又端屎又接尿的。我可是黄花闺女，以后还怎么做人？你得娶我！”

陈小手这下傻眼了。——就这样白得一个漂亮、洋气的大姑娘，娶了李菱角。

李花脸看不起陈小手是个男性的“老娘”（我们这里“接生婆”的俗称；其实陈小手是个产科医生），死活不同意，又拿女儿没办法，从此父女间几乎断了往来。

新婚之夜，李菱角躺在陈小手怀里，撒娇又心疼地求他：“我的白马王子，以后别再做老娘了，我养活你。”

陈小手说：“男性产科医生让人看不起，吃软饭更让人看不起。我还是要做老娘，岂能眼睁睁看着那么多产妇成为血盆鬼。”

这以后，陈小手又经常骑着大白马，走在运河的大堤上，去这里那里给人家接生，马脖子上的銮铃一路“哗棱——哗棱——”地响。人们知道，那是陈小手来了，横生、倒生的产妇立马从死亡线上看到了希望。

陈小手活人多矣。

转眼十多年过去了。

一天，陈小手从外接生回来的途中，被一个乡下大嫂拦住了大白马，大嫂哀求说：“我东家太太难产，请了几个老娘都不顶事，只有请先生救命了！”

陈小手二话不说，忙叫大嫂前面领路，速速前往，两条人命哪！

那乡下大嫂东穿西走，把陈小手带到了高邮湖边。陈小手下了马，心里有点生疑：“大嫂，你东家是干什么的？”

大嫂利索地说：“一个打鱼的。渔民不都以船为家吗？”

陈小手随她上了小舢板。那大嫂熟练地划着船，驶向高邮湖的一片无际的芦苇丛中。等陈小手察觉不对，已经晚了。

原来，是湖匪秦大头的压寨夫人难产，而秦大头恰恰是陈小手的杀父杀母仇人。

秦大头在一只大船上不停地“走柳”，土匪婆娘躺在船舱里，仿佛死过去一般，连哀嚎的力气都没有了。

周围刀光枪影，杀气重重。

陈小手突然间却不怕了，像个英雄好汉，钻天杨般挺立船头，嘴角含着大义凛然地冷笑。

秦大头“扑通”给陈小手跪下了，也不吭声，纳头便拜。

陈小手突然仰天大笑起来：“医者仁心，岂能纠缠于个人恩怨，见死不救？！”一头扎进了大船的船舱。

那位大嫂当“抱腰的”。

世界仿佛就此凝固下来，只有人们怦怦的心跳声搅起阵阵波涛。不知过去多长时间，舱中传出“哇——”地一声啼哭！

陈小手擦着小手上的血迹，踉踉跄跄地走出来，说道：“母子平安。是个千金小姐。”秦大头又跪拜起来，哽咽难言。

诱陈小手来此的那位大嫂抱拳道：“陈先生，秦司令已摆好酒宴，请您务必赏脸。司令还拿一千块大洋向您赔罪和谢恩呢！”

“如今，东洋鬼子已侵入我苏中，姓秦的如要谢恩，如果还是个中国人，我想该知道怎么做。这位大嫂，烦你马上送我回去！“

陈小手回来后，没把这次惊险经历告诉李菱角。

晚上，李菱角偎在陈小手怀里，哭着说：“小手，我多盼望你给我俩当一回老娘，可我这肚子就是不争气。你就休了我另娶吧！”

陈小手连忙捂住了李菱角的嘴，把她搂得更紧。

不久，秦大头率领匪众投奔了新四军粟司令。

陈小手夫妇，还是一个当内科医生，一个当“老娘”，到底无后，相伴终老。

# 莫名先生

“莫名先生”你也认识，“他”生活在我们每一个人身边……

我小时候熟悉的这个人，姓莫名名，人称莫名先生。

那时还是上世纪八十年代初。我所在的某省会城市，传统的四合院还随处可见，我家就住在一个普普通通的灰突突的四合大院，三教九流，五方杂处，吵是吵闹，但也很热闹。

莫名先生，就和我们住在同一座四合院里，低头不见抬头见。这个人不仅长得有特点，而且性格也很特别，所以至今难忘。

有人说，莫名先生长得像麻秆儿，有人说，他长得更像豆芽菜儿，总之瘦得皮包骨头，什么衣服穿身上都显得不合身，却爱将同样瘦小的脑袋高高昂起，头发说不清发型却收拾得一丝不苟，鼻梁上架着一副大而圆的老式眼镜，慢条斯理地踱步，慢条斯理地说话，虽不阴阳怪气，却让人分明感觉言词间不是夹带着火星儿，就是透着阴湿的冷气儿。

莫名先生就是这样一个怪怪的人，人缘似乎很好，又似乎谁都不待见他。

听大人说，这个莫名先生在一家报社工作，还是一个有点名气的诗人。他看上去似乎只有三十几岁，又似乎快五十岁的人了，但单身一人是确定的。

莫名先生每天都在四合院里起得很早，烧了开水，沏了茶水，捧着被大家背后戏称为“猪尿脬”的一个小紫砂壶，边啜茶边满院子溜达，逢着谁，逮谁说话。

院里有个聋老头，是个花匠，和莫名先生一样，孑然一身，每天比莫名先生还起得早。老头除在院子里种了各种花卉，还爱养鸟。

我们在床上经常听到莫名先生与聋老头谈诗歌，实际上是莫名先生自说自话，因为花匠压根一个字听不见，打雷都不抖一下，板聋。

莫名先生大声说，传统诗歌算个球！按部就班，了无生气，形式大于内容，以文害意，自趋穷途末路，作死！过一会，又听莫名先生忿忿不平道，先锋诗，朦胧诗？狗屁玩意！纯粹是吃饱了撑的，无病呻吟，痴人说梦！说好听点是文字游戏，说重点简直是亵渎文学！

无奈花匠充耳不闻，只顾着逗他笼子里的画眉玩儿，莫名先生遂觉无趣，捧着小紫砂壶走开去，继续溜达。

转了几圈，又有邻居出门了，桂花和丽娜，一个出来倒马桶，一个出来倒痰盂儿，目标一致，去公用厕所。

莫名先生总是先迎着丽娜靠过去，大概是丽娜身上的香气盖过了痰盂里的异味，莫名先生殷勤地打招呼，美女，早啊！您简直就是我们院里最美的花儿，牡丹花，玫瑰花，兰草花，都在您面前黯然失色！

丽娜知道他是个什么诗人，所以并不见怪，但也没显出多少兴奋，只一句“说胡话呢”，扭腰走过。

莫名先生便有几分失落、不爽，这时桂花倒马桶回来了，莫名先生拐过去，真诚地说，漂亮有啥了不起？还不定什么货色呢。老婆还是丑点的好，居家三件宝，拙妻陋田破棉袄嘛。

桂花粗黑，却并不怎么领莫名先生的情，瞪他一眼，厚嘴唇里蹦出两个字，无聊！扭着大屁股进屋了。

大凡此时，教书匠魏老师咳嗽着，顶着满头银霜，腋下夹着个帆布包出现了，行色匆匆地往院子外走。

莫名先生主动和魏老师打过招呼，说的是洋语，狗得猫令！随后满面悲悯地冲着魏老师略显沧桑的背影自语，什么右派？臭老九？好在平反昭雪了。知识分子是中华民族的脊梁和良知哩！

魏老师佝偻的背影消失后，莫名先生就对正喂鸟食的聋老头身边的空气说，这种人，不打压着点，尾巴要翘上天！

莫名先生“猪尿脬”里的茶水快见底了，一间屋子里钻出了蓬头垢面的马二蛋，莫名先生迎上去热情地说，又出去翻垃圾箱捡破烂？人穷志不短，劳动最光荣，好样的！

马二蛋是个傻子，对莫名先生呲牙一笑，抱着一团破袋子走了。

这时候，莫名先生仰脖啜下最后一口茶，被我爸清亮的口哨声吸引过去。我爸是最早捣腾服装生意的，西装革履，精神抖擞，其时已开上私家车了。

莫名先生恭维道，袁老板，您勇立潮头，财源广进，致富有方啊！佩服！佩服！不像那个二蛋，傻里吧叽，穷里吧叽，苍蝇蚊子都追着他跑！

我爸没工夫和莫名先生闲扯，礼节性地点点头，出了四合院。我听见莫名先生把壶盖很响地扣在壶身上，气哼哼地说，什么东西！投机倒把，不就俩臭钱么？

有那么一天，邻居都听见莫名先生的屋里传出很响的撕打声，大家感到蹊跷，跑拢去看，更蹊跷了！——

莫名先生自己在打自己，抽耳光，头撞墙，弄得鼻青脸肿，还出了血。大家过去抱住他，问原由，莫名先生道，我连看自己都不顺眼了！我们瞅见他家的屋角扔着不少枯萎的花朵。

后来，不知什么原因，莫名先生搬离了我们那座老式的灰突突的四合院，我家也买了商品房搬走了。

从此再没见过那位莫名先生，但又似乎从来没离开过他。

# 交警老冷

没人喜欢交警老冷，老婆也吵着和他离婚。老冷到底是怎样的一个人？

都说老冷是个怪人。猷州城没几个人说他的好话，不少人把他恨得牙根痒痒。就连老冷自己的老婆都烦透他了，闹着要和他离婚。

这老冷，长的模样就不招人喜欢。沟沟坎坎的刀条脸，满脸络腮胡子，即使张嘴笑着都给人一副凶相，绷着脸时就更像凶神恶煞了。多亏老冷当班时总是正经八百地穿着一身交警制服，不然有人说他是逃犯，没人不信。

人如其姓，老冷着实"冷"得够人受的，领教过他的人一见到他就连人带车打哆嗦。心里骂道，这个怪家伙，哪是百里挑一，简直是世上少见！软硬不吃，六亲不认，犯到他手里，认栽吧！

据说，老冷年轻时是医学院毕业，分配到猷州医院当医生，主的一把好刀！不知他脑瓜哪根筋搭错了地方，中途改行当了交警，而且二十多年还是个大头兵，他倒缺心眼似的干得有滋有味，激情燃烧。

老婆马琴数落他，干主刀大夫多好，救死扶伤，病人家属菩萨样供着，收入又高！干这个讨人厌、招人恨的破交警！老冷抹了抹李逵、张飞似的络腮胡子，呵呵笑着说，人各有志嘛！我这马路天使不也是救死扶伤？不对不对，是防范死伤于未然，功德更加无量哩！老婆马琴只从他身上感受到一股冷冽之气，似乎只要一抖身子，满地都是冰冻碴子。夫妻俩的关系慢慢越来越僵，日子没法过到一块去；借用一句打麻将的术语说，北风——背靠背！

知情人说，都怪老冷自己，把事做绝了，把人得罪光了。别说马琴，换了谁都受不了他。认真也没这么认真的，积极也没这么个积极法！我看老冷不是得了老年痴呆症，就是幼稚天真到学龄前儿童了。就凭你一个人能扭转整个社会风气？这不是堂吉诃德大战风车么？

马琴其实一直还算理解、支持老冷工作的。有朋友在她面前告老冷的状，马琴啊！你家老公不得了喔，是当上了交警大队长还是中队长？一点小违章，逮住就拿着鸡毛当令箭，比黑脸包公还铁面无私！每逢这种情况，马琴就赔着笑脸替老冷解释，端公家的碗，受公家的管，老冷这不也是奉公行事嘛！没办法，你们多担待！

但后来发生的几件事，再也让马琴忍受、理解不了啦，她狠下心来，坚决和老冷离婚！这男人实在让她伤透心啦，这日子实在过不下去啦！

那天，老冷在城区街道上值勤，鹰隼般的眼睛盯视着过往的每一辆车。突然，他跨步上前，做了一个手势，拦下一辆轿车，将车引导停靠到街边泊车位。驾车人摇落车窗玻璃，满脸堆笑地递出来一根烟，老冷却用手把香烟挡回去了，“啪”"地一个立正、敬礼，同志，您驾车没系安全带，这是100元罚单，请及时到指定银行缴纳罚款。谢谢配合！

驾车人这时傲慢地用手臂把罚单挡开去，不冷不热地招呼道，这不是老冷嘛，马琴的爱人？你到我们医院看过马琴，我见过你。马琴在我们单位干得不错呀！赶着去开一个会，忙中疏忽了。谁不要个面子不是？！

老冷直视着驾车人的近视眼镜里灼人的眼睛，执着地将罚单举在他面前，工作时间，不谈私事。请理解配合！

驾车人终于坚持不住了，说一声，果然名不虚传！佩服！佩服！猛一下夺过罚单，驱车而去。

第二天，马琴哭哭啼啼地回来，说自己被医院解聘了。老冷瓮声瓮气地咕哝道，我知道会这样。要怪你就怪我吧，是我把你们院长得罪了。马琴，没啥大不了的，我能养活你！马琴当然少不了和老冷大闹了一场。

还有更绝的，老冷的儿子小冷处了个女朋友，对方家庭条件不错，女孩也长得漂亮乖巧，老冷俩口子都挺满意。这天，亲家母开着宝马约上马琴逛街，到了一家大型超市附近，准备进超市为女儿选几套时装，就把车随意停在路边。等两个女人有说有笑地挽着手臂回来，傻眼了！挡风玻璃上贴了一张罚单。

见老冷不知从哪里冒出来，两个女人都放心了。马琴说，老东西，这是亲家母的车，大水冲了龙王庙了。快放行吧。老冷朝亲家母点头、微笑，道一声，亲家好！不过按照规定，违章停车，必须扣3分，罚款200元。谢谢配合！老冷竟又“啪”地一下，给亲家母也来了个立正，敬礼。亲家母气得脸色青紫，嘴唇哆嗦着说不出话来。

马琴叫喊着，指头点着老冷鼻尖，你、你，还有一点人情味吗？算我求你，分就别扣了，罚款我替亲家母交！

不行！谁违章谁缴罚款，分也得扣。罚扣不是目的，关键是要驾驶员记取教训，自觉养成良好的驾驶习惯和法律意识！

这事的结果不难想象，小冷的对象吹了，马琴同老冷分居了。

好在小冷说了宽慰老冷的话，爸！我不怪你。和一个不愿遵守社会规范的人生活在一起，心里踏实不了。

按说这样一来，老冷总该“悬崖勒马”，灵活点了吧，瞧好吧。

小冷女友跑了，不代表小冷一辈子不结婚，老冷给儿子按揭的新房还得照常装修。这天，老冷执勤时，又逮着一个骑摩托不戴头盔的。

骑车的小伙子杨凯一见是老冷，大大咧咧地说，为抓紧装修好冷叔你家的新房子，我出门急了点，忘了戴头盔。下不为例！

老冷严肃地回答，小杨，生命对于每个人只有一次，哪来的下不为例？这次就不行。罚款50！

杨凯大感意外，十分生气地叫道，冷叔你咋这样不讲情面？罚就罚，可我出门匆忙，身上一分钱也没带！

老冷边从口袋里摸索边说，我借给你，50元。到时在装修工资里扣吧。

杨凯铁青着脸，不再搭理老冷，轰响了摩托车。不料老冷再一次拦住他，转身从岗亭里拿出一只头盔，你先用着。我每天当班，都自备三顶头盔，借给那些忘戴头盔的马大哈、愣头青们。杨凯余怒未消地戴上头盔，一溜烟走了。

当天傍晚，老冷就听说，杨凯在下班回乡下去的路上摔倒了，幸好戴了头盔，受了点轻伤，并无大碍。老冷下班后，买了点营养品，特意去骨科医院看了他。杨凯似乎理解了老冷的良苦用心，老冷很开心，脸上露出了少有的笑容。

老冷离开骨科医院回家去的路上，在一个十字路口，突然发现一个拾荒老人闯红灯横穿马路，一辆疾驰的大货车带着尖厉的刹车声冲向老人，老冷大脑里一片空白，本能地飞奔上去，用身体将老人撞开……

就在老冷出事前，马琴收到了老冷的一条微信：今天是我俩的银婚纪念日，我给你买了一条蓝宝石项链，通过快递公司邮给你了，学着给你一个浪漫的惊喜！

猷州城很多人都自发赶来为老冷“送行”。

后来，当地政府把烈士证明书和一笔不小的抚恤金交到马琴手里，马琴眼里早已掉不出泪水，只恍恍惚惚、反反复复地念叨，我只要老冷……我要老冷……

# 第五辑　笔记春秋

凭一盏青灯，卷一袭风帘，专写人间雅人、奇人、怪人，尽现众生善心、恶心、机心。五行八作，波谲云诡；匪夷所思，拍案惊奇。

# 泥人唐

泥人唐捏什么像什么，为什么捏不像黄老师……

猷州多奇人。“泥人唐”算是一个。

泥人唐大名唐若拙，这名字雅是雅气，但也有点古怪。当然不是他老子唐二取的，唐二扁担“一”字都不认得。

可唐二脑瓜子会转，在猷州城里第一个开起机器碾米厂，柴油机“蓬蓬蓬”一天响到晚，流出的是从四面八方涌来看稀奇的顾客的白米粒，淌进唐二腰包的是同样白花花的银子，唐二想不发都不行。

老婆开怀晚，挂四十边才终于生下一个龙蛋，唐二夫妻自然宝贝得什么似的。唐二摆了一桌酒席，专门请来陵山学馆的宁塾师给儿子取名字。宁塾师吃饱喝足，这才摇头晃脑地捻着山羊胡子说道，《老子》第四十五章云：大直若屈，大巧若拙，大辩若讷。就叫唐若拙吧！

中年得子的欢喜劲过去了，唐二夫妻还得日夜碾米，他们想，儿子亲，钱也亲。断奶后，夫妻俩就把若拙带在身边，大人只顾忙着碾米，小人就在碾米厂周围到处爬，常常弄得跟泥猴似的。唐二反倒高兴，贱养伢子，泼皮，好长大！

若拙这样一爬、一走，就到了六七岁，不知不觉大了，一天把唐二夫妻吓个不轻。若拙走到他俩面前，摊开手掌，掌心里竟躺着一个泥人儿，父母拿眼一瞄，就知是若拙自己，有鼻子有眼的，还怪像！一问，伢子是坐在河边，照着水里的影子，用黄泥巴捏成的！唐二并没半点高兴，他怕儿子没人管，把心玩野了，就不好收回来。唐二跟妻子说，得赶紧送伢念私塾，这年头，睁眼瞎受人欺负，要让儿子奔个好前程，不能一代一代老碾米。

这节骨眼上，若拙得病了，送洋人的教会医院一诊断，脑膜炎！唐二花了不少光洋，好歹保住了儿子的命，脑子却有点烧坏了，不大灵醒。

唐二豁出老脸去，又多交了银钱，宁塾师到底收留了若拙，还自责当初把这孩子的名字取坏了。

一天早课时，宁塾师看见几个富家孩子围在唐若拙的课桌旁，兴奋地叽叽喳喳，又叫又笑的。宁塾师走过去一看，顿时脸色红到了耳根，气歪了脸！只见唐若拙右掌心里托着一对光着身子、连成一团的两个核桃般大小的泥人，看眉眼，看神气，一个是宁塾师，一个是宁师母！

学生们还不解地仰起脖子来问，先生，您不是对我们讲梁鸿孟光举案齐眉的故事吗？您咋和师母打架呢？宁塾师一怒之下，把小若拙赶了回去，对唐二说，你这伢脑子病坏了，念不进去书，别把辛苦钱往水里丢了。

唐二没办法，就让若拙跟在身边学碾米。一有空闲，若拙就取来黄泥巴团在手里，见什么捏什么，田里的水牛，天上飞过的鸟，捏什么就像什么，但他还是最喜欢捏人像。唐二骂他“真傻了”，恨铁成不了钢，干脆懒得再管他。

日子在蓬蓬蓬的碾米声中流走了。

唐若拙长成了大小伙子，除稍微有点孬相、反应迟钝些外，还算得英俊。他早不在碾米厂帮老子干活了，正经八百地在猷州城城隍庙门前摆了个小地摊子，根据顾客需要，现订现捏，手里只有一团泥巴儿，变戏法似的，一会捏出个何仙姑，一会捏出个猪八戒，一会捏出某名顾客的尊容，要多像有多像，好似真人倒成了仿制品。不停地有掌声和喝彩声响起。

唐若拙是爱玩这个，痴迷这个，不似他老子掉进了钱眼里，泥件儿拿走，随便顾客赏几个子儿，不给也行，若拙只求不成为娘老子累赘，自个挣钱养活自个就行。不然咋都说他脑瓜子缺根筋呢！

若拙是被猷州新式学堂崇实中学的国文老师黄诚叫到大街上来摆摊的。黄老师很年轻，也很儒雅，还很随和，他没有看不起唐若拙。那天，他在碾米厂第一次看见形形色色的泥人儿，激动得手舞足蹈，一个劲地夸这是艺术品呢！是中华民族的优秀文化呢！黄老师当即买走了一些戏剧人物和神话人物泥人，又三天两头过来鼓捣若拙：别把这手天赋绝活白瞎了！得理直气壮地走上大街，走向市场，走出新天地。

黄老师亲手帮若拙开张了泥人摊，还时不时照顾他生意，让若拙捏大肚能容的弥勒佛，捏时总会递一个小纸条让若拙捏进弥勒佛肚子里去，然后总会有一个胖大和尚来买走。

一天，黄诚老师打趣道，泥人唐，你该娶娘子啦！若拙就会红了脸，低头，哧哧傻笑。黄老师接着开玩笑，你想娶个什么样的？若拙还是不言语，一小块黄泥巴却在手里欢快地动起来，不一会，成了。黄老师惊道，泥人唐要求不低嘛，这么漂亮？若拙哧哧傻笑，点了点头。

世上的事儿有时就是这么奇怪。没过几天，一个村姑从城隍庙出来，路过泥人唐的摊点，一眼看见了那个小泥人，兴奋地叫道，这是你为我捏的？像，太像了！村姑要买回去做纪念。唐若拙红着脸说，我们前世，就见过面……送你。

后面发生的事，更是令人难以置信了。翻过年，唐二夫妻托人给若拙张罗了一门媳妇，吹吹打打入了洞房，掀开红盖头，若拙喜得魂飞天外，新娘子泪汪汪的在哭，竟是那个拿走泥人的俏村姑！

黄诚老师有日子没来泥人摊了。唐若拙有点想他了。突然，城隍庙街道一阵乱哄哄，县长冯大肚子带着一伙荷枪实弹的警察扑了过来，团团围住了泥人唐的摊子。

黄诚是共党分子！闻风而逃了。泥人唐，你认识这小子，赶紧给老子多捏一些他的泥人，越像越好，老子要通缉他！

唐若拙好一阵忙活，冯大肚子带着一堆泥人像走了。

收摊前，若拙望了望西天的晚霞，又坐下来，静静地捏起了小泥人。松开手掌时，两个泥人，一男一女。

他跑了十几里山路，摸黑把“女泥人”送到“男的”家门槛上，又把“男泥人”带回了自己的家。

第二天一早，唐若拙傻乎乎地照常出摊。他刚走到城隍庙，就被冯县长一枪撂倒了。

冯大肚子恨恨地骂道，说傻你不傻，拿个破泥人来糊弄老子！按通匪罪论处。

后来，若拙的遗孀拿着一个男人的泥像，那个男人拿着一个村姑的泥像，重新走到了一起。

他们是曾经的恋人，贫穷迫使他们分开，泥人又把他们捏合在一起。

二人泪流满面。

# 卜　白

卜先生看上去有点迂腐，又有点神秘……

民国时期的上海，凭一张纸名满天下且赚得盆满钵满的，只有《申报》。

《申报》副刊《自由谈》更是牛气冲天，在上面发稿的多是鲁迅、郁达夫、茅盾、叶圣陶等这样的超级大腕，一篇千字文章稿酬能开到二三十块大洋，够一家人好吃好喝一个月的。

文豪扬眉吐气，编辑、记者先生也神气活现，洋气十足，穿洋装，讲洋话，吃洋餐，洋洋洒洒，倜傥风流。

凡事都有例外。卜白就是个例外，不，简直是个另类。

他是《申报》的资深编辑，却土得掉渣，土得冒烟儿。瘦高个儿，白净无须，常年着一袭青布长衫，足登黑色方口布鞋，架着一副琇埌圆形近视眼镜，讲　口江南土语。

在报社，他是专司划版、校对的，有时副刊缺边少角的，主笔大人就会笑咪咪地说一声，卜先生，您给补一点白吧。

卜白二话不说，展纸挥毫，须臾立就：或杂谈，或轶闻，或小幽默，或诗画配，虽短小得可怜，却鞭辟入里，妙趣横生，无不是锦绣文章。

据说不少读者就是冲着卜白的补白文章，才订、买《申报》的。其补白文字，政治、经济、文化，天文、地理、历史，无所不包，涉笔成趣。真是通才，捷才，怪才。

别小看了补白，实则大有学问，弄不好会闯下大祸。九一八事变，东北沦陷，国人悲愤。有位大学马校长给《时事新报》发去一首小诗《哀沈阳》："告急军书夜半来，开场弦管又相催。沈阳已陷休回顾，更抱佳人舞几回。”主笔安排作补白之用，不想惹怒了少帅，差点派兵砸了报馆。

怪才必有怪癖。卜白不抽烟，不喝酒，不喝咖啡，还说咖啡有一股焦锅巴的糊味儿，别说喝，闻着都别扭。

他嗜茶。西湖龙井，碧螺春，太平猴魁，他宁愿饿肚子也要设法买来饮的，他管喝茶叫饮茶。有好事者悄悄作了统计，卜白每天饮茶能饮掉五瓶热水，简直是牛饮了。可见嗜茶之深。但他却很少如厕，你说怪也不怪？

据说卜白是陈寅恪的高足，国学功底不可作等闲观，咋甘当划版、校对、补白的微贱活儿？没人去问，也没人说得清。但卜白似乎全不在意，甚至还有些乐此不疲。

他动笔前总是泡一壶好茶，边饮茶边挥毫，好漂亮的蝇头小楷，茶香袅袅中，妙构告成。依其姓名谐音，人送雅号“补白大王”。他听了，微微一笑，不置可否。

一天，主笔大人悲天悯人地对卜白说，卜先生，您也该给自己的人生补补白啦。卜白会意，三十好几的人，竟酡红了脸，期期艾艾道，不急，不急。事业未就，何以家为？主笔不由分说，扯着卜白的青布长衫袖口说，别把自己生生弄成套中人，以后同仁该改叫你别里科夫先生了。走！我陪您去见一位女士，我太太已候在那里了。

卜白见到那位年轻貌美却神情忧伤的女士，得知她男人是谢晋元的部下，在淞沪战役中为国捐躯了，撇下孤儿寡母甚是凄凉，卜白竟爽快地应承了这桩婚事，主笔夫妇大感意外，又惊又喜。

那女士道，卜先生，您是童男子，可我已是残花败柳，让您受委屈了。

卜白一句既浪漫又憨直的话让女士为之涕泪交流，我虽一介书生，亦当为抗战力效绵薄。让我为你这个抗日英烈之家补白吧！再说，你的娘家福建安溪有好茶“铁观音”呢！

后来，俩口子举案齐眉，一生恩爱，同心将烈士遗孤抚养成人，培育成才。

卜白没啥业余爱好，除了饮茶，就是隔三岔五看看京戏，尤其迷梅兰芳的戏。一来二去，他结识了梅兰芳，成为票友。

一次，梅兰芳在天蟾舞台演《贵妃醉酒》，观者如堵，一票难求。卜白却接到了梅兰芳专门差人送来的戏票。急急地赶到剧场，戏正待开演，梅兰芳的嗓子突然发不出声音了，在后台急得团团转，火烧屁股似的！

卜白闻听，急急如风地挤进后台，对梅兰芳说，救场如救火！你在台前演，我在台边唱，合作一曲双簧。

梅兰芳将信将疑，台下的观众已作哄叫闹起来，梅兰芳只得上将台去。

海岛冰轮初转腾，见玉兔，见玉兔又早东升。那冰轮离海岛，乾坤分外明……剧场顿时响起暴风雨般的掌声。

整场戏下来，梅兰芳的表演与卜白的唱腔念白浑然一体，俱臻妙境，竟无一名观众识破此中玄机。

事后，梅兰芳特意在华懋饭店摆盛筵答谢，卜白又是一句，急人所难，君子不可不为。补白亦大快事也！

说话间，到了民国三十八年初夏。解放军的隆隆炮声响彻大上海城郊，吴淞口外。

汤恩伯重兵扼守上海。

《申报》选派战地记者，大笔杆子们虽西装革履，却顿失绅士风度，不是低头狠劲抽烟，就是把咖啡喝得嘴里一半、地上一半。卜白饮了一气铁观音，一抹嘴，石破天惊地说，我去吧！

为使上海城市免遭破坏，解放军方面禁止使用重型武器，攻城一度受阻于苏州河畔，伤亡甚重。

上海市民突然从《申报》上看到一则快讯：国民党淞沪警备司令部副司令刘昌义中将率部投诚，为解放军打开进入上海中心城区的大门。

谁也没想到，这竟是卜白平生最“得意之作”。多年后，卜白在自己的回忆录中写道，我是中共隐蔽战线的一名战士，策反敌人弃暗投明，算是我对军事斗争的一种补白吧！

解放后，卜白担任宣传文化部门的高级领导，直至积劳成疾，英年早逝。

卜白留下遗嘱：丧事一切从简，请把我安葬在普通百姓的墓地之侧，为逝者补白。

他还对悲悲切切的夫人说，记住！再找个好男人，补我的白。

# 刁厨麻三

一个庖艺超群的厨子，咋被朝廷流放了？

说起麻三，估计谁也不知道他是什么人，一个厨子谁知道？

若提起清朝乾隆年间的大贪官王亶望，可谓臭名昭著了。麻三就是王亶望府上的当家大厨，而且还卷入了那桩当时震惊朝野的“捐监冒赈”大案！

这样看来，麻三就非等闲之辈了。

王亶望，山西临汾人，江苏巡抚王师之子。初为举人，捐了个知县，后以金钱铺路，仕途畅达，历官宁夏知府、甘肃布政使、浙江巡抚。直至乾隆四十六年(1781 年) 甘肃“捐监冒赈”案发。

麻三就是王亶望在甘肃布政使任上的厨子。

王亶望嘴刁，在当时是出了名的。王府的厨子自然不好当，麻三就有这个能耐当下来，而且深得王亶望的赏识。不过主子再赏识，麻三也只能做厨子，只是多得些赏银好养家糊口罢了。

王亶望喜食五香驴肉丝，而且是活驴肉丝，麻三就投其所好，在布政使衙门后院养了两头黑毛驴，好草好料喂着，膘肥体壮，毛皮发亮。

王亶望隔三岔五想吃驴肉丝了，发个话或使个眼色，麻三就麻利快地在后院架起一口大锅，干柴烈火烧出半锅添加花椒、八角、茴香、干朝天椒、桂皮、细盐、菜籽油、豆瓣酱、葱末、蒜泥等佐料的老汤。待汤快沸时，不慌不忙从驴厩里牵出一头精气神十足的毛驴，快如闪电地从袖筒里抽出一把利刃来，照驴屁股上只一扎，一剜，割下一坨鲜血淋漓的驴肉，随手往汤锅里一丢，只听“劈劈叭叭”一串爆响，然后退柴文火熬干水份，便肉香弥漫，惹人垂涎了。

其间，麻三操起早已在一旁炭炉里煨得火红的烙铁，朝驴臀伤口处狠命烙去，嗞啦啦地响声伴着黑腾腾的烟气和焦糊味儿，伤处很快就止住了汩汩而流的血泉。可怜那头毛驴哀叫连连，真是惨不忍睹……下次再吃鲜驴肉，只需换个部位，如法炮制即可。

王亶望或自己解馋或宴请宾客，吃了麻三呈上来的刀功了得、色香味绝佳的五香驴肉丝，满头冒汗，畅快无比，拍案叫道，我嘴刁世上无双，你厨刁无出其右，苍天厚我也！赏！

王亶望爱喝老鸭汤，又喜食豆腐，麻三眼尖、脑子活，又发明了一道菜：填鸭豆腐汤。

麻三在后院里又养了一群鸭，不散养，不圈养，而是瓮养。他找来不大不小的酒瓮子，敲去瓮底，从乡间买来刚刚下蛋的“少妇鸭”，一只只由瓮底置于瓮中，因空间偏促，鸭子只能将头颈探到瓮口之外，如同囚禁。麻三每天喂以动物油脂和汤饭，囚鸭只吃不动，迅速被催肥，谓之填鸭。

麻三用这种“肥婆鸭”文火慢炖出的填鸭豆腐汤鲜美异常，王亶望一喝倾心，从此就迷上了这道菜。麻三自然又多了一份赏钱。

麻三的家在甘州张掖，素有“鱼米之乡”的美誉，盛产小麦、玉米、豆类、稻米、油料、瓜果等。麻三小心殷勤地伺候着主子，目的是多得些赏银，好回去置地买房，过上吃穿不愁、老婆孩子热炕头的小康之家生活。

没人知道，麻三这个刁厨当得内心有多痛苦、纠结。他白天用种种残忍的手段和奇思妙想来百般讨好主子，满足主子极尽膨胀乖张的口腹之欲，晚上麻三独自在脚屋里却跪地烧香拜佛，忏悔不已。为了自己的发家梦，麻三不得不在这种惶惶不安地痛苦纠结中，硬着头皮强颜为欢将刁厨干下去。

但麻三不可能想到，遇上王亶望这样的主子，他的好梦注定要破碎。

有一天，王亶望在府邸宴请陕甘总督勒尔谨，嘱咐麻三多备美味佳肴，五香驴肉丝和填鸭豆腐汤是必不可少的。

这次宴会后，主子破例没有赏他，笑吟吟地对麻三说，本抚和总督大人商议好了，只因内地仓储未满，甘肃即日起按旧例收取监粮，凡本省士民皆可以银折粮，捐取国子监生资格，以备应试或候补为官。机不可失啊！麻三，念你对本使忠心耿耿，本使优先留一个名额给你。他日弄个一官半职，也好光宗耀祖啊！难道你想做一辈子伺候人的厨子吗?

麻三把头摇得像拨浪鼓，连声说，布政使大人！您不是不知道，小人我只晓得烧菜做饭，哪会升堂断案？我只想做个小小老百姓，过安稳日子。

王亶望勃然色变道，麻三，别狗坐轿子，不识抬举！抗命不遵，那可是死罪，还谈什么安稳日子！麻三吓得面如土色，“扑通”跪在地上叩头谢罪，好，好。我捐，我捐。

就这样，麻三积攒的赏银连同工钱又流回主子那里。置地买房没钱了，麻三只能眼巴巴地盼着早点授个一官半职，好养家糊口。但直到王亶望调任浙江巡抚，麻三哪怕一个蝇头小吏也没弄上，还是在布政使衙门做他的厨子。

说话间到了乾隆四十六年，武英殿大学士兼首席军机大臣阿桂奉旨入甘剿灭苏四十三作乱，因大雨连绵，兵马受阻，遂奏报朝廷，甘肃并无先前王亶望所奏“连年旱灾，监粮俱用于赈济饥民”之景象，加之浙江海塘工程又牵连王亶望，乾隆帝严令阿桂彻查。

王亶望、勒尔谨及甘肃州县官吏坚称旱灾属实，捐银皆用于赈饥，并无贪墨、瓜分之实。阿桂办案一时陷入僵局，又急又气，嘴上生出几个大燎泡来。

阿桂将军下榻在布政使衙门，麻三主厨。见阿桂将军深锁愁眉，来来回回踱步，麻三斗胆当着被约谈的甘州知府说，将军大人！我们这里的确是遭灾了，民不聊生，您知道我老家张掖的百姓都以什么充饥吗？牛粪煮稀粥！

甘州知府赶紧附和道，旱灾颗粒无收，好在官府赈济，百姓才勉强喝上牛粪煮稀粥的。外界所言，俱是空穴来风啊，望大人明察！

阿桂将军立定，大喝一声，备马！知府大人与麻三随我速往张掖，去麻三家中尝一回牛粪煮稀粥，本官也好回朝廷复命！为尔等洗清冤情，奏请皇上论功行赏，以激扬扶困爱民之心！

快马加鞭，阿桂将军一行风尘仆仆，在麻三老家门口下马时已是饥肠辘辘。阿桂将军高叫道，麻三听令！快去煮牛粪稀饭，本官要与民同甘共苦！看看这稀粥如何下咽?

麻三见过惊惶不已的老婆孩子，立即去灶间做饭去了。过了些时，屋里弥漫起阵阵诱人的饭香。甘州知府打拱作揖道，将军大人，您既已得悉灾民以牛粪拌粥而食的实情，何不移驾府衙就餐，牛粪粥如何吃得？阿桂将军正襟危坐，道，知府大人少安毋躁。既来之，则安之，则食之。

终于，麻三毕恭毕敬地用托盘端上来两碗粥，大人请慢用！阿桂将军和甘州知府都傻了眼！——又粘又稠的白米粥，粥里还放了不少红小豆，看着悦目，闻着赏心！甘州知府手一颤，粥碗落地而碎，阿桂将军“呼噜呼噜”地扒拉着红豆粥，转眼一扫而光，痛快淋漓地大叫，快哉！好粥！又黏又香！再来一碗！

麻三跪地称谢道，小民叩谢皇恩浩荡！三年来上苍护佑，风调雨顺，庄稼连年丰收，百姓才能吃上这用干牛粪当柴烧煮出来的香米粥啊！

山重水复疑无路，柳暗花明又一村。阿桂很快以甘州知府为突破口，一举查清了以王亶望为首的甘肃特大“监粮冒赈”案。此案共涉及总督、巡抚、布政使以下及州县官员一百多人，共贪污白银一千余万两，以王亶望贪占最巨。

乾隆帝大怒，下旨斩王亶望等五十七人，令勒尔谨自裁，其余五十六人免死流放边地。

麻三也在流放之列。因为王亶望矢口咬定麻三也分得了若干赃银。

麻三百口莫辩，那是主子给自己的赏钱呀！报应！

# 对 决

一父一子，一中一日，一场惊天地、泣鬼神的生死决斗！

一场生死鏖战，尸横遍野的战场上只剩下最后一兵一卒，一老一少。

老兵是中国军人，娃娃兵是日本军人。他们经过一番你死我活的白刃战，似乎都已耗尽了生命里的最后一丝力气。中国军人张着胡子拉茬的大嘴呼哧呼哧直喘粗气，日本小兵脸色惨白，差不多累瘫在了地上。

硝烟正在慢慢散去，空气里依然充斥着呛人的硫磺味和刺鼻的血腥味，天地间一片死寂，一只秃鹫在低空冷默地反复地盘旋着，一次次想落下来。每当此时，中国军人突如其来地一声长啸，或是日本小兵的一声枪响，又使它仓皇飞起。

中国军人睥睨着那个日本军人，掏出家伙，对着他嗞啦嗞啦一通长尿，嘴里发出一阵没有任何声响的雄壮地笑声。日本小兵欣喜若狂地从脖子上抽下黑不溜秋的一条毛巾，接住了中国军人的尿液，又迫不及待地将毛巾送到嘴里吞咽着，然后他竟用脏兮兮臊哄哄的毛巾擦起了脸，显出很开心的样子。

这是一张多么年轻英俊甚至稚气未脱的脸啊！中国军人禁不住"啊"了一声，胡子拉茬的嘴张成O形。他觉得这张脸似曾相识，无数次在自己梦境里出现过，同时又觉得很陌生。

中国军人没来由地急切地问近在咫尺的日本军人，你的，什么地方的人？

日本小兵趾高气扬地回答，我的，大日本帝国皇军，当然是神圣的大和民族！

狗屁！中国军人啐道，我干脆问你，在不在佳木斯呆过？

咦？你个支那猪，怎么知道我在那里呆过？日本小兵似乎缓过点劲来，但瘫在地上还懒得起来。

你爹是不是开皮货店的？叫中村富士？中国军人兴奋地探过身子，热气扑在了日本小兵惊疑的脸上。

对呀！我叫中村武久。武运长久的意思！

你不叫中村武久，孩子！你叫孟狗剩子！

中国军人猛地抓住了日本小兵的两只胳膊，就往怀里拉，眼里滚出一串一串的浊泪来。

你的支那猪，别玷污了大日本帝国皇军！日本小兵粗暴地推开了中国军人，咕噜道，你说的我全不明白！

中国军人哽噎着，仍不放弃苦苦地诉说，那一年，我和你娘在皮货店帮工，一次不小心摔死了运货的马，中村竟强暴逼死了你娘，又把刚断奶的你抢去接续香火……

支那猪滚开！你的死到临头，疯了！日本小兵凶相毕露，血红着眼睛，端起了三八大盖，血迹斑斑的刺刀泛着冷酷的寒光。

中国军人带着哭腔说，我还知道你胸前有一块铜钱红痣……

日本小兵骄傲地答道，它多么像我们帝国的日之丸旗！我要为天皇而战！

中国军人绝望地倒吸一口凉气，也迅速挺起了枪刺，一场生死决斗重新展开。

秃鹫开始哇哇怪叫着往下俯冲，这时两个血红着眼的敌手已经顾不上秃鹫了。两把枪刺拼杀在一起，金属的撞击声不绝于耳，杀得难解难分。

日本小兵渐渐退居下风，力有不支。中国军人忽从衣兜里摸出半块干硬如石的白面馒头，扔给了日本小兵。日本小兵暂时停止了肉搏，贪婪地啃食着馒头，连馒渣也没舍得放过。

待日本小兵吃好，中国军人和日本小兵的刺刀几乎同时戳进了对方的胸膛。

中国军人凄厉地喊道，孩子他娘！我把狗剩给你带回来啦！

# 将 军

将军一枪击伤劫匪，却为何一下子苍老了很多……

那一年，冬季，将军带着我到一个县去观摩指导民兵集训。

将军身经百战，屡立战功，身上的刀疤枪伤比军功章还多。因没什么文化，只做到了军分区司令员。这次，是将军临离休前，最后一次下基层指导工作了。将军是主动让贤退位的。

车到县城，这里正在举办物资交流会，摊位挤挤挨挨，人群密集如蚁。我不停地摁着吉普车的喇叭，行人见车上端坐着一老一少两名军人，大概知道有些来头，不满地嘟囔着，慌忙避让。

将军忽然喝令，袁参谋，停车！我疑惑地靠边停车。

将军语气缓和了些，人武部就在前面不远处，我俩步行过去。不要扰民。

我小声道，还有两里多路呢。您腰椎不好，又有风湿病。

将军爽朗一笑道，你也太小瞧我啦！当年飞夺泸定桥，我们一夜急行军一百多华里呢！

将军大步向前走去，我只得跟了上去，看着将军露出帽沿的斑斑白发和一瘸一拐的步姿，我心疼得不行。

我和将军像两尾鱼在熙熙攘攘的人流中穿行，时不时还被踩了脚跟，挤个趔趄。走到半途，将军的头上已冒出缕缕热汽，气喘吁吁。

我想让将军歇息一会再走，心生一计。身边正好有个汽枪打气球的摊位，我故作挑衅似地说，司令员，时间尚早，您不妨与民同乐，我和您比试一下枪法吧？

将军果然中计，回身来到汽枪摊前，饶有兴味地说，好啊！怎么个比法？

一局定乾坤！各打十发子弹，看谁打破的气球多。

将军豪迈地说，就依你！我虽然老胳膊老腿，但不会输给你袁参谋！你先来吧。

我举枪，瞄准，三点一线，射击，气球叭叭碎裂，溅起一片喝采声！将军也鼓掌叫好。

暗暗得意之余，我又后悔莫及，心里不免有几丝担心。这时，将军已雄赳赳气昂昂地上阵了，只见他举枪，瞄准，射击——气球爆裂声却七零八落，几只五颜六色的气球竟安然无恙，在风中摇头晃脑着，似在嘲笑将军的枪法。

我紧张地偷眼去看将军，只见将军默然不语，脸色灰白。

摊主讪笑着说，树大分杈，人老眼花。难免，难免。

我突然冲过去揪住摊主的胸襟，吼道，无商不奸！你一定在汽枪上做了什么手脚！我们司令员从来是弹无虚发的，红军时期就是有名的神枪手！

我朝摊主直递眼色，希望他配合我给将军一个台阶下。哪知摊主是个"一根筋"，反驳道，你说我的枪有问题，那你咋十发十中呢？

将军喝道，袁参谋，你怎能对老百姓动粗无礼？回去关你禁闭！我看，不是枪有问题，而是你思想上有问题。司令员就不能输？输不起？这更证明我请退的决定是正确的。谁输谁付钱！

突然，前面的人群一阵骚乱，伴随着尖锐地哭声骂声！有人抢劫啦！有人抢劫啦！

将军仿佛听到命令，拔出手枪，身手显得异常敏捷，竟忘了招呼我，一阵风似地刮了过去。我赶紧跟上前去。

一个歹徒正在抢夺几名群众的财物，手里挥舞着一把寒光闪闪的大砍刀！

将军冲到歹徒面前，傲立如塔，怒目圆睁，声若雷吼，畜生！给我住手！

歹徒先是一惊，一愣，继而“扑通”跪倒在地，哀求道，老爷子，放我一马如何？

将军怒斥，你不思悔改，竟越狱潜逃，又造新孽！放你就是害你，赶紧归案吧！

歹徒气急败坏，挥舞砍刀嚎叫着扑向将军。人群发出一片恐怖地惊呼声！

将军镇定自若，只听一声清脆地枪响，子弹击中歹徒持刀的手腕后飞向天空，“当郎”一声，砍刀落地。我扑上前去将歹徒擒了个正着。

这时，人群响起经久不息地掌声和欢呼声，“神枪手”“神枪手”的喊声此伏彼起。

那位气枪摊主不知什么时候挤到我们面前，感叹道，将军这等好枪法，岂会打不中气球，准是体谅我们做生意人不易，为我节省几个气球钱呢！

我和将军的眼睛都湿润了……

在场的人们哪会想到，那歹徒正是将军唯一的孙子，因为找不到工作而误入歧途。

那年正值“严打”，失去孙子后，将军一下子老了很多。

# 狼煞星

一个承诺，一生的代价！是非贤愚任评说。

玄妙山位于三省交界处，山险林密，绵亘数十里，乃禽兽的乐园。

巴氏一门数代野居于此，过着几乎与世隔绝的日月，以狩猎为生，尤以猎狼名世。

民国年间，巴音鲁父女承继祖辈衣钵，依然在玄妙山结茅而居，靠打猎为生。怪的是，巴音鲁打猎不用土铳，不使弩具，只操一只弓箭，却也十发九中，鲜有失手。

弯弓搭箭狩猎是祖传的规矩，巴氏后人无人敢对祖宗不敬而越雷池半步。

一日，巴音鲁将小女藤花置于茅舍之中，独自满山寻猎。半天工夫，斩获颇丰，野雉、兔、獾猎取各一，遂见好就收，打道回府。忽见一高大母灰狼疾奔而至，尖利的嘴里竟衔着一小儿，早已没了哭声，不知是死是活。巴音鲁救人心切，一箭射出，呼啸生风，正中母狼咽喉，母狼蹬腿毙命。巴音鲁上前试探，小儿尚有余气，便抱回家中，喂以汤食，俄顷，小儿哇哇大哭，声震山林。

这小子命大，将来定是个狼煞星！巴音鲁正愁自己膝下无子，这下后继有人了，祖业免于夭殂，乃大喜，取名巴打旺。

藤花亦喜极，俩人以姐弟相称，日相嬉戏，夜眠一榻。但藤花天生是个冷美人，心事揣在肚子里，喜怒不形于色。

山中岁月，春花夏蝉，秋霜冬雪，巴家人食以粗粮兽肉，身康体健，日子像风一样过去。

十几年间，巴打旺和藤花渐渐长成了英俊小伙和妩媚女子。

在巴音鲁的调教下，巴打旺没理由不成为一个好猎手。他当然还是使用弓箭，但却青出于蓝而胜于蓝，养父已不是他的对手了，他练就了百步穿杨、百发百中的硬功夫。如乃父所愿，巴打旺果真成了“狼煞星”。

他不知怎么琢磨出一套猎狼绝技：山中灰狼成群结对，不时出没，他猎狼不在白昼，单挑漆黑夜晚。循狼嗥而近之，搭箭瞄准狼眼中射出的幽幽绿光，一射而得狼尸。

巴音鲁高兴得满脸放光，打量着这对年轻人，哈哈一笑道，我看你俩你有情我有意，为父作主，赶紧把婚事办了吧！我急着抱小猎人呢！

巴打旺红透了脸，心中漾开了蜜。不想藤花冷着脸说，等他猎满一百只恶狼，我就嫁给他。我要打旺为我母亲报仇！

巴打旺这才知道，藤花的母亲生下她不久就葬身狼腹，怪不得她总是郁郁寡欢，现出与年龄极不相称的冷艳。巴音鲁深深叹了口气，巴打旺兀自把牙齿咬得咯嘣响，瓮声瓮气地说，我答应你！

从这天起，巴打旺就开始了猎狼行动，但他当时不可能知道这个过程会那么漫长，几乎耗尽了自己毕生的光阴和精力。

刚开始的时候，猎杀几只狼易如反掌，后来猎杀一只狼就并非易事了，再后来他十天半个月也未必能追寻到狼的影踪。

这一年，政府派人请他们一家人下山定居，告诉他们“解放了”，要巴家参加农业合作化运动。巴氏父女似乎已经失去了对巴打旺的信心和耐心，拗不过公家人苦口婆心劝说，终于下山去了。

巴打旺却死活不下山，说，我不猎满一百只狼决不下山！政府的人点头同意，你就留下吧！玄妙山的野狼成患，死人伤人事件时有发生，你就继续在此灭狼吧。为民除害，也是革命工作需要！

巴打旺时刻牢记着自己的使命，他除了开荒种粮种菜养活自己外，就是把自己锻造成一个彻头彻尾的狼煞星，白天干活、睡觉，一俟夜幕降临，就带上宝贝似的弓箭，像个梦游症患者漫山遍坡听狼声，寻狼迹，只要有狼眼的幽幽绿光闪现，那狼便绝无侥幸逃生的可能。

每猎获一只狼，巴打旺就会站在高岗上哈哈大笑，后来猎到狼变成了仰天长啸，最后终于猎到了第九十九只狼（狼皮已悬满茅庐四壁），他伏在狼尸上嚎啕大哭……

说话间，半个多世纪过去了。原先的那个年轻英武猎人早已不复存在，溪水映出一个鹤发鸡皮、老态龙钟的衰迈身影，无声的叹息随着涧水流向远方。这最后一只狼，究竟上哪去猎获？自己当年庄严的承诺才得以完满？风飒飒，鸟啾啾，没有人能告诉他。

终于，政府又派人上山了，说是要白发苍苍依然携着弓箭的巴打旺“易地搬迁”。巴打旺死活不肯下山，反反复复地絮叨，还差一只狼……还不够数呢！

公家人断定眼前这位老人长期与世隔绝，一定是患上了精神疾病或老年痴呆症，便哄他说，这里自然界的野狼早绝迹了！要看狼，山下城里的动物园倒有。这一招真灵，巴打旺老人带着弓箭下山了。

谁也没想到，巴打旺老人迫不及待地进了城。他用最后一支利箭射杀了动物园里的一只人工繁殖、并无多少野性的狼。巴打旺老人笑一阵，哭一阵，如疯似癫。

等警察接到报警如临大敌地来抓他，只见巴打旺紧紧握住弓箭，威风凛凛地靠在动物园内的一株大桂花树上，已然气绝身亡！

据说同一时刻，城外玄妙观里的一位老道姑也羽化而去，人们怎么也合不上她的眼睛。

# 骚客白杨

“他”一直在挑战命运，却似乎总也摆不脱命运的捉弄……

别以为白杨是美女，白杨是男人，还是个大胖子。

那年月，大胖子少，大白胖子更少，所以白杨就格外引人注目。白杨常拍着自己的肚皮，一本正经地说，这岂止是脂肪，这是一肚子学问！

乡党们听了，忍不住“扑哧”想笑，但终究没笑出来。

白杨并非吹牛，说大话，白杨还真有学问：天文地理，写字画画，吹拉弹唱，似乎没有他不会，不精的。

当然，白杨也有一个致命的“软肋”，他干活不行——在生产队干体力活，他就神气不起来了，一下子成了狗熊。

白杨是南京城下放来的知青，一干农活就犯晕眩，倒地，像死过去一样，灌糖水，掐人中，好一会才苏醒过来。

起初都以为是装的，看看不像，找来赤脚医生，赤脚医生捣鼓一番后，笑骂道，一切反动派都是纸老虎！这么大个胖子，却是低血糖。

乡党们不晓得低血糖是啥，肯定是病，大队书记汪大头手一挥说，活该懒人有懒福，让这小子当代课老师去吧。

就这样，白杨白捡了一个知青人人垂涎的村小代课教师，跟社员出蛮力挣一样的工分。不过，白杨书教得没说的，学生们的成绩刷刷地上去了，期末考试在全公社拿了第一。

白杨原来住在知青点，当上代课老师后就搬到学校去住了。

学校边上有个大皂角树，乡党们都捡掉落的皂荚洗衣裳。白杨不捡皂荚，用肥皂，有时还买香胰子，走过去，空气里就会有一股清香的好闻的味道。但终因是个胖子，穿什么时兴衣服都不显得好看。

有人看见，白杨偷着送女知青欧阳曼香胰子，欧阳曼对他不冷不热的。欧阳曼是个美人胚子，又根正苗红，积极追求进步。

男知青都直呼白杨“骚客”，语气耐人寻味。

白杨在学校自己住的地方挂了一方匾额：皂角草堂，意思乡党们不很懂，但毛笔字写得实在好看。

他还自号“皂角居士”，可惜没人这样称呼过他。

白杨上课喜欢提问学生，还会问学生狗蛋：你姐哪天出嫁？问学生黑皮：你家甚时杀年猪？学生一五一十说了。到时，白杨总会不请自到，不是送一副贺喜的对联，就是只带着一张嘴巴去。乡人纯朴，伸手不打笑脸人，何况孩子老师，自然请入上座，好吃好喝。

如此再三，日子久了，乡党们不免生出闲言来：这白杨，真姓得好，白吃白喝惯了，吃出个大白胖子！

那一年，公社给大队下了死命令，成立文艺宣传队，参加全县会演。

大队书记汪大头快急疯了，突然看见白杨在村小操场上带学生做课间操，一拍大腿，这不现成的吗？

中午，汪大头把白杨请到家里，硬逼着老伴拿出仅剩的一小块腊肉焖了黄豆，陪白杨喝掉一瓶地瓜烧。白杨夹完最后一块腊肉片，喷着酒气叫道，书记您瞧好吧！保证给你扛个大奖状回来！这顿饭你没白请！

白杨说到做到，导演，舞美，化妆，二胡伴奏，一条龙，纠合一班泥腿子，果真整出一台像模像样的《红灯记》来。

大队书记的儿子旺宝演李玉和，女知青欧阳曼演李铁梅，白杨客串了一把王连举。

县上会演的大奖状扛回来了，不久旺宝和欧阳曼从台上的父女变成了台下的夫妻。

县革委会主任亲自指示，为培养又红又专的革命接班人，让欧阳曼接替白杨当了代课老师。

白杨被发回生产队进行劳动改造。

据说，白杨演王连举演得太像，太投入了，县革委会主任感到奇怪：这大白胖子演叛徒咋演得这么惟妙惟肖？把他家庭历史情况好好查查！这一查，查出问题来了，白杨有个远房亲戚过去干过军统。

奇怪，这以后，白杨整天在生产队出大力流臭汗，再没犯过晕眩的毛病。

他任怎么晒，就是晒不黑，任怎么吃苦，还是个大白胖子。只是极少言语了，像一部沉默的劳动机器。

他时常会望着村小的方向，听着教室里琅琅地读书声，发呆。

有时看见旺宝接下班的欧阳老师有说有笑地回家，白杨突然会泪流满面。

后来，知青大返城，白杨也走了，最后一个走的。从此再无消息。

欧阳曼和大队书记汪大头的儿子离婚，是在被推荐上大学以后。

这几乎是乡党们意料之中的事。

# 神钓刘

这个“神钓刘”，到底“钓”的是什么？

谁也记不清“神钓刘”是哪一天出现在月溪街的。

听他说姓刘，不知是谁起了个头，都叫他神钓刘。

月溪街是上妙华山的必经之路，从妙华山吹下来的风都带着浓浓的檀香味儿。街两旁店铺一个挤着一个，迤逦开两列长蛇阵，多卖香烛、佛珠、旅游纪念品和土特产。

只有神钓刘例外，他卖活乌龟。

神钓刘约莫六十开外，矮胖身材，慈眉善眼的，就像妙华山随处可见的一株罗汉竹。如果硬要从他身上找出一星半点特别处，无非是下巴颏留了一撮花白胡子，让他看上去似乎有了那么几分仙风侠气。

神钓刘没有固定店面，充其量是个流动摊点，晴天就蹲在街边某棵行道树下卖乌龟，阴雨天就厚着脸皮蹭到人家铺面的房檐下。不管神钓刘挪到哪，生意都火爆，一天能卖出几十、上百只水淋淋的乌龟，只嫌不够卖呢！

是四面八方来的游客、香客，买了上山放生许愿呢！

只见神钓刘日日卖乌龟，谁也没见过他怎么钓乌龟，这老头拿足了“神钓”的派头，怎么看怎么神秘莫测了，如同世外高人。

街上就有人过去套近乎，忍不住好奇问：“老前辈，你何以称神钓刘呢？我们从没见过您有钓钩钓线呐！”

神钓刘捻了捻花白胡须，呵呵一笑：“如假包换！我最初是钓鱼，后来老鳖值钱了，我就改钓老鳖，如今乌龟火了，我又专意钓龟！我这是祖传秘技，自然不能示人，一切都在夜间进行。晚上钓龟，白天卖龟，严丝合缝，有何不可？”

“老前辈，您是何等的高手，一夜能钓这么多只？”

神钓刘微闭双眼，捋着花白胡子道：“天机不可泄露也。我如今不钓老鳖了，不妨透露一二钓鳖之术。钓鳖，首先得知鳖性，识鳖窝。鳖有三喜三怕：喜静怕惊，喜阳怕风，喜洁怕脏。两卧两不卧：喜卧向阳沙岸晒暖儿，喜卧多螺蛳的水草下；不卧污泥窝，不卧石头窝。岸上寻鳖迹，水面寻鳖津。冬春找鳖鼻，夏秋找鳖头。知其性，则明其弱点，乘虚而入，自然手到擒来！”说得神乎其神，听者不免一惊一乍，啧啧称奇。

关于神钓刘，人们越传越玄：有说他于暗夜之中擎一盏红灯，点三炷散发奇异香味的线香，河溪田塘中的乌龟就会从四面八方爬拢而来；有说他只需念一通咒语，乌龟们就如同听到号令似地赶来报到。

是真是假，因为神钓刘讳莫如深，无从得知。但有一点，大家是有目共睹的：每天赶早上街卖龟时，神钓刘面带倦容，两只眼睛里布满红红的血丝，有时还哈欠连天的，说明他昨晚又熬夜了，不是钓龟，难道是去做贼了不成？

也有游客，边买龟边虔诚地打探妙华山的菩萨是否灵验。神钓刘肃然作色道：“信则灵，不信则妄。我给这位客官说个故事吧。古时候，三个秀才进京赶考，借宿于妙华山古庙中，三人问前程于一扫地僧，扫地僧一言不发，只伸出右手的一根食指……”

游客甲抢着说：“结果考中了一人！”

游客乙另持高见：“考中了两人，一人落榜啦！”

游客丙看样子是个大善人，自言自语：“就不能更圆满些，一齐都金榜题名？”

游客丁坏笑道：“我看，一个也没中！”

然后一起恭听着神钓刘揭晓答案。

“答案你们不都说出来了么？你们说，灵是不灵？”神钓刘再不言语，闭目养神起来。

没人清楚神钓刘住在哪。他全部的家当似乎只有一辆破旧三轮车和几个养乌龟的塑料水箱。更令人不解的是，这老头的乌龟价格卖得极便宜，近乎于半买半送了，害得这方圆百里原本也干捉龟卖龟营生的人不得不关张歇业，另谋生路了。神钓刘才来月溪街时，莫名其妙挨了别人的打，据说就是“同行”为了泄恨。

神钓刘说过，钱到底多少才算够呢？知足不辱，知止不殆。贪生妄痴，财多贾祸。

神钓刘天天准时到月溪街上卖龟，风雨无阻，成了街上的一道固定风景。

这天早上，街上突然不见了这道风景，人们顿感不安、不自在起来，纷纷打探着消息。

终于，有确切消息传来，神钓刘的三轮车夜间从妙华山上下来时翻车了，乌龟爬得到处都是。禅观法师闻讯后，开车将神钓刘送进了县城医院。

街人不忍，就相约着去医院探望神钓刘。走近病房，见禅观法师也在里面，两人正在说话。

“为了和刘莉感情上的事，你就一辈子遁迹空门了么？！你呀你！”

“您这也是何苦呢？堂堂农业大学教授，龟鳖目研究专家，退休后却干起这个，我们这样联手，又能拯救得了多少大自然中的野生龟呢？”

“放生本来是件好事，但如果被利欲熏心的人利用了，恰恰是杀生啊！”

“我已说服了无嗔住持，马上把放生池改作观鱼池。卖龟的钱也捐给野生动物保护组织。”

“谢谢谢谢！但我还有一愿未了……”

“导师，您真称得上是神钓！您不把我这‘海归’重新钓回研究所，是不会罢休的吧？”

病房里的两个人，竟相拥大哭起来！

月溪街上，从此不见了神钓刘那矮胖的身影，人们的心里一时空落落的……

# 土豪老南

老南临终遗嘱，让管家用视如珍宝的楠木打了两口棺材，到底让谁睡了？

爷爷是个打小从枪林弹雨中拼杀出来的老革命。

爷爷亲口告诉我，他亲手镇压过不少劣绅、叛徒、汉奸、顽匪，现在都没留下什么记忆了，只有土豪老南让他印象深刻，至今难忘。

那是在皖西。

老南是那一带有名的大地主，有良田千亩，富甲一方。

头戴瓜皮帽，身着锦缎袍，手拄文明棍？错！老南不管你怎么看也不像个有钱人，纯粹一个乡下老农民！

只看他冬天的装束吧：上身穿露出几处棉絮团的破棉袄，下身着的是同样的破棉裤，脚蹬尖口黑布鞋，要命的是腰间扎着一根草绳，为的是束紧衣裤，防止冷风往身上钻。

这个土豪老南，家里有十多条耕牛，几十个长工，上百户佃农，他却每天听到鸡叫就起床，背着一副粪箕满世界去捡牛粪狗屎，说这些都是宝贝哩，庄稼一枝花，全靠肥当家。

老南对长工不错，一日三餐都让他们吃干的，说长工吃饱饭才有力气为我干活哩！自己却顿顿喝稀饭，也不舍得轻易动荤腥，硬把自己吃得黄皮寡瘦病恹恹的。

他老婆为他生下一儿一女，得痨病死了。老南不续弦，不纳妾，也不嫖不赌，只好一口烟。烟叶自己种，烟丝自己刨，除了晚上困觉，三尺长的乌竹旱烟袋和烟荷包一刻不离地吊在裤腰上悠悠晃晃。

老南说他有三件宝贝，拿命都不换！

一样是儿子，老南的儿子黄埔军校毕业，在国军队伍里当营长。

一样是女儿，女儿很新潮，很漂亮，在省立女子师范学校读书。

还有一样，老南自诩为宝中之宝！那是他不知哪辈祖上手植的金丝楠木！

老南无比骄傲地说，这是传家宝，也是镇宅之宝。

爷爷亲眼见过土豪老南家庭院里的那株金丝楠木，高达20余米，树干比老南家晒干货的团箕还粗，浓荫蔽日，夏天真是纳凉的好地方！

爷爷也听说过金丝楠的稀罕珍贵，说是只有皇家才用得起哩！

老南专门请了两个家丁，还花钱买了两支长枪，轮班日夜守护那棵金丝楠木。

老南为这个镇宅之宝，可伤透脑筋啦！问题还出在自家人身上。

先是儿子要将这棵金丝楠木伐倒，准备送给顶头上司装修私宅用，老南断然拒绝，暴跳如雷，这是我的“老家”哩！谁也别想打它的主意！

女儿闹学潮被校方开除了，干脆投奔了新四军，不久她爱上了新四军的一个团长，组织上批准他们结婚。正好这时队伍驻扎在老南家附近，女儿跑回去央求老南，要用金丝楠木打一副梳妆台。

老南气得山羊胡子直抖，呵斥女儿滚出去，永远别回这个家，他不认这个女儿女婿！

女儿是哭着走的。

爷爷说，老南就是这么个怪人，对自己和家人特别吝啬，对外人却并不刻薄。

那时是国共合作时期，抗日战争进入最艰苦的阶段。抗日队伍找他征粮，老南起先是讨价还价，见队伍上果真是粮饷奇缺，他会叹一口气，愁眉苦脸地说，看着给吧。

有回，见我们新四军实在拿不出钱来，老南竟破天荒地让新四军打了欠条，借出几千斤救命粮。

那棵金丝楠木后来怎样了呢？我问爷爷。

爷爷接着往下说，后来，老南那个他本引为骄傲的儿子投靠了日本鬼子，当上了皇协军，老南同时听到两个惊人的消息，顿觉天旋地转，吐血而死。

管家麻爷奉了老南的临终遗嘱，让长工伐倒了那棵金丝楠，精心打制了豪华的棺木。那里管棺木叫“老家”。

出殡那天，老南睡的是一副薄木棺材！

老南女婿睡了那副楠木棺材。

老南女儿哭得几次晕过去，老南还让管家给她打了一副金丝楠木梳妆台。

爷爷红着眼圈说，老南女婿是我的老首长，在阻击日寇进犯老南家乡的一次战斗中牺牲了。

爷爷说，问题是，那棵树同时挖出两副楠木棺材。另一副老南干嘛自己不睡？

爷爷自问自答：管家告诉老南女儿，让我们队伍上务必尽快除了老南儿子，让他睡那一副。

# 婴　票

一个美艳无比的村妇，冒着生命危险闯进土匪窝，目的就是为了当奶娘挣钱？！

陵阳山匪首阮良把婴孩绑票上山，当晚就后悔了。

这刚出生几个月的婴儿长得虎头虎脑，圆脑袋，大眼睛，小嘴巴，皮肤又白又嫩，见人就咯咯笑，旋出两个小酒窝儿。

可到了晚上，这孩子就哭闹不休了，哭得歇斯底里，哭得岔气儿。阮良虽说杀人从不眨眼，可年轻轻的真没见过这阵势，他摇小拨浪鼓，他打一串猴拳，他翻空心筋斗，啥法子都想尽了，婴孩的小脸硬是哭成了紫褐色，看样子随时会背过气去。

二当家的不耐其烦，从阮良怀里抢过孩子，大哥！我把这小畜生扔到白丈崖下去。

糊涂！阮良夺过孩子，啐道，这么小的孩子有罪吗？干嘛害人性命？再说老子还要靠他换大洋呢！

匪厨凑过来，讨好地说，大当家的，这孩子是饿坏了。

那还不快去给娃弄吃的？阮良踹了厨子一脚。

这么小的人，能吃啥？孩子是闹奶呢！

阮良傻眼了。山上可都是清一色的光棍汉，怕是连山上的野鸡野兔也是公的。

阮良抓了抓后脑勺，命令二当家，明天二弟辛苦一趟，下山多贴布告，快快招一个奶娘上山，待遇从优，月薪五块大洋！

得令！二当家谄笑道，留着这小肉票，不愁换不来现大洋！反正羊毛出在羊身上。不怕他县长冯启元不认账！

次日，二当家的贴完布告前脚回山，后脚就来了一个村妇打扮的年轻女人，说是来当奶娘。

全山的土匪都看傻了眼，二当家的还一个劲咽口水，匪首阮良也不禁在心里叫道，天下竟有这等天仙似的美人儿？

婴孩的啼哭声随山风隐约传来，时断时续，疲弱无力。

村妇着急地说，好汉爷，孩子呢？我这就去给喂奶！

二当家的拦住她，阴阳怪气地，爷们还不知道你到底啥人呢！不会是冯县长派来的探子吧，想里应外合端了我们的山寨？

村妇显出惶恐不安地神色来，低眉顺眼、可怜兮兮道，好汉别开玩笑吓我，我不晓得什么县长乡长，我家里穷得揭不开锅了，听人说山上招奶娘，我就是冲着那月月红的五块大洋来的。

那好！国有国法，寨有寨规。小娘子，你能闯过三关，兄弟们就信你！

二当家的望了望阮良，阮良面无表情，未置可否。

众匪围观，叫好，年节般热闹。

第一关，净身！进寨人得脱光身上的所有衣物，以证实自己未携带任何武器、暗器！

村妇双颊飞红，珠泪滚滚，众目睽睽之下，慢慢把自己褪得精赤条条……山上的空气都仿佛凝固了，二当家的口水流得肆无忌惮，阮良的心跳加速，他别过脸去，心尖颤栗，隐隐作痛。

第二关，跳黑龙潭，生死由命！

百丈崖瀑布下的黑龙潭，水色幽黑，深不见底。村妇两眼一闭，纵身一跃，跳将下去！

仿佛过去漫长的一个世纪，村妇睁开眼来，从不会游泳的自己竟好端端漂浮在水面上。

岸上的众匪笑得前仰后合，二当家的把村妇捞上岸，顺势在她高耸的胸脯上蹭一把，虚惊一场吧？这潭里的水就是怪，人掉下去高低不沉！

第三关——

免了！匪首阮良终于发话了，带这小娘子快去喂孩子吧！

阮良把奶娘和孩子安顿在自己住处边上的小木屋里，安排两名心腹昼夜把守，不是怕婴票被人劫走，是二当家那色迷迷的眼神让他放心不下。

转眼一个多月的时光被山风刮走了。婴孩被那个奶娘丰润甘甜的乳汁喂得白白胖胖，更加逗人喜爱了，童稚无邪地笑声每天在山林里飘荡回响。

奶娘和婴儿看上去俨然一对母子，母子般相依相恋，亲密无间。幸福和满足都明明白白写在二人脸上。

但阮良还是看出，奶娘眉眼间藏着东西。

山下迟迟没有人前来联络，赎票。

早过了撕票的最后期限了。

二当家的天天来缠阮良，劝他既入了匪行，就不能心慈手软，自毁山规，手下百十号人吃啥、喝啥、图啥？

二当家的已去县府催促多次，县长冯启元只让他们稍安勿躁，说是一时筹不齐那么多的钱财来，容从长计议。

阮良心里说不清啥滋味。他既希望冯县长早点把儿子赎走，又怕这一天真的到来，也不知自己这是怎么了？

阮良一有闲暇，就爱去抱抱那虎头虎脑的大胖小子，一天竟趴地上让孩子“骑大马”，奶娘一边扶着，孩儿乐成什么似的。

大王，山下咋还不来赎人？

你急啥？孩子赎走了，你的大洋就没了。

我宁可不要这造孽钱！我是见这宝宝太可怜了，他爹娘也一定担心坏了！

真不知他狗爹咋想的！

阮良不知为何，突兀地有了文人悲秋伤怀的毛病。

秋意渐浓，山月又圆。

中秋节之夜，山寨聚饮。阮良在二当家的殷勤伺候下，喝了不少酒，他踉踉跄跄地独自来到奶娘和冯县长幼子居住的地方。

奶娘叫一声“大王”，甚是惊惶，她不知匪首深夜到此何为。

阮良笑了笑，在她对面迤里歪斜坐下，伸手摸了摸婴孩熟睡中温润的胖乎乎的小脸蛋，突然说，小娘子，你真是只冲着那每月五块的大洋来的？

奶娘淡定地答，可不是嘛，还能有啥？家里太穷，好几张嘴要吃的。再说，这份薪水也挺馋人。

阮良红了脸，期期艾艾道，那么闯三关时，你一个村妇哪来那么大的胆气？

奶娘叹了口气，眼里滚下泪来，为了活命，还怕什么死？顾什么羞？

不！阮良突然激动地呼地站起身，你不是什么村妇！你是冯启元的七姨太，原江淮马戏团当家花旦小桃红！你是为了自己的儿子福安，才铤而走险，奋不顾身的！

我就是小桃红！你害得我们母子好惨！

奶娘终于像疯狼般扑向阮良，又哭又喊，又抓又扯。阮良泥塑木雕般沉默。

待小桃红渐渐回复平静，阮良说，你时时刻刻在盼着等着冯县长来赎你们母子吧？我告诉你，冯启元今晚就会来，趁中秋节山匪聚餐大醉，子夜时分带领县保安团摸上山来，在二当家的里应外合下，攻入山寨，剿灭山匪，一个也不放过，包括你和福安！

小桃红绝望地叫道，我不信！我不信！虎毒不食子呀！

阮良面冷如铁，我这消息绝对可靠，冯府内线刚刚用信鸽送来的密报！可惜太晚了！冯启元策反了二当家，冯启元要的是一举剿灭陵阳山匪患的政绩，二当家垂涎的是保安团团副的桂冠！桃红姑娘，你和福安，一个是小妾，何况冯启元知道你在山寨过了净身关，一个是庶出，他本就怀疑这孩子不是他的种，在冯县长心里值得几何？

说话间，枪声阵阵，火光冲天。小桃红赶紧抱起酣梦中的小福安，惊慌失措地看着阮良。

阮良说，我等过去作恶多端，山寨的劫数到了，一切听天由命吧。二当家的自以为得计，其实他踏入了冯启元布好的另一个陷阱。不说了！下山有一条秘道，我这就送你母子逃命！

月光下，杀戮声和火光渐渐被抛在身后……

下得山来，小桃红感激地抱住阮良，泪如雨下，大哥，恩人哪！只是我有一事不知，你为什么搭救我母子？

阮良口中溢出血块来，因为、因为……你的美丽，还有母爱……狗东西……慢性毒药……

后来，陵阳山区出现一支共产党游击队，听说清一色的娘子军。领头的穿红斗篷，跨大白马，使双盒子炮，身后还背着个孩子。

她就是小桃红。

# 当　命

自打新知县到任，亨泰当铺就怪事不断……

清朝康熙年间，皖南石埭县城出了一件离奇的怪事。

石埭县城不大，东西、南北向各一条街，挤挨着数百户居民和几十家店铺，十字街口最醒目位置是亨泰当铺，也是小城唯一的一家当铺，生意便极红火。掌柜是个中年男子，姓程，名万里，慈眉善眼，为人儒雅诚厚。当铺只他一个人，既是老板，又是伙计。他有句口头禅“和气生财”，有时说成是“和气致祥”。他深知到当铺来当东西的，都是遇到暂时的困难，或火烧眉毛的应急之需，再说，顾客是生意人的衣食父母，急人之难、解人之困既是典当业的生财之道，也是做人的本分。君子喻于义，小人喻于利，程掌柜妥善处理义利关系，所以生意做得风生水起，信誉日隆。但他生性低调、节俭，虽富甲一方，但不起宅，不纳妾，倒是每逢修桥铺路总是带头捐款，乡邻们有个大灾小难他也总是乐善好施。

但老实人也有吃亏的时候。亨泰当铺开张不久，一天店铺里来了一个年轻人，开口便说要当“金麻雀”，说是祖传的宝贝，自己赌博输得快光屁股了，只好出此下策。程掌柜接过年轻人递过来的小包袱，竟听见里面有麻雀叽叽喳喳地叫声，他颇觉诧异，小心地打开包袱察看究竟，“扑哧”一声，只见眼前闪过一道耀眼的金光，那“金麻雀”早脱手而起，几经冲撞，夺门而出，腾空而去。

程掌柜只得认栽，让那年轻人诈去五百两银子，事后，那泼皮还到处吹嘘：“那是我捉到的一只小麻雀，裹了一层金箔纸！”

程掌柜又羞又恼，气得大病一场。此后，做生意时不得不多了个心眼，小心谨慎。

新任石埭知县阮庭芳，一日慕名登门拜访，赞其为人笃厚，信誉卓著，且热心公益，堪称一县楷模。程掌柜见阮知县如此礼贤下士，自是感动，连称："惭愧！惭愧！"

临去前，阮知县主动提出要和程万里义结金兰。程掌柜受宠若惊，不容他推辞，阮知县已起轿回衙了。

时光不咸不淡，不觉两年过去。亨泰当铺生意还是那般的火爆，程掌柜原本清癯的脸庞渐渐有了些赘肉，也多了几分红润。

这日，正值盛夏午后，店铺里一时无人，程掌柜正摇着蒲扇打盹，突然被一句高叫惊醒："老板在哪？我要当东西！"程掌柜睁开眼看去，是个穿着白衣白裤，满脸横肉的壮汉。

"客官，您要当何物件？"程掌柜连忙站起，笑脸相迎。

"我要当命！"壮汉一语既出，石破天惊！

程掌柜料到来者不善，强压心头怒火，故作镇定，慢条斯理地说："客官有什么困难，尽管明讲。不瞒你说，当今县太爷可是鄙人的拜把兄弟，对作奸犯科之事可是严刑重典！"

壮汉仰脖大笑，一脸的不屑："您开当铺，我当东西，公平交易，与官府何干？"

程掌柜有些愠怒道："国有国法，行有行规，什么都可以拿来典当，可我从来没有听说过有当命的！客官不是在开玩笑吧？"

"我没有开玩笑！"壮汉厉声道，"我岂能拿自己的性命开玩笑！"见对方惊愣在柜台里，壮汉遂缓和了语气道："人不到山穷水尽之时，岂会当命？老板您看我身强力壮，年纪轻轻，还怕我成了死当不成！"

程掌柜毕竟心性善良，见壮汉红了眼圈，似要滚下泪来，便叹了口气说："子曰，人而无信，不知其可也！我权且信你一回，就为你破一回规矩，你说，当多少？"

"一千两银子！"

写好当票，那壮汉喜笑颜开地接过程掌柜递过来的银子，突然惨叫一声，扑通栽倒在地！程掌柜大惊失色，跑出柜台一看，只见一条小蛇疾速游出店铺。壮汉似已气绝身亡。

程掌柜正要喊人，门外闯进几个人来，见状立即哀嚎起来！干嚎了几声后，"呼啦"围住程掌柜，怒吼道："我家大哥是在你店铺里被毒蛇咬死的！你脱不了干系！走！我们见官去！说不定是你故意放出毒蛇咬人的呢！”

程掌柜百口莫辩，只得哀求说：“他当了我一千两银子，钱不用还了，回去给他料理后事吧！”

那班人抬着壮汉的尸体，骂骂咧咧而去。

程掌柜受了惊吓，人又病了一场。待他养好病后，又出现在当铺的柜台里面。他以为，事情已经过去了。

那天，壮汉出殡时，在石埭县城两条街上游行了一遍，哭声震天，纸钱撒了一地。程掌柜听说石埭山里有种毒蛇，俗称“三步倒”，不想竟这般厉害！可毒蛇怎么爬进了自己的当铺里呢？

一日黄昏，程掌柜正要关门打烊，昏暗的光影里突然悄无声息地走进一个白衣白裤的人来，程掌柜定睛一看，妈呀一声！竟是死去不久的壮汉！

“你、你想干什么？”程掌柜浑身哆嗦成一团，瘫在柜台边。

壮汉在暗影里，幽幽地说：“掌柜不用害怕，我没有害你之意，我是来当东西的。”

程掌柜更是惊悚：“你、你人都死了，还当什么东、东西？”

壮汉递过一只白纸糊得严严实实的匣子过来：“我要当我的魂魄，七日后来赎！老板一定要替我保管好，阴间的牛头马面正在到处捉拿我的魂魄，只有当在你这里我才放心！七日后赎当，我就可以借尸还魂，到达官贵人家投胎去了。”

“你、你要当多、多少？”程掌柜吓得已经尿了裤子。他只想尽快送走这鬼魅。

“三千两。”壮汉狞笑着。

程掌柜颤栗着把银两交给那鬼魅，自己就昏死过去了……

第七天早上，亨泰当铺里来了一班人，说是死者的家人和亲戚。说壮汉托梦给他们，他把魂当在了当铺里，今天让他们来赎当！

程掌柜还躺在病床上，一会发冷，一会发热，还时不时说胡话，人整整瘦了一圈。他心有余悸地让徒弟（他病倒后新招的）把那个纸匣子拿出来，当着众人面哆嗦着手打开——内有一张纸条，上写一个“鬼”字！

来人的嚎啕的嚎啕，怒骂的怒骂：“他当的是‘魂’，现在却成了‘鬼’！一定是魂飞魄散，永世不得超生了！”来人一时情绪失控，砸起了当铺。

隔天，知县阮庭芳登门探视程掌柜。程掌柜一见他，即刻像个孩子似地痛哭起来，一把鼻涕一把泪，说这当铺实在开不下去了。

阮知县一番嘘寒问暖，叹着气说，老兄准是冲撞了何方鬼神。这样吧，我府上欧阳师爷有志于经商，干脆我让他托下您的当铺吧！

欧阳师爷遂以低廉的价钱，成了亨泰当铺的新主人。

一天，欧阳师爷请阮知县夜饮。欧阳师爷伸出大拇指，连赞阮知县“高人啊高人！”阮知县冷笑几声说：“把本老爷的店铺打理好了，我不会亏待你的！”又像想起什么，叮嘱道：“你那小舅子是不是已经远走他乡了？以后也不用耍蛇卖艺了，本老爷赏他的银两够他一辈子逍遥快活的！”

亨泰当铺的生意依然红火。

# 狐　异

丽人深夜来访蒲生，她是人？是妖？

石埭蒲生，书痴也，负才名，有胆略。原居大都中，然厌其喧嚣，文思为之竭，乃赁老宅于僻村，恒以居之，不治生业，日临案秉笔，效先祖柳泉居士，专写花妖狐魅，或弘善弘美，或刺贪刺虐，名之新聊斋，时有薄酬，差强度日。

一夕，蒲端坐书斋，秉烛夜作。弦月昏蒙，秋风敲窗。忽一阵冷风破户，顿觉身寒，蒲起欲扃之，则见一红衣少女，立于案前，愁容惨目，姿韵动人。蒲骇曰："汝谁人？何夤夜至此？"女涕泣曰："深更添扰，实非所愿，情弗堪耳！我，狐女也。"蒲愈惊，审谛之，与人无稍异也。因问之："世间果有狐仙鬼魅耶？"女破涕曰："果有之。闻君才高思捷，笔追留仙，故来相扰耳！"蒲遂让座，奉以茶，女揖谢如仪。蒲略信之，问曰："人狐非类，仙凡殊途，何劳屈趾？而况汝辈神通颇广，何需见助于凡夫？"女复泪堕曰："人神皆有难矣！容我述之。妾本仙寓山狐仙，数年前家慈为猎人所伤，蹑迹追逐之，几危死，适遇恩公程某樵归，匿母于薪柴下，始脱险。抱归家，饵其食，疗其伤，凡月余，纵归山林。母为报公恩，乃遣我幻作女形，嫁与程某愚痴儿。初亦大好，然好景何促促，渐至翁姑诟詈，愚夫挞楚，初冀其犹能改，讵料反以复加！窃思为其家已诞育一儿，香火得续，恩已尽报矣，故不堪其凌虐，星夜脱逸，奈何为其家人所共逐，慌不择路，暂匿君家矣！"言已，悲从中来，大嚎啕。蒲亦恻然，顿生怜悯，奉以纸巾拭泪，温言慰之："人狐相见，定有夙缘。我亦急公好义者，当助汝！程某居何里？俟我面斥之。狐辈亦有情义，真禽兽不如哉！"女掣其袖，急止之："对牛弹琴事，智者不为也。君欲救我，适以害我！但乞暂匿君舍，俟逐者懈怠，即远遁，不复烦扰矣！”并告以程某即蒲之邻人也。蒲秉烛导女入内室，曰：“此绝无人至，差可容膝，暂屈玉体可也。”女忽持抱之，肤香阵阵，娇喘咻咻：“大恩无以报，但求身报之。”蒲言不可，推拒之：“我岂乘人之危者？蒲氏世与鬼狐有缘，若言报，当助我奇思泉涌，妙笔生花，则大好矣！”女泣谢，敬诺之，自安歇。蒲复踞书案，欲续前篇，则闻门外人声纷拿，顷闻急骤款关声，蒲启视，芸芸村人也，叩以有无女子投止。蒲从容对之：未见也，村人始去。

女晨起治馔，浑如人妻。蒲略食，忽念及女友，百味丛生，思之弥切。女友鄙其遁世，未相从也，忽忽一年将及。狐女忽言：“君何悒悒不乐？狐妾不足以娱耳目乎？”复指斋壁一画幅：“此何物也？”蒲答曰：“此乃我之传家珍宝，宋代名画，价值连城矣！”又戏曰：“《聊斋》有《狐嫁女》篇，狐之盗物，不发簏箧，千里之外，须臾可致矣！我不致蹈人覆辙耶？”女欲答，忽有人叩扉，蒲示以眼色，女急匿内室，蒲启视，女友也！大惊喜，牵其手，搂其腰，携入内。女友忽曰：“屋内有生人气！”蒲大骇，矢言无之。女友挣脱蒲，蹑迹敛声，四处逡巡，无所见，忽直奔内室，惊怒曰：“此是何人？得无书中颜如玉者？”狐女亦窘极，以目视蒲，莫辩所以。蒲因细述原委，女友但嗤嗤笑，突叱之曰：“捉奸拿双，更复何言！我非痴儿，拿聊斋故事诓我！”蒲无以对，狐女挺身趋前曰：“未敢诓姊姊，我实狐也！今夜当去，狐母来相接。相救之恩，未及报也。”女友冷眼曰：“果如是，汝是狐女报恩遭虐，何不报以警？以人论，涉嫌家暴矣；以狐论，有野生动物保护法！”女对曰：“受母命报恩尚辱命，何敢贻恩人羞，陷其不仁不义？”女友莞尔曰；“姑留汝至晚，俟狐母至矣！”

夜，果有一华美妇人来，女称其正狐母也。妇揖谢曰：“大恩不言报。今别去，携女返仙寓山，人世既变，不复相往还矣！”蒲与女友目瞪神痴，伫望狐母女飘然去。

明日，忽有警车至。径问蒲：昨夜有母女去乎？蒲然之。警察告之曰，彼系以婚姻诈骗为业之犯罪团伙，俗称“放鸽子”也，已擒之。不知者，故不为罪。此乃汝之古名画，女殊可恨，窃之奔。蒲惊视壁上，画果无。女友抚掌大笑曰：“好一个新聊斋！奇哉妙也！”

蒲窘极，痛极，仰天呼号曰：“我人狐莫辨，善恶不分，为虎作伥，反被其害，有何面目再写新聊斋？徒为世人笑耳！”尽毁其稿，即别老宅，不知所往。

# 郑暮桥

落魄书生与县令千金的生死恋情……

石埭郑暮桥，字济民，儒生，明万历泰昌间人。怙恃交失，屡试不第，课馆以为计，夜则宿于古寺中，挑灯夜读，汲汲于功名。为人落拓不羁，性颇风雅多情。

时，阮梦梅知于县，政声负于朝野。阮妻滕氏，有丽色，一年前暴卒，瘗于衙侧。膝下一女，二八芳龄，唤作雪菲，貌美倾国，肤若凝脂，然性略痴騃，阮甚以为苦，悒悒不乐。

一日，阮携女诣古寺，礼神佛，焚纸烛，献供品，伏祈天佑，期去女痴疾，聪慧当其貌矣。郑适返寺，一睹阮女，目痴神呆，惊为天人。阮女亦注其良久，几忘移步。郑遂茶饭不思，竟废诵读，辗转床榻，夜不能寐，眼前尽阮女也。忽似觉人招，郑双目紧阖，移足而出，夜黑如墨，而郑步轻履捷，浑若昼走平川，少时已至县衙外，则有高墙横亘于前。郑稍踌躇，顿觉有人力举之，而身已逾垣，落于衙庭。后厢房一灯如豆，隐隐有阵阵花香扑鼻，郑蹑迹潜趋之，欲窥于窗，窗高莫能攀，复窥于门隙，一触而开，未扃户也，惊见阮女玉体横陈于绣闱，鼻息微微如浅吟，肤香缕缕醉花阴。郑顿血贯脑顶，惊呼失声，绝倒于地。

及郑醒，则见身在公堂之上，惊堂木阵阵，杀威棒声声。阮梦梅怒喝：“何处狂生，竟敢夜闯县衙，行奸官家之女！”郑骇惶，以手拭目，不知何以，嗫嚅道：“吾分明在睡梦之中，何以至公堂？”阮益怒：“现场拿获，夫复何言！速将此淫贼收监，待朝廷奏复，秋后斩决！”

郑系狱数月，朝夕号呼鸣冤。狱卒不耐其烦，反捶楚之：“小姐肚腹日隆，断尔禽兽所辱！遍请名医堕胎，均无以奏功，腹胀如鼓，真真咄咄其怪也！”复言阮令广贴通告，罗致天下杏林高手，谓能堕阮女孽胎者，赏银千两；治愈阮女痴疾者，以女妻之，家财尽予之。然告示数日，迄无敢揭榜者。郑乃止号，大惶复大惭。众皆言之凿凿，嗤之如奸宄，己果枉读圣贤书，梦游逾垣乱性，奚复何疑？唯盼高人早至，拯阮女于水火。愚生死有余辜，但求来生侍奉小姐甘作犬马，以赎前愆，如蒙青眼，再续前缘，也未可知。

昏睡中，郑觉有一盛装丽妇忽立于前，嘘暖问寒，备极关爱。后妇言：吾可治小姐二疾。郑大喜，急询之。妇徐言，阮女腹隆，非有孕，自邂逅郑生，女忽怀春，痴人愈痴情，日夜悬思伊人，愁结于心，气郁于腹，乃生肉瘤，累君蒙屈甚矣！但以恶言秽语垢詈之，撄激之，斯病自解。至于痴疾，则需心上人以锥刺胸，使血出，待痂落，取以麻油一钱、陈醋二钱、盐丁三钱和而服之，一周一疗程，凡七七四十九天，痴病乃愈。郑欲拜谢，妇倏忽已渺，不知所从来矣。醒见四壁徒然，牢门紧闭，狱卒逡巡。忽如一阵狂风，一纸空中漫卷，由高而低，由远及近，自铁栅直入，径达郑手。视之，阮令求医通告也。

郑狂扣门扉，大呼能解阮女之疾。狱卒怒甚，欲扑击之。郑肃言峻色，意诚殷殷，卒乃缚之以往。阮令见郑，怒喝：“汝只管坐等秋决，复欲何为！”郑长揖曰：“解铃尚须系铃人。大人息怒，烦请出令爱，愚生若不能解其二疾，不啻妄作妖祟，乞请凌迟处死！”一月将至，无人揭榜，阮心急如焚，恨叹者三，允郑试之。郑曰：“令爱所患，实乃怪疾，怪病须用怪方医。大人不可作梗见疑！”阮诺之。

阮女出，果腆腹如扣盆，色犹艳绝也。见郑生，呆目忽灼灼如火，双颊飞红，气促咻咻。郑抢步近前，剑眉倒竖，污言如刀，叱其枉为官家闺秀，不守礼法，不遵妇道，苟且偷欢，致有身孕，殃及无辜，反将命丧云云！且骂且揎拳捋袖，欲殴击阮女。阮女初骇极，继忿极，无所措手足，目惊神乱，但见其腹愈胀愈大，如吹气然。忽闻一声剧响，女腹爆裂，迸出一物，血肉模糊。再视女腹，平坦如砥，浑合无痕。众视其物，肉瘤也，圆硕如球，其坚似铁，乃匣之于室。阮令惊道，吾女乃清白之身，郑生亦道德君子，怪疾惑众耳！着即奏明朝廷，立释郑生，以洗冤狱。

复治痴疾。阮女见药作呕，郑捉女不使脱逸，强令服之，如是者数日。期满，阮女不复痴騃，聪敏异常，秀外而慧中。郑则胸前伤痕枕藉，细审之，似一“爱”

字也。阮留之于衙斋，女晨昏侍奉，郑渐康复如常。一日，又梦彼盛装丽妇趋于前，揖谢再三，言其乃阮妻滕氏，被仙寓山千年狐妖勾魂而暴卒，现幻作雌狐，虽授以法力，然任其摧玷，不胜凄苦。吾女郁气所生肉瘤，又称人宝，殊为珍异，善人食之则百病除，恶物食之则毙其命。狐妖乃老饕，死之则吾失魂复归其体，命可救矣！届时发棺，吾自当生还。言已，泣谢而去。

郑依言而行，偕阮女同至仙寓山，置人宝于山腰石径。移时，见一老狐窜至，啖之果毙。郑旋奔返县衙侧，与阮令并发棺，视之，滕氏面色如生，渐有气息，旋而坐起，惊睹阮令，似有嗔怪，叹言道："昏昏一觉，何久耶！"阮与女喜极而泣。

阮令夫妇为郑与女择吉完婚。明年，郑赴京应试，高中榜眼，后官至监察御史。阮女得封诰命夫人。诞育二子，皆举孝廉。其家训，无论男女，世代不与胡姓通婚，盖谐狐也。

# 茶 魂

茶中极品猴魁，也曾经历血与火的洗礼。茶道，就是天道，人道！

民国二十六年冬，芜湖沦陷。

太平郑氏在长街经营和茂顺茶庄已十余年了，因茶叶品质优良，色相完美，价格公道，且主人郑爽诚实守信，生意在同行业中一路领先。

日军进占芜城，到处血雨腥风，满目疮痍。和茂顺的买卖自然一落千丈，但郑爽还是苦苦撑持着，只是没了闲时画上几笔的雅趣，他企望嗜茶如命的老主顾们在艰难岁月里还能喝上一口好茶，给生活留点想头。

这天，大雨如注。雨天愈加门可罗雀。郑爽头戴瓜皮帽，身着青布长衫，枯寂如古僧，独自坐在店堂里八仙桌旁的太师椅上，边翻阅茶圣陆羽的《茶经》，边不时地品上一口浓酽的香茶——太平猴魁。

不知过了多久，郑爽听到店外的麻石街道上响起皮靴敲地的刺耳的锐响，接着他又感到眼前的光线更加晦暗了，抬眼处，店门口傲然站立着几个戎装整齐的日本军人。郑爽不惊不慌，冷眼视之，然后依旧观书品茶，如无所见。

为首的日酋走上前来，战靴踩痛了郑爽的耳膜，他手里的《茶经》被蛮横地夺了下来，啪地摔在桌上。

郑桑，我的，田中少佐！听说贵店太平猴魁，大大的好！我今日特来买茶。请多关照！

汉奸翻译官附和道，田中少佐酷爱茶道，圣战前也是一个茶叶商人，故此前来以茶会友！

郑爽面无表情地朗声回答，以茶会友？何须兵戎相见？恕敝号茶叶不能卖与你们！

田中少佐气得仁丹胡抖个不停，为什么？

郑爽轻蔑地笑了笑，将军别忘了，我经营的乃是太平猴魁！你们占我河山，杀我同胞，中华不复太平，处处战火焦土，你还配喝茶之极品太平猴魁吗？

一名日军刷地抽出东洋刀，你的，死啦死啦的有！

郑爽仰脸大笑起来，反唇相稽，难道这就是你们所谓的以茶会友，日中亲善吗？！

田中少佐用手势制止了手下，换了一副笑脸说，约西！郑桑，恕在下无礼。我的，改日再来叨扰！

黄梅雨绵绵不绝，一如郑爽的心绪。店里的生意几近断绝了，他已差人将妻儿老小送回太平猴坑老家了，那里是新四军的防区。他知道，该来的就要来了。

店堂里又晦暗了一下，郑爽放下《茶经》，作起身相迎状。

来人完全是一副商人打扮，但一撮仁丹胡煞是刺目。

郑桑客气了！田中少佐径自在八仙桌旁另一边太师椅上坐下，并摘下礼帽。

郑爽微微一笑道，将军此来真是轻车简从，诚心可鉴啊！

田中少佐哈哈大笑道，我们本是同道中人，以茶会友，自当儒雅有礼。

郑爽点了点头，既然将军是以同道身份诚心而来，在下必当奉若知己。我们还是先听茶，再品茶吧！

大大的好！田中少佐似乎对郑爽前后态度的转变颇感满意。

《茶经》云，南方有嘉木，即茶树也。太平猴魁产于终年云遮雾绕之高山，鲜叶集天地之灵气，纳日月之精华，品质极佳，加之邑人王公魁成独创猴魁茶制作工艺，从而金相玉质，秀外慧中，舒两刀一枪之形，泛鹅黄翠绿之色，吐兰麝馥郁之香，蕴醇厚绵长之味，在巴拿马万国博览会上一举夺得金奖恰是实至名归啊！

郑爽如数家珍，滔滔不绝，田中少佐听得一惊一乍，如醉如痴。

终于，听得郑爽发话，将军，下面我们可以品茶了。田中大喜。

只见郑爽从卧房里捧出两个早放好茶叶的玻璃茶杯，置于八仙桌上，然后以沸水冲泡之，但见杯中茶叶根根直立，舒展成朵，色泽悦目，暗香浮动，整个店堂仿佛霎时浸泡到山野的春光里。

将军请用茶！太平猴魁将把您带到妙不可言的极乐世界里。

田中少佐金鱼眼骨碌碌转着，一欠身，说，你的，先用。

郑爽哈哈大笑起来，将军的武士道精神哪去了？何以这般杯弓蛇影？

田中少佐脸上红一阵、紫一阵、白一阵，见郑爽连喝几口茶水，浑然无碍，这才同郑爽交换了茶杯，慢条斯理地啜饮起来。

田中少佐一副极受用的模样，伸出大拇指，迭声称赞，朋友，大大的！贵国茶仙卢仝《七碗茶歌》，尽得其妙啊！日本茶道亦由此而来。

郑爽陪田中把盏品茗。

田中突然问，郑桑，猴魁茶再可以卖给皇军了吧？金票大大的有！说着，从贴身口袋里摸出一张照片给郑爽看，我的母亲大人，也特别想喝到中国的猴魁。

郑爽摇手道，将军，好事不在忙中起，心急吃不得热豆腐。我说过，先听茶后品茶，同理，先懂茶后卖茶。这是我郑氏祖上定下的规矩！

田中少佐强压心头不快，到底没有发作，金鱼眼满是狐疑地问，郑桑，你的认为我还不懂茶道？

郑爽猛地一掼八仙桌角的那本线装书，正色道，早着呢！不能倒背如流、融会贯通《茶经》，焉能侈谈懂茶？！

田中少佐大冬天竟额头冒出汗来，双手接过《茶经》，郑桑，这本奇书我的寻觅多年，今日才有幸睹其真容。三日后，请郑桑考我！

几天后，一队荷枪实弹的日军团团围住了和茂顺茶庄。

汉奸翻译官叫嚣道，姓郑的良心大大地坏了！在书页翻口暗暗涂了氰化钾，田中太君已魂归东瀛了！

待日本人冲进店堂，只见郑爽气定神闲地俯身八仙桌旁，头戴瓜皮帽，身着青布长衫，正在画一幅墨梅图，题诗道：墙角数枝梅，凌寒独自开。遥知不是雪，为有暗香来。

一把东洋刀刺进了郑爽的胸膛，霎时间万千红梅怒放……

八仙桌角放着一铁盒猴魁，下面压着一纸信笺，漂亮的蝇头小楷：送田中的母亲品尝。她也是日本侵华战争的受害者！

《太平县志》载：邑人郑爽巧与日寇周旋，赢得宝贵时间，将库存数千斤太平猴魁茶秘密运往岩寺新四军军部，杀己身以成大义，毁家业而纾国难。

先人郑爽的遗训被制成牌匾，悬挂在遍布全国各大城市的和茂顺分店里。云：太平猴魁有茶魂，善恶忠奸辨分明。精忠报国何惧死，诚实守信莫乱真。天生尤物净似禅，种茶即种菩提心。勿以怨怼玷美誉，冰清玉洁冠群伦。